BASTEI
LÜBBE

Von Heinz G. Konsalik sind folgende
BASTEI LÜBBE TASCHENBÜCHER erschienen:

10519 Und dennoch war das Leben schön
10607 Ein Mädchen aus Torusk
10678 Begegnung in Tiflis
10893 Gold in den Roten Bergen
11107 Natalia, ein Mädchen aus der Taiga
11214 Nächte am Nil
12166 Die Blut-Mafia
12330 Mayday... Mayday... Eastern Wings 610
12595 Die Liebesverschwörung
12670 Der Herr der zerstörten Seelen
12847 Die Ecstasy-Affäre
14251 Sibirisches Roulette
14351 In den Klauen des Löwen
14486 Liebe auf dem Pulverfaß
14549 Der Hypnosearzt
14684 Frauenbataillon
14914 Wer stirbt schon gerne unter Palmen
15140 Die Ecstasy-Affäre / Die Blutmafia
15180 Liebe am Don
15460 Heiss wie der Steppenwind

Über den Autor:

Heinz G. Konsalik zählt zu den erfolgreichsten deutschen Autoren der Gegenwart. Seine 155 Romane erzielten eine Gesamtauflage von über 83 Millionen Exemplare, wurden in 42 Sprachen übersetzt und zum Teil auch verfilmt.
Er wurde am 28. Mai 1921 in Köln geboren. Nach dem Abitur studierte er zunächst Medizin, dann Theaterwissenschaften in Köln, München und Wien.
Im Zweiten Weltkrieg war Konsalik Kriegsberichterstatter, nach Kriegsende Dramaturg und Redakteur; aber schon 1951 hatte er als freier Schriftsteller großen Erfolg.
Im Oktober 1999 starb Heinz G. Konsalik 78jährig in Salzburg.

KONSALIK

Die Fahrt nach Feuerland

Roman

BASTEI LÜBBE

BASTEI LÜBBE TASCHENBUCH
Band 14 718

1. Auflage: Mai 2002
2. Auflage: März 2004
3. Auflage: November 2005

Vollständige Taschenbuchausgabe

Bastei Lübbe Taschenbücher
in der Verlagsgruppe Lübbe

Lizensausgabe: Verlagsgruppe Lübbe GmbH & Co. KG, Bergisch Gladbach
Umschlaggestaltung: Tanja Østlyngen
Titelbild: Johner/ Photonica
Satz: hanseatenSatz-bremen, Bremen
Druck und Verarbeitung: GGP Media GmbH, Pößneck
Printed in Germany
ISBN-13: 978-3-404-14718-2 (ab 01.01.2007)
ISBN-10: 3-404-14718-9

Sie finden uns im Internet unter
www.luebbe.de

Der Preis dieses Bandes versteht sich einschließlich
der gesetzlichen Mehrwertsteuer.

Er gehörte nicht zu denen, die an der Grenze menschlicher Kraft resignieren und alles Weitere dem Schicksal überlassen. Auch jetzt nicht, wo es fast aussichtslos schien, dieser Hölle von Wasser und Wind zu entrinnen. Allerdings blieb ihm doch eine Gewißheit in all der Todesangst: Bei jedem schweren Brecher, der ihn in ein gurgelndes Wassertal drückte, um ihn sofort wieder emporzuschleudern und auszuspeien, vermochte er noch dies eine zu denken: Mein Boot ist unsinkbar! Also kann auch ich nicht untergehen! Ich habe einen Bootskörper aus bestem Kunststoff unter mir, mit ausgeschäumten Kammern im Rumpf, sich selbst aufrichtend, wie man so schön sagt, ein wahres Wunderding von Boot, mit dem das Meer spielen kann, wie es will – hinaus aus den brüllenden Wassermassen, hoch in den heulenden Sturmhimmel und wieder hinab in die kochende See: es kommt wieder hoch, das Boot, richtet sich immer wieder auf, ein Stehaufmännchen, die Luftkammern balancieren es aus, solange nur der Rumpf hält, solange das Meer ihn nicht einschlägt und Boot und Mensch zunichte macht.

Er hatte sich mit starken Haken, mit Bauch- und Schultergurten an den Ruderblock gekettet. Jedesmal, wenn ein Wellengebirge sich vor ihm auftürmte, um dann mit merkwürdig jaulendem Schrei auf ihn niederzubrechen, zog er den Kopf tief in die Schultern, schloß die Augen, hielt den Atem an, umklammerte die Achse des längst weggerissenen Ruders und nahm den ungeheuren Schlag des Wassers ergeben hin. Das kleine weiße Boot drehte und überschlug sich, richtete sich wieder auf und tanzte weiter auf dem wütenden Meer. Dann atmete er wieder durch, starrte über diese tobende Hölle, blickte auch einmal hinauf in den grauen, leblosen Himmel und duckte sich wieder vor der nächsten schäumenden Wand.

Das Unwetter war nicht überraschend gekommen. Als er vor ungefähr sieben Stunden aus dem Nordosthafen von Helgoland aufgebrochen war, hatte der Leiter der Wetterwarte ihm von der Mole nachgerufen:

»Man müßte Sie mit Gewalt festhalten! Peter, kommen Sie zurück! Das hat mit Forschung nichts mehr zu tun!«

Er hatte gelacht, mit beiden Händen zurückgewinkt, Großsegel und Spinnaker in den heftig pfeifenden Wind gedreht. Dann schoß er in die Nordsee hinaus wie katapultiert. Seit Tagen schon herrschte eine steife Brise, aber erst vor einer Stunde war man sich klargeworden, daß von Island her ein massiver Orkan herannahte. Die gesamte Nordseeküste erhielt Sturmwarnung, kleinere Schiffe drehten ab und versuchten, noch rechtzeitig sichere Häfen zu erreichen. Auf den Satellitenfotos war der Kern des Unwetters deutlich auszumachen.

Das war die Stunde, auf die Peter von Losskow gewartet hatte. Er machte sein kleines 7-m-Boot startklar, trank noch drei starke Grogs und zog den doppelwandigen orangefarbenen, mit Luftkammern versehenen Nylonanzug an. Eine Schwimmweste war eingebaut, die mit einer kleinen Preßluftflasche gefüllt werden konnte.

Dr. Faller, der seit zwei Jahren auf Helgoland als Meteorologe wirkte, tippte sich an die Stirn, als Peter von Losskow in die Wetterstation kam, um sich zu verabschieden.

»Ist das Ihre umwälzende Erfindung?« fragte er nach kurzem Blick auf Boot und Ausrüstung. »Mein Gott, Sie sind doch mit dem Meer verheiratet, Sie müßten doch wissen, wie so etwas enden wird, Peter. Mit einem solchen Spielzeug von Boot!«

»Unsinkbar, Doktor! Richtet sich selber auf. Dazu mein Anzug.«

»So etwas erprobt man im Simulator!«

»Die beste Windmaschine im Becken kann das Meer nicht ersetzen. Ich brauche einen echten Beweis, um weiter an mich selbst zu glauben.«

»Und wenn die Nordsee Sie behält?«

»Das kann sie nicht!«

»Muß ich Ihnen sagen, was das Meer alles kann?! In einer einzigen Welle verschwinden Schiffe von zweihundert Meter Länge!«

»Genau das macht sie verwundbar. Sieben Meter aber tanzen einfach davon! Setzen Sie in eine Badewanne eine Seifenschale und die halbe Schale einer Haselnuß. Und dann wühlen Sie mit den Händen das Wasser auf. Was wird geschehen? Die Seifenschale schlägt voll und sinkt, aber die kleine Haselnußschale bleibt immer oben. Sie ist unsinkbar!«

»Das ist doch ein blöder Vergleich, Peter!« Dr. Faller zeigte auf die neueste Wetterkarte, die gerade vervollständigt wurde. »Da zieht etwas heran, das auch Haselnüssen gefährlich wird. Außerdem sind Sie ein Mensch und keine Schale! Das Meer wird Sie einfach erschlagen, ertränken, zerreißen, zertrümmern! Sie wissen doch genau, wieviel Tonnen eine Riesenwelle wiegt!«

»Und ich weiß, wie leicht mein Boot und ich sind. Wir werden immer oben schaukeln, während die Tonnen über uns wegdonnern.«

Es war unmöglich, Losskow sein Experiment auszureden. Vor drei Wochen war er von Hamburg nach Helgoland gekommen, eben in diesem kleinen, weißen, angeblich unsinkbaren Boot, hatte sich bei Jan Breuners im Nordostgelände der Insel eingemietet und hatte schon nach wenigen Tagen seinen Spitznamen weg: der Spinner vom Festland. In seinem Spezialanzug trieb er wie eine Orange vor der Insel herum, erschreckte nicht vorgewarnte Fischer, die mit voller

Kraft herbeituckerten, um einen Schiffbrüchigen zu bergen, um dann mit offenem Mund zu erleben, wie der Kerl höchst vergnügt in der See trieb und alle Hilfe ablehnte. Man sprach darüber in allen Kneipen des Unter- und Oberlands, und endlich schämte sich Jan Breuners gar, einen solchen Gast im Haus zu haben.

Dr. Faller erfuhr allerdings mehr als die Helgoländer. Er lud den ›Spinner‹ zu einem Drink ein und war überrascht, daß sich Peter von Losskow als Nautik-Ingenieur entpuppte, als ehemaliger Leutnant der Marine, vertraut mit dem Meer wie kaum einer der Insulaner, die nur ihre Düne, die lange Anna und allenfalls die See zwischen Helgoland und Cuxhaven kannten. Wer von ihnen war schon mit einem Segelschulschiff rund um die Welt gefahren, hatte vor Singapur geankert oder war bei Freetown in eine Schlägerei um eine wunderschöne Mulattenhure geraten? Losskow konnte eine Menge erzählen – am liebsten aber sprach er von der Idee, die jetzt sein Leben beherrschte:

Vor den großen Entdeckern und Seefahrern, wie Magellan, Cook, Vasco da Gama, Columbus oder Vespucci, mußten noch andere, unbekannte Seefahrer die fremden Meere befahren und nie gekannte Küsten betreten haben. So hatte Thor Heyerdahl mit einem primitiven Floß aus Papyrus so gut wie bewiesen, daß bereits die Ägypter Amerika erreicht und in Mexiko Pyramiden gebaut hatten.

»Was wollen Sie also noch?« fragte Dr. Faller nüchtern. »Da gibt's nichts mehr zu erforschen!«

»Man hält uns heutige Menschen für zu satt, zu verweichlicht und träge, um – sagen wir – wie Magellan Feuerland zu umfahren und dort eine neue Seestraße zu entdecken.«

»Stimmt! Wir steigen ins Flugzeug und sehen uns alles von oben an. Das ist auch einfacher und gefahrloser. Wozu im Atomzeitalter das Mittelalter beschwören?« Dr. Faller zündete sich eine Zigarre an und goß Losskow das Glas mit Grog wieder voll. »Sie haben mir erzählt, daß Sie mit einem kleinen Boot und höchstens vier Mann Besatzung ohne große technische Hilfsmittel von Hamburg aus um die Südspitze Südamerikas herum in die Pazifische Inselwelt segeln wollen und von dort weiter nach Japan und China.«

»So ist es.«

»Und das nur, um zu beweisen, daß dergleichen zum Beispiel auch die alten Wikinger getan haben könnten. Mein Lieber, was hat die Welt davon, wenn sie das weiß?!«

»Was hat die Welt davon, wenn jemand einen achttausend Meter hohen Berg besteigt?«

»Den Nervenkitzel eines Bildberichtes und die Gewißheit, daß es ab und zu doch noch Menschen gibt, die durch solche kleinen Abenteuer unsterblich werden. Nichts gegen Forschung, mein Lieber. Wenn Piccard in die Tiefsee tauchte, hatte das einen Grund: Wir entdecken unbekannte Welten. Oder der Flug zum Mond! Ein alter Menschheitstraum ist erfüllt, wir wissen nun, daß es keine Frau Luna gibt und der Mond sich auch nicht zum neuen Paradies eignet. Aber was Sie da machen wollen, Losskow, das ist doch für die Forschung unbedeutend!«

»Ich sehe es anders«, sagte Losskow versonnen. »Solange es Menschen gibt, werden sie vom Ungewöhnlichen fasziniert, lockt sie das scheinbar Unerreichbare, ist das große Abenteuer ihr heimlicher Wunsch. Außerdem will ich meinen unsinkbaren Anzug auf die Probe stellen.« Er sah Dr. Faller fragend an, wie ein großer Junge, der auf ein Lob wartet. »Damit leiste ich doch auch einen Beitrag zum Fortschritt! Ertrinken wird bald unmöglich sein.«

Davon war er jetzt nicht mehr so fest überzeugt. Die brüllenden Brecher, die über ihn hereinschlugen und ihn gegen den Ruderblock preßten, die Wucht der Wellen, die ihm den Atem benahm, machte ihn klein und demütig. Nein, ertrinken würde er nicht, er war wirklich wie ein unsinkbares Stückchen Nußschale – aber ob er diesen gewaltigen Anprall der Wellen überleben, ob er von ihnen nicht zermalmt werden würde?

Längst war der Mast des Bootes wie ein dünnes Hölzchen gebrochen und weggerissen worden. Als wolle das Meer ihn verhöhnen, so hatte es die vertäuten und gerefften Segel wieder aufgebläht. Wie ein Riesenvogel war der Mast im Sturm dahingeflogen, weiß und leuchtend, wie schwerelos, wie in Ekstase tanzend und über die schäumenden Wellen taumelnd, bis er in einem Wassertal verschwand. Mit weiten Augen hatte Losskow diesem Schauspiel zugesehen. Nun fühlte er sich mit seinem unsinkbaren Kunststoffboot nicht mehr als Herr der See. Jetzt wartete er nur noch darauf, daß eine dieser Riesenwellen ihn erdrückte. Nach zwei, drei Tagen würde man den treibenden weißen Bootsrumpf sichten und einen zerquetschten toten Mann aus den Gurten lösen, in einem Spezialanzug aus orangefarbenem Nylon, der ihn nie hätte ertrinken lassen. Aber er war ja auch nicht ertrunken, er war erschlagen worden von der wütenden See.

Wieder zog Losskow den Kopf tief in die Schultern. Eine Wasserwand stieg vor ihm auf, verdeckte den Himmel. Das ist es, dachte er, das ist das Ende. Diesmal wird mir der Druck die Lungen zerreißen.

Ein Sog riß ihn empor, trug ihn der Wand entgegen, ließ ihn den Wasserberg hinaufklettern, hoch oben auf dem Kamm der Riesenwelle schwebte er, sah unter sich das Meer und einen von wilden Zacken zerrissenen Horizont. Er schien zu fliegen, vom Sturm davongetragen wie der Mast mit den Segeln, und während er mit letzter Kraft die Haltestange vor sich umklammerte, nahm er noch einmal dieses Bild in seiner ganzen erschreckenden Schönheit auf und stürzte hinunter in den tosenden Schlund, während das Boot sich mit ihm drehte wie ein Kreisel. Aber noch beim Eintauchen in das kochende Meer dachte er: Ich bin unsinkbar ... Das Boot richtet sich von selbst auf ... Dann war das Meer über ihm, und die Welt ging unter.

Zwei Tage nach dem Sturm sichtete ein Hubschrauber der Bundesmarine das kleine weiße Boot in der noch immer aufgewühlten See, 37 Meilen nördlich von Helgoland treibend. Der Seenot-Rettungskreuzer holte es ein und hakte einen besinnungslosen Mann vom Ruderblock. Er gab noch schwache Lebenszeichen von sich, war äußerlich unverletzt, aber die Unterkühlung war so stark, daß auch die sofortige Überführung mit dem Hubschrauber ins Krankenhaus von Wilhelmshaven kaum noch eine Chance zum Überleben bot.

Dr. Faller, der abends an seinem Stammtisch in einem Lokal auf dem Oberland von der Rettung erfuhr, sagte nur: »Ein Gutes hat dieser selbstmörderische Unsinn: Wenn von Losskow durchkommt, wird er seinen Plan von der Weltumseglung in die Mülltonne werfen!«

Peter von Losskow überlebte.

Man wendete, um ihn zu retten, die Methode der raschen Erwärmung an, hob ihn in ein heißes Bad und schloß, um den Wiedererwärmungskollaps auszuschalten, gleichzeitig eine langsame Infusion von 500 ml Rheomakrodex an. Als, wie erwartet, Herzflimmern auftrat, injizierte man 40 mg Dipyridamol und konnte dann nur noch warten, ob Losskow stark genug war, diese Belastung zu überstehen. Als man ihn aus der Nordsee fischte, war er um 12 Grad unterkühlt gewesen – mehr hält der menschliche Organismus nicht aus.

Es dauerte dreißig Stunden, bis Losskow voll ansprechbar war und seine Körpertemperatur sich normalisiert hatte. Er lag in einem Einzelzimmer, trank heißen Tee mit Rum, knabberte an einem Butterkeks und hörte sich an, was Professor Dehner, der Chefarzt, ihm sagte. Es klang, wie erwartet, nicht allzu liebenswürdig, ganz so, als habe Dr. Faller dem Professor seine Worte in den Mund gelegt.

»Ich weiß«, sagte Losskow, als der Arzt seine Philippika beendet hatte, »ich bin ein Spinner! Aber ich habe bewiesen, daß ich unsinkbar bin!«

»Ob einer ersäuft oder als Eisblock in den Wellen treibt –

wo ist da der Unterschied, abgesehen vom äußeren Erscheinungsbild?« polterte Dehner. »Dabei ist das Meer noch gnädig. Wenn Sie in der Südsee über Bord gehen, ist das Wasser zwar relativ warm, aber das ist keine Lebensversicherung. Ihr Spielanzug schützt Sie nicht vor Haien! Aber wem erzähle ich das! Sie kennen doch alle Meere.«

»So ziemlich.«

»Und das rettet Sie nicht vor solchen Dummheiten?«

»Darf ich Sie etwas fragen, Herr Professor?«

»Aber sicher.«

»Wie viele Patienten sind Ihnen unter den Händen gestorben?«

»Was soll das?« fragte der Professor indigniert.

»Und trotzdem berühren Sie mit diesen Händen weiterhin Kranke und geben nicht auf, gegen die Krankheiten zu kämpfen. Mal sind die Viren, Bazillen oder was weiß ich stärker als Sie, mal sind Sie der Sieger. Hundertmal gelingt Ihrem Kollegen von der Chirurgie die Verkürzung eines Magens oder die Herausnahme einer Niere, und einmal oder zweimal geht es schief. Wirft er deswegen sein Besteck an die Wand und verkriecht sich?! Sagen Sie bitte nicht, Herr Professor, das sei etwas ganz anderes! Was ist Ihr Spezialgebiet, Herr Professor?«

»Die Pankreopathie. Also alles, was mit dem Pankreas zusammenhängt«, sagte Dehner säuerlich.

»Und mich hat das Meer eingefangen. Hat es einen Sinn, darüber zu diskutieren?«

»Mit Ihnen nicht! Mich interessiert nur, wie es weitergehen soll.«

»Mich auch!« Losskow lachte jungenhaft. »Wie lange werde ich im Bett bleiben müssen?«

»Bis Ihr gesamter Organismus sich wieder normalisiert hat. Fast möchte ich – zu Ihrem Schutz! – wünschen, daß irgendein kleiner Defekt zurückbleibt!«

»Sie sind ein geradezu gefährlicher Arzt, Professor! Nächsten Samstag flüchte ich aus Ihrer Fürsorge. Einverstanden?«

»Nur auf eigene Verantwortung!« Professor Dehner setzte sich auf die Bettkante und drückte auf die Sprechtaste des kleinen Senders, den er in der Brusttasche trug. »M-Wagen auf 18!« sagte er. Und zu Losskow, mit einem schiefen Lächeln: »Ich gebe Ihnen eine Injektion, die Ihr Herz kräftigt und Ihnen gleichzeitig einen guten Schlaf verschafft. Und noch eins: Sie haben eine Roßnatur! Die wenigsten hätten dieses Helgoland-Abenteuer überlebt! Aber darauf brauchen Sie nicht stolz zu sein! Auch Ihre unanständige Gesundheit hält nicht ewig.«

Ein guter Journalist kann sogar das Liebesleben einer 80jährigen Urgroßmutter verkaufen, und wenn er ein Star in seinem Beruf ist, liefert er auch noch die Fotos dazu. Man kann nicht sagen, daß Dieter Randler ein solcher Topmann war, aber er besaß immerhin etwas, was zu seinem Beruf gehörte wie zu einem Tabakmischer oder einem Parfümeur: Er besaß den richtigen Riecher. In seinem Fall: den Riecher für Sensationen oder für Situationen, aus denen man eine Sensation machen konnte.

Als man ihm erzählte, ganz beiläufig am Stammtisch, daß man Peter von Losskow bei Helgoland aus der Nordsee gefischt hatte, nachdem er frischen Mutes und voll sanfter Idiotie mitten in einen Orkan hineingesegelt war, blickte Randler einen Moment still vor sich hin und sagte sich dann: Daraus kann man etwas machen! ›Der einsame Kampf Mann gegen Meer‹. Mit seinem kleinen Sportwagen brauchte er nur knapp anderthalb Stunden bis Wilhelmshaven. Dort stieß er im Krankenhaus zunächst auf den Widerstand des Professors.

»Der Patient braucht Ruhe!« sagte Dehner barsch. »Außerdem – was soll die Presse hier? Ist es so selten, daß jemand ins Wasser fällt und wieder 'rausgefischt wird?! Mein Krankenhaus ist nicht dazu da, Ihnen die Sauregurkenzeit zu versüßen!«

»Ich komme als Peters Freund, nicht als Journalist. Übrigens – wäre das nicht eine gute Schlagzeile: ›Professor Dehner besiegt Unterkühlungstod‹?«

Professor Dehner hielt es für klüger, sich mit dem Journalisten nicht in eine Diskussion über wirksame Schlagzeilen einzulassen. Herrisch winkte er ab.

»Sie können sich mit Ihrem Freund unterhalten, wenn er das Krankenhaus wieder verläßt. So lange – das verspreche ich Ihnen – bleibt er unbelästigt in seinem Bett! – Habe die Ehre!«

»Ah! Sie sind Wiener?« fragte Dieter Randler fröhlich.

Der Professor stutzte, sagte: »Raten Sie mal!« und entfernte sich schnell. Ein Krankenpfleger mit kantigem Kinn und breiten Schultern grinste Randler an. Er hob seine imponierenden Hände und zeigte sie, als seien sie zur Versteigerung freigegebene Kunstwerke.

»Gehen wir?« fragte er nett, wenngleich mit grollendem Unterton.

Randler sah ein: Gegen so viel Pressefeindlichkeit war nichts zu machen, auch nicht mit dem obligatorischen Geldschein. Er nickte devot und verließ die Klinik. Aber unten, in der Aufnahme, blieb er stehen und zog ein enttäuschtes Gesicht.

»Ich bin doch ausgesprochen dämlich!« sagte er zu der verblüfften Schwester, die vor ihrer kleinen Säulen-Kartei mit den Namen der Patienten saß. »Ich komme eben von Herrn von Losskow. Peter von Losskow. Mein Schulfreund. Und merke mir die Zimmernummer nicht! Zu dämlich. Fängt so die Verkalkung an, Schwester? Wie ist die Nummer noch mal?«

Die Schwester drehte die Kartei, fand den Namen und antwortete: »Zimmer 139. Privatstation Professor Dehner. Erster Stock.«

»Stimmt!« Randler schlug sich mit der linken Hand klatschend gegen die Stirn. »Das liegt nach hinten, zum Garten hinaus!«

Die Schwester nickte zustimmend, und Randler verließ das Krankenhaus. Draußen blickte er an der Fassade empor, war mit dem Ergebnis der Musterung zufrieden und fuhr in die Innenstadt, zum Ratskeller, wo er einen Sauerbraten aß.

Peter von Losskow wachte in der Nacht davon auf, daß er auf dem kleinen Balkon vor seinem Zimmer einen patschenden Laut hörte, während ein Schatten sich gegen den lichten Nachthimmel abhob. Dann bewegte sich die Glastür, und eine Stimme flüsterte: »Halt die Schnauze, Peter, und mach nicht vor Angst ins Bett! Ich bin's! Dieter. Mein Arzt hat mir Bewegung in frischer Luft verordnet.«

Er kam ins Zimmer, schloß die Balkontür und holte sich einen Stuhl ans Bett. Losskow knipste die Notbeleuchtung an. Es war Randler, dies Grinsen war unverkennbar.

»Du mußt ja wieder grenzenlos besoffen sein!« sagte Losskow. »Gibt es hier keine andere Tür?«

»Die ist bewacht wie das Paradies! Junge, was mußt du angestellt haben! Bist du Neptun begegnet? Hast du eine Meerjungfrau geschwängert?!«

»Ich habe mich entschlossen, ein Buch zu schreiben.«

»Das ist ja furchtbar! Und dazu brauchst du einen Orkan bei Helgoland?«

»Ich will beweisen, daß der heutige Mensch, den man immer verweichlicht nennt, genauso zäh und mutig sein kann wie die berühmten Seefahrer vergangener Jahrhunderte. Mit einem kleinen Segelboot, nicht mehr als Herr der Technik, sondern angewiesen allein auf die eigenen Hände und den Willen, das Meer zu besiegen, will ich die großen Entdeckerfahrten eines Cook oder Vasco da Gama nachvollziehen.«

»Wie du das aufsagst – so aus dem Schlaf gerissen! Man

merkt, daß die Geisterstunde nahe ist. Also um Kap Horn willst du fahren mit deiner Nußschale, um Feuerland herum?«

»Unter anderem – ja!«

»Und dafür segelst du erst mal ins Auge eines Orkans?«

»Das war nur Training.«

»Das war so blöd, daß man's der Nachwelt erhalten sollte! Und für wann haben wir den historischen Augenblick deines Ablegens von Europens Küste zu erwarten?«

»Sobald ich das Geld dazu habe! Ich brauche nur ein Schiff nach meinen Plänen.«

»Mehr nicht?« Randler strich Losskow beruhigend über den Scheitel. »Na ja, irgendwo wird es schon ein Onkelchen geben, das sein Portemonnaie dafür öffnet. Mensch, hätte ich die Story vorher gekannt, ich wäre nicht die Wand hochgeklettert!«

Aber auch ein ausgebuffter Reporter wie Randler kann sich irren! Beiläufig erzählte er in der Redaktionskonferenz vom Hirnverfall seines Freundes Peter und mußte erleben, daß der stellvertretende Chefredakteur wie elektrisiert auffuhr: »Dieter, das ist ja ein Thriller! Daraus machen wir einen Riemen! Ich stelle sechzig Zeilen frei. An die Tasten! Die hauen wir für morgen ins Blatt!«

Dieter Randler gab sein Bestes, dichtete eine Story voll Dramatik und Seeluft, ein Hohelied auf modernes Heldentum, und übertitelte die ganze Geschichte:

›Junger Forscher will mit Nußschale die Weltmeere erobern.‹

Professor Dehner erschien um zehn Uhr mit verschlossener Miene, legte die Zeitung auf Losskows Bett und sagte:

»Ich halte Sie nicht mehr fest. Segeln Sie nach Feuerland mit Ihrer Nußschale. Wer fest daran glaubt, daß 2 × 2 = 5 ist, den kann man nicht vom Gegenteil überzeugen.«

Losskow nahm die Zeitung, überflog den Bericht und schüttelte den Kopf.

»Von dem Artikel habe ich keine Ahnung. Die Hauptsache stimmt auch gar nicht.«

»Aber Sie kennen den Autor?«

»Ja. Dieter Randler.«

»Den kenne ich auch. Ich habe ihn aus der Klinik geworfen.«

»Das war ein Fehler, Herr Professor. In der Nacht kam er als Fassadenkletterer zu Besuch.«

Professor Dehner seufzte. »Fälle wie Sie verlege ich nächstens in die obere Etage.«

»Dann kommen die Kerle mit der Feuerleiter.«

Losskow las den Artikel langsam. Was Randler geschrieben hatte, war im Prinzip richtig, aber zur Sensation aufgebauscht. Der Professor wartete, bis Losskow zu Ende gelesen hatte.

»Bevor Sie aus meinem Schutz entlassen werden«, sagte er dann, »möchte ich gern noch eins wissen: Sie suchen also eine Crew – so heißt es doch wohl bei den Seeleuten? –, die mit Ihnen kreuz und quer über die Ozeane segelt und beweisen soll, welch ein toller Kerl Sie sind! Das Ganze nennt sich dann ein psychologisch-soziologisches Experiment. Frage: Sind wir Heutigen Weichlinge, oder können wir Columbus doch noch das Wasser reichen?«

»Nicht ganz so extrem, Herr Professor. Es geht mir darum, zu beweisen, daß zum Beispiel die Wikinger recht gut in der Lage waren, mit ihren Drachenbooten nicht nur Nordamerika zu erreichen – was ja mittlerweile bewiesen ist –, sondern auch in südliche Meere vorzustoßen. Es gibt in Schwarzafrika holzgeschnitzte Tanzmasken, die fast genau einem Wikingerhelm gleichen! Warum – so frage ich – sollten Wikingerschiffe nicht an der Küste Afrikas entlanggesegelt sein und von dort über den Ozean an die südamerikanische Küste und weiter um Feuerland herum in den Pazifik? Gewiß, es gibt keine Überlieferung, die darauf eine Antwort geben könnte. Man weiß nur, daß die Normannen vor dem unendlichen Wasser keine Angst hatten. Aber diese Frage interessiert mich, ihr möchte ich nachgehen, ich möchte diesen Weltentdeckungstraum nachvollziehen. Ich weiß, Herr Professor, daß Ihr wissenschaftliches Interesse der Lymphogranulomatose gilt, der Hodgkinschen Krankheit, obwohl es gerade in diesem Forschungsbereich einen Rückschlag nach dem anderen gibt! Aber Sie lassen nicht locker. Ich auch nicht.« Losskow tippte auf die Zeitung. »Im übrigen stimmt es nicht: Ich suche keine Partner. Ich will allein segeln. Ohne Motor, ohne Kompaß, mit nichts als ein paar Fetzen Stoff am Mast! Die Wikinger hatten auch keinen Diesel, auch keinen Kreiselkompaß.« Er faltete die Zeitung zusammen und legte sie auf den Nachttisch. »Wann brauchen Sie mein Bett?«

»Wenn ich Ihnen so zuhöre ... Bleiben Sie drin! Eine Intensivbehandlung der Nerven täte gut.« Professor Dehner hob resignierend die Schultern. »Sie können gehen, wann Sie wollen.«

»In zwei Stunden?«

»Von mir aus!«

»Ich will sofort zur Redaktion und mich mit meinem Freund Randler unterhalten. Halten Sie mal vorsichtshalber ein Bett in der Unfallstation für ihn frei!«

Als Losskow bald darauf in der Redaktion erschien, um Randler an einen Nagel in der Wand zu hängen, empfing ihn sein Freund mit ausgebreiteten Armen. So einen freundlichen, vor Freude leuchtenden Menschen konnte man nicht mißhandeln.

»Ein Volltreffer, Peter!« rief Randler enthusiastisch. »Wer hätte das gedacht! Wir sind baff. Die Großindustrie spielt mit! Es liegen Angebote von drei Lebensmittelkonzernen vor. Du bist mit eingedostem Fleisch, Nudeln in Büchsen und Dauerwurst versorgt! Dazu gibt es vitaminreiches Preßobst, Fruchtstangen, Hallo-Wach-Schokoladen, Nervennahrung und Muskelstraffer! Falls du dich am Südpol verirren solltest – keine Angst! Angebot Nummer sechs: Schlafsäcke mit einer neuen Füllung und Batterieheizung, mit denen du auf einem Eisberg übernachten kannst. Dazu Stiefel mit neuartiger Gummisohle. Die haftet überall wie ein Magnet. Du kannst praktisch nie umfallen! Herz, was willst du mehr?! Sogar dein Boot hast du in der Tasche beziehungsweise auf dem Wasser.«

»Dieter!« Losskow mußte sich setzen. »Das ist ja kaum glaubhaft.«

»Du kannst die Angebote selbst lesen. Sie werden im Augenblick noch für einen neuen Artikel ausgewertet. Wenn der morgen erscheint, werden auch die anderen munter. Es ist doch undenkbar, daß die Schokoladenfabrik ›Süßer Feierabend‹ dir die Bordverpflegung stiftet, und die Konkurrenz ›Alpenglühen‹ läßt sich den Werbegag entgehen. Peter, das gibt in den nächsten Tagen einen warmen Regen von Spenden! Ach ja, das Boot, ein Waschmittelkonzern will es übernehmen. Einzige Bedingung: Du mußt es mit dem Namen des neuen Alltemperatur-Waschmittels verzieren. Links und rechts an der Bordwand, gut lesbar: ›Sternenklar‹.«

»Nie!« sagte Losskow laut.

»Der Name ist Gold wert! ›Sternenklar‹ als Bootsname – das prägt sich ein! Die gesamte Takelage übernimmt eine Tochterfirma des Konzerns, die Scheuermittel herstellt. Auf den Segeln braucht nur zu stehen: ›Rund um die Welt – mit Blitz im Haus!‹«

»Und dafür soll ich dir um den Hals fallen?« knirschte Losskow. »Ihr habt aus meiner Idee einen Jahrmarktsrummel gemacht! Nichts gibt es! Ich brauche nichts zu überstürzen. Ich verschiebe die Expedition auf unbestimmte Zeit.«

»Das ist nicht mehr möglich!« Randler zog sich aus der Reichweite seines Freundes zurück. »Das Ding ist bereits so angekurbelt, daß du's nicht mehr bremsen kannst! Wir haben klar geschrieben: Es fehlen zu der Realisierung dieser großen Tat, wahrhaft einem Jahrhundert-Unternehmen –«

»Schon das ist völliger Blödsinn!«

»Aber der Leser geht mit, Peter! Der Leser ist jetzt voll auf deiner Seite. Er leidet mit dir, er segelt mit dir, er hungert mit dir, er hängt mit dir seinen Hintern über die Bordwand und läßt ihn von den Wellen abwischen. Junge, du weißt ja gar nicht, was so viel Popularität bedeutet! Sie verpflichtet! Sie nagelt dich fest! Du gehörst nicht mehr dir allein, du bist Allgemeingut! Da gibt es kein Kneifen mehr, das wäre dein Ruin. Nichts wird weniger verziehen, als wenn ein Idiot plötzlich wieder normal wird! Du kannst jetzt nicht mehr aussteigen, Peter! Ab morgen heizen wir das Thema Feuerland an, daß jeder sich daran die Hände wärmt.«

»Feuerland ist doch nur *ein* Punkt des ganzen Projektes, und nicht einmal ein markanter!«

»Aber er macht sich gut! Er verkauft sich wie Honigbrot! Feuerland ... Da spielt die Phantasie doch gleich auf allen Tasten! Das klingt nach Abenteuer, nach neuer Welt, nach Gefahr, nach Heldentum. Feuerland! Welch ein Wort! ›Der Mann, der Feuerland besiegte!‹ Junge, das klingt hundertmal besser als: ›Der Mann, der einen Krieg gewann!‹« Randler war nicht mehr zu bremsen. Mit fassungslosem Staunen sah Losskow, wie seine Idee, sein ganz persönliches Eigentum, nun weltweit vermarktet wurde. Randler hatte recht: Es gab, wollte man keinen Skandal riskieren, kein Zurück mehr. Wenn Losskow jetzt ablehnen würde, was man ihm anbot, würden alle sagen: Er kneift. Er ist ein Feigling! Welcher Mann will das von sich sagen lassen?

»Ich möchte die Angebote sehen!« sagte er. »Im übrigen könnte ich euch verklagen. Dann müßtet ihr öffentlich zugeben, daß alles falsch war, was ihr geschrieben habt.«

»Na und? Das bringen wir auf der letzten Seite links unten in der Ecke und darüber eine rot unterstrichene Doppelzeile: ›Der Superbusen von Los Angeles. 127 cm Umfang und freischwebend!‹ ... Wer kümmert sich dann noch um deine Berichtigung? Peter, Junge, sei kein Moralist! Alles, was du brauchst für deine große Idee, wird dir vor die Tür gelegt! Was willst du mehr?! Einfacher geht's doch nicht! Mit eigener Kraft schaffst du es nie! Himmel noch mal, nenn dein Boot ›Sternenklar‹ und papp auf die Segel die Schrift von ›Blitz im Haus‹. Die Hauptsache ist doch, daß du dich deinen Forschungen widmen kannst. Alle großen Männer haben ihre Mäzene gehabt: Wagner seinen Bayernkönig, Haydn seinen Esterhazy, Goya seinen Alba, Michelangelo seinen Medici. Und Peter von Losskow segelt mit einem Vollwaschmittel, was soll's? Der *Erfolg* ist maßgebend. Und das Fundament liefern wir!«

Losskow sah ein, daß es sinnlos war, anderer Meinung zu sein. Er stand auf, kippte den Whisky herunter, den ihm Randler eingeschüttet hatte, und sagte: »Wenn was ist, ich bin zu Hause. Du weißt ja, wo ich wohne.«

Dann ging er, in der leisen Hoffnung, daß sich die Dinge nicht so vehement entwickeln würden, wie es Randler in seinem Enthusiasmus prophezeit hatte. Das alles ist nur eine Tagessensation, dachte Losskow. Übermorgen spricht keiner mehr davon. Wen interessiert dann noch das Fernweh der Wikinger? Und Feuerland? Das liegt viel zu weit weg, unten an der Spitze Südamerikas, das Ende eines Kontinents. Wer kümmert sich um Feuerland? Kein Mensch! Er irrte sich.

Eine ganze Woche lang lebte die vielgelesene Seite 3 der Zeitung von der ›Peter-von-Losskow-Story‹. Dieter Randler übertraf sich selbst. Was er im Zusammenhang mit Feuerland erfand, nahm sich zwar zunächst wie eine grandiose journalistische Leistung aus, war aber in Wahrheit eine kaum noch zu überbietende Frechheit dem Leser gegenüber. Nach Randlers Feuerland-Bericht mußte diese einsame Felsengegend am Südzipfel Südamerikas das gefährlichste aller immer noch nicht restlos erforschten Gebiete dieser Erde sein. Er schämte sich nicht einmal zu behaupten, Seefahrer hätten vom Meer aus beobachtet, daß in riesigen Felshöhlen noch Tiere lebten, die man nur aus Rekonstruktionen der vorzeitlichen Fauna kannte. »Gibt es noch Drachen?« fragte Randler kühn und antwortete ebenso keck: »Auch dieses Rätsel will Peter von Losskow lösen!« In den Text war ein Bild eingeschlossen, eine Fotomontage: im Hintergrund Feuerland, im Vordergrund das wild bewegte Meer. Darüber die Illustration zu einer alten Sage: ein riesiger fliegender Drache. Es wirkte ungemein überzeugend.

Nach einer Woche kam Randler zu Besuch. Er schleppte einen Koffer mit, schüttete den Inhalt aufs Sofa und setzte sich zufrieden in einen der tiefen Ledersessel.

»Nun lob mich mal, Junge!« sagte er fröhlich. »Alles Briefe! Leserpost. Angebote. Kommentare. Zusagen. Anfragen.«

»Auch von einer Nervenheilanstalt?« fragte Losskow sauer.

»Noch nicht. Die kommt später, wenn wir schreiben müßten: Losskow kneift!« Randler zeigte auf den Haufen Briefe.

»Was da liegt, reicht für hundert Romane! Das hat sogar mich in strammer Haltung vom Stuhl gehauen. Wühl dich durch die Briefe, Peter! Sogar der Entwurf eines neuen Schlagers ist dabei: ›In Feuerland, in Feuerland, wo Liebe heiß wie Feuer brannt'...‹«

»Raus!« sagte Losskow dumpf. »Sofort raus! Mitsamt deinem Koffer! Weißt du, daß ich freigesprochen werde, wenn ich dich jetzt erwürge?«

»Begnüge dich damit, mir einen Wodka zu bringen! Mit Bitter Lemon.«

»Ich mische Rattengift darunter.«

»O Freund, das hab' ich nicht um dich verdient! Ich habe für deine Popularität geschuftet wie ein orientalischer Brunnenochse. Du brauchst jetzt nur noch zuzusagen, und das Abenteuer Feuerland kann beginnen! Übrigens ist auch ein Brief von einem 92jährigen Mann dabei, der einen solchen

Drachen wie auf unserem Feuerlandbild vor vierunddreißig Jahren in den Anden gesehen haben will. Toll, was? Das bringen wir natürlich. ›Augenzeuge warnt Peter von Losskow: Die Feuerland-Drachen haben einen schwefeligen Atem.‹ – Ich bin ganz happy.«

»Ich finde schon noch jemand, der dich erschlägt!« Losskow brachte den Wodka und die Lemon-Flasche. »Übrigens hat mich der Waschmittelkonzern angerufen. Ich bekomme mein Boot!«

»Halleluja!«

»Und zwar ohne die Verpflichtung, es ›Sternenklar‹ zu nennen!«

»Gratuliere. Und wie soll es nun heißen?« fragte Randler ahnungsvoll.

»Völlig neutral! ›Seelord‹!«

»Hab' ich mir's doch gedacht. Die Jungs von der Werbung sind Genies! Da kommt in vier Wochen ein neuer Artikel auf den Markt: ›Seelord – die Wäschestärke, die selbst dem Ozean trotzt!‹ Gratuliere, Peter!«

Das war Grund genug für Losskow, sich an der Leerung der Wodkaflasche zu beteiligen.

Fast zwei Tage brauchte Losskow, um die Post zu lesen und so zu sortieren, daß er einen Überblick bekam. Er hatte die Briefe in vier Gruppen eingeteilt: Nummer eins: die Neutralen. Sie schrieben lediglich, um ihre Meinung zu dem Vorhaben kundzutun, Ratschläge zu geben und zu kommentieren. Nummer zwei: Das waren die Werbeempfehlungen, vom dauerelastischen Hosenträger bis zur Zahnbürste mit Sonnenenergie-Batterie, vom wasserdichten UKW-Radio bis zur wasserabweisenden Unterwäsche. Nummer drei: die kleine, aber feine Gruppe der Industrie-Unternehmen, die das Vorhaben durch Spenden unterstützen wollten und detaillierte Angebote unterbreiteten, und schließlich die Gruppe vier: die Bewerber, die sich anheischig machten, mit Peter von Losskow die Meere zu erobern.

Als Dieter Randler diese Briefe las, schnaufte er vor Begeisterung. Neunundsechzig Frauen und Männer hatten geschrieben, die nach eigenen Aussagen nichts auf dieser Welt fürchteten.

Ein ehemaliger Fremdenlegionär, zur Zeit Fremdenführer in einer mittelalterlichen deutschen Kleinstadt, wo er dreimal wöchentlich auch den Schloßgeist spielen mußte, legte als ›Referenzen‹ drei Fotos bei, die ihn in einem Jeep zeigten, dessen Kühler mit einem echten Totenkopf und zwei gekreuzten, gebleichten Oberarmknochen verziert war (Unterschrift: Die schöne Zeit im Kongo), und einen vergilbten Zeitungsausschnitt mit der Schlagzeile: ›Wer ist der geheimnisvolle Söldner-Hauptmann im Süden?‹ »Ich!« schrieb der Bewerber. »Auf mich können Sie sich verlassen in jeder Situation. Ich bin ein Kumpel von der alten, aussterbenden Sorte. Ich haue Sie 'raus, wo immer Sie sind. Angst kenne ich nicht. Wo andere in die Hosen machen, werde ich erst munter! Ich kann sofort zu Ihnen kommen. Mein Vertrag als Schloßgespenst ist täglich kündbar.«

Ein Finanzmakler schrieb nüchtern, klar, prägnant, wie es sich für einen Mann gehört, der mit Geld jongliert. ›Mein Vorschlag: Wir werden eine unbewohnte Insel in Besitz nehmen, dort einen eigenen Staat gründen, eine Verfassung ausarbeiten, Steuerfreiheit garantieren und damit große Kapitalien in unser Land locken. Allein von den Verwaltungsgebühren für dieses Kapital können wir für uns enorme Beträge abzweigen.‹

Es folgten lange Berechnungen, imponierende Zahlenkolonnen, der Vorschlag zur Gründung einer Radiostation mit Werbefunk, der Entwurf eigener Briefmarken sowie einer Landesflagge. Es war imponierend.

Ein Fleischermeister schrieb: ›Ganz davon abgesehen, daß ich ein guter Koch bin und auch aus einem Dosengericht noch eine abwechslungsreiche Mahlzeit mache, bin ich ein Kerl von 1,90 m Größe, habe Muskeln wie ein Stier, kann mit einem Faustschlag einer Kuh die Hirnschale zertrümmern und bin garantiert seefest. War einmal Fleischer auf einem Ferienkreuzer. Trotzdem betrügt mich meine Frau mit einem winzigen, mickrigen Italiener, der ins Straucheln kommt, wenn ich nur einatme. Verstehen Sie das? Ich nicht! Wie kann man eine Mücke lieben, wenn man einen Adler hat?! Das alles deprimiert mich. Ich möchte mit Ihnen nach Feuerland und Drachen jagen! Vielleicht sind sie eßbar, und wir können eine Fleischexportfirma gründen. Warum nicht? Wenn man Schnecken, Froschschenkel, geröstete Ameisen und was weiß ich noch alles ißt, warum nicht auch ein feuerländisches Drachensteak?! Herr von Losskow, ich bin Ihr Mann! Wenn Sie JA zu mir sagen, komme ich sofort!‹

Aber dann waren da noch die ernsten Anfragen, und sie las Losskow mit besonderem Interesse. Er hatte nie vorgehabt, andere Menschen in dieses Abenteuer hineinzuziehen, aber je mehr er darüber nachdachte, um so weniger abwegig erschien es ihm, mit einer kleinen, aber ausgewählten Mannschaft das Experiment zu wagen. Vor allem war dann eine Gefahr gebannt, die der Seefahrer am meisten fürchtet: Die Einsamkeit, das Gefühl grenzenloser Verlassenheit, die Macht der Stille.

Nach zwei Tagen hatte Losskow drei Briefe aussortiert, ohne sich bereits zu einer Antwort durchgerungen zu haben. Es handelte sich um junge Wissenschaftler, die wirklich nur wegen der möglichen Forschungsergebnisse, soweit sie sich aus der Zeitung davon ein Bild machen konnten, an ihn geschrieben hatten. Kritische Briefe, die eine ernsthafte Antwort verdienten.

Die Schwedin Helena Sydgriff stellte sich als Medizinstudentin vor. Sie interessierte ein eher psychologisches Thema: Wie verhalten sich Menschen, die monatelang auf engstem Raum, auf Gedeih und Verderb verbunden, auch in den kritischsten Situationen miteinander auskommen müssen?

Darüber lohnte es sich wirklich nachzudenken.

Der Tscheche Jan Trosky, dreißig Jahre alt, Assistent im Institut für Klimatologie, stellte die Frage, ob bestimmte Meeresströmungen sich verändern und damit auch einen großen Einfluß auf das Wetter gewinnen könnten, das ja in den letzten Jahren aus den Fugen geraten sei. Das Meer als großes Klimabecken: das war klar. Aber nach wie vor blieb das Meer noch eine längst nicht hinlänglich erforschte Unbekannte. Trosky führte das Bermuda-Dreieck an.

Peter von Losskow entschloß sich, auch ihm zu antworten.

Und da war die Italienerin Lucrezia Panarotti, Studentin der Meeresbiologie, die ein Bild beigelegt hatte. Ein zierliches, bildhübsches Persönchen in einem Bikini. Ihr langes schwarzes Haar wehte im Wind. Ihre Frage: Was wissen wir über die meeresbiologischen Probleme von Feuerland? Nichts! Warum? Weil es offenbar bisher keinen interessiert hat. Dabei kann – theoretisch – gerade vor Feuerland das Meer Aufschlüsse darüber geben, wie ein Meer in biologischer Hinsicht sein sollte – und was wir aus den anderen Meeren gemacht haben ...

»Wenn das deine Mannschaft wird, mein Junge«, sagte Randler, als Losskow die drei Briefe aussortiert hatte, »nimmst du sicher ausgezeichnete Fachleute an Bord. Und was mich als Journalist betrifft: zwei schöne Frauen, zwei kräftige Männer für Monate auf einem Segelboot – natürlich gibt das eine tolle Story! Aber dir ist doch wohl klar, daß du mit Helena und Lucrezia zwei Superbomben auf die Reise nimmst?«

»Ich will sie erst sehen und sprechen«, sagte Losskow nachdenklich. »Noch sind sie nicht an Bord! Ich hab' ja noch nicht mal ein Schiff! Noch ist alles nur Wunschdenken. Aber *wenn* ich mit einer Crew segele, dann drück' ich mich auch um die Frage von Helena Sydgriff nicht herum: Wie benimmt sich ein Mensch unter anderen Menschen, wenn er in einer Nußschale lebt, wenn um ihn herum nur Wasser ist, wenn er die anderen wochenlang ertragen muß? Wie gesagt, es ist nur eine Vorauswahl.«

Am nächsten Tag schrieb Losskow drei Briefe und schlug ein Treffen in Hamburg vor.

Ohne es zu ahnen, hatte er damit Schicksal gespielt und sein Leben verändert.

Sie wollten sich in der Halle des Hotels ›Vier Jahreszeiten‹ treffen und dann das Gespräch in der Bar beginnen. Von Helena Sydgriff war Peter von Losskow angerufen worden, nachdem sie seinen Brief erhalten hatte. Ihre Stimme war angenehm, warm und weich, und ihr Deutsch hatte den lustigen Akzent der Nordländer. Trosky und Lucrezia Panarotti schrieben sofort per Einschreiben und Eilboten zurück, freuten sich riesig auf das Kennenlernen und legten beide noch einmal ein Foto neuesten Datums bei. Dieter Randler schnalzte mit der Zunge, als er Lucrezia betrachtete, bis Losskow ihm wütend das Foto abnahm.

»Dieser Jan Trosky hat's in sich!« sagte Randler. »Augen, die Löcher brennen können. Und Muskeln wie ein Ringer! Dem klaut keiner die Wurst vom Brot!«

»Genau das brauche ich!« Losskow steckte die Briefe wieder ein. »Auf dieser Fahrt wird uns nichts erspart bleiben!«

»Und die süße Maus Lucrezia? Ob die auch das gewünschte Durchstehvermögen hat?« Randler blickte an die Decke. Dort hing ein Modell der ›Santa Maria‹, des Flaggschiffs von Columbus, auf dem er den Seeweg nach Indien erzwingen wollte. »Zäh wird sie sein, das sieht man ihr an. Die strampelt noch im Bett, wenn du längst keinen Muckser mehr tust.«

Mit Randler war ernsthaft kaum zu reden. Losskow warf ihn aus der Wohnung und machte sich darauf gefaßt, daß morgen ein neuer Artikel in der Zeitung stehen würde: ›Die Yacht der tollen Frauen‹. Aber Randler blieb erstaunlicherweise friedlich: Er berichtete lediglich, daß immer noch von vielen Firmen Unterstützungsangebote bei der Redaktion einliefen.

Kurz nach sechzehn Uhr betrat Losskow das Hotel ›Vier Jahreszeiten‹. Als Erkennungszeichen hatte er ausgemacht: hellbraune Hose, Blazer aus dunklem Kamelhaar. Auf dem linken Revers ein geblähtes Segel aus blau-weißer Emaille.

Er hatte kaum die Halle betreten, als drei Gäste – ein Mann und zwei Frauen – aus ihren Sesseln aufsprangen und ihm entgegenkamen. Erstaunt sahen sie sich an, als sie merkten, daß sie dasselbe Ziel hatten. Losskow lächelte und breitete die Arme zur Begrüßung aus.

»Jawohl, ich bin's! Ich freue mich, daß Sie gekommen sind. Sie sehen genauso aus, wie ich's mir vorgestellt habe.«

Helena Sydgriff war groß, schlank, blond, mit kritischen Augen, ein sportlicher Typ, vielleicht eine ausgezeichnete Tennisspielerin. Sie reichte Losskow die Hand, ihr Händedruck war fest, gleichsam kompromißlos.

Sie hatte sich entschieden – das läßt sich auch mit einem Händedruck sagen.

Ganz anders Lucrezia Panarotti. Sie schwebte heran auf den steilsten Absätzen, die Losskow je gesehen hatte. Sie hatte aufregende lange schlanke Beine, schmale Hüften, einen biegsamen Körper mit unübersehbaren Brüsten, um die sich das Kleid aufreizend spannte. Eine Mähne aus schwarzen Haaren umwehte sie so raffiniert unbändig, wie es nur ein teurer Friseur zustande bringt. Keinen Augenblick zögerte sie, Losskow zu umarmen, ihn aus nächster Nähe mit ihrem exotischen Parfüm bekannt zu machen und ihn in ihre schwarzen, leuchtenden Augen blicken zu lassen. Ihr Mund öffnete sich wie eine Blüte, aber sie küßte ihn nicht, sie sagte nur, ganz nahe an seinem Gesicht:

»Sie sind enttäuscht von mir, nicht wahr? Aber Sie irren

sich – ich kann zwar keine rohe Kartoffel in der Faust zerquetschen wie Ihr Kollege im ›Totenschiff‹ von Traven – aber dafür kann ich in Rekordzeit den Spinnaker einholen. Und in der Plicht stehe ich meinen Mann!«

»Wir werden sehen, Lucrezia«, sagte Losskow. »Heute beschnuppern wir uns bloß. Bis wir eine Mannschaft sind, vergeht noch viel Zeit. Da gibt's noch manche harte Prüfung zu bestehen.«

»Sie ahnen nicht, wie zäh ich bin!« lachte sie, und Losskow mußte an Randler denken.

Jan Trosky, breitschultrig, auf säulenstarken Beinen, hatte ein wenig zu lange Arme. Die Haare fielen ihm fast schulterlang herab und waren an den Enden sogar gelockt. Losskow hatte ihn sich größer vorgestellt, aber die außerordentliche Stärke dieses Mannes war unverkennbar. Seine Augen musterten Losskow kritisch und abwartend; es war ihnen anzusehen, daß er Lucrezias bühnenreifen Überfall mißbilligte.

»Ich bin gern gekommen«, sagte er mit dunkler Stimme. »Was Sie da vorhaben, kann ein großer Wurf werden. Mit den richtigen Leuten.«

Das war auf Lucrezia gezielt. Sie schien es nicht zu merken oder überhörte es auch. Doch Helena zog die Brauen hoch und schob die Unterlippe vor.

Losskow gab sich alle Mühe, die ersten Minuten zu überbrücken.

»Ehe wir an die Bar gehen, um uns ein wenig besser kennenzulernen, sollten wir uns über eine Grunderkenntnis einig sein: Wir alle sind Leute, die sich einen großen Traum erfüllen wollen!«

»Bravo!« Jan Trosky klopfte Losskow auf die Schulter.

»Ich bin Jan Trosky!«

»Ich heiße Helena Sydgriff.«

»Ich bin Lucrezia Panarotti.» Die schwarze Mähne wirbelte um ihren schmalen Römerkopf. »Papa nannte mich Luzi. Er starb vor zwei Jahren.«

»Vergiftet?« fragte Trosky. Die Panarotti starrte ihn entgeistert an.

»Er stürzte bei einer Klettertour in den Abruzzen ab. Wieso vergiftet ...?«

»Ich dachte nur. Der Name Lucrezia verpflichtet. Lucrezia Borgia war da nicht zimperlich.«

»Sehr witzig!«

»Ist es wichtig, daß wir unsere Kosenamen nennen?« fragte Helena Sydgriff deutlich aggressiv. »Sie heißen also Luzi. Mein Vater nannte mich Blondie. Und Sie, Trosky?«

»Stinker. – Pardon, ich kann mit süßeren Namen nicht aufwarten. Mein Vater war ein humorloser Mann. Was blieb ihm anderes übrig – er war der I. Wärter des Städtischen Klärbeckens.«

Losskow blinzelte ihm zu, aber Trosky erwiderte es nicht. Erst jetzt merkte Losskow, daß Trosky keinen dummen Witz gemacht hatte.

»Blondie, Luzi und Stinker«, sagte Lucrezia und bog sich in den Hüften. »Nur unser künftiger Herr und Meister schweigt.«

»Statt Peter wurde ich Peer gerufen.« Losskow hob wie bedauernd die Schultern. »Mein Vater hatte einen Nordlandtick! Die Losskows – so hatte er nachgeforscht – waren mit einem normannischen König verwandt. Losokau ... oder so ähnlich. In grauer Vorzeit.«

»Daher auch Ihr Wikingertraum von der Weltumseglung!« Trosky lachte. »Ich sehe schon jetzt: Wir passen zusammen.«

»Abwarten!« Helena Sydgriff strich sich eine Locke aus der Stirn. »Bis jetzt wissen wir nur soviel von uns, daß wir zu einem Abenteuer bereit sind. Aber ob wir dazu auch zu gebrauchen sind –«

Sie gingen von der Halle in die Bar, setzten sich in eine Ecke an den reservierten Tisch und überließen es Losskow, den Begrüßungstrunk auszuwählen.

»Champagner?« fragte er.

»Am Nachmittag?« Trosky dehnte seine Muskeln. »Für mich lieber einen Whisky. Ist's erlaubt? Bei uns, hinterm sogenannten Eisernen Vorhang, ist Whisky eine Seltenheit.«

Losskow bestellte. Er ist ein Individualist, dieser Trosky, dachte er. Genau das Gegenteil von einem Mitläufer. Er hat einen harten Schädel. Das kann nie schaden, wenn wir dem Feind gegenüberstehen – dem Ozean!

»Ich möchte von Anfang an nichts mit schönen Worten zudecken«, sagte Losskow. »Denn was wir vorhaben, ist alles andere als ›schön‹. Es wird eine einzige Quälerei werden, ein nie endender Kampf gegen Wasser und Sturm, Sonne und Kälte, Einsamkeit und Aggressionsstau, zerreißende Nerven und lähmende Angst! Ob wir das durchstehen – ich weiß es nicht.«

»Um das zu prüfen, machen wir doch die Sache«, sagte Helena Sydgriff nüchtern. »Wie stark kann der Mensch physisch und psychisch belastet werden?«

»Und wenn wir uns irgendwann einmal gegenseitig auffressen?« fragte Trosky. Lucrezia lachte hell, aber Losskow wußte, daß es kein Witz war.

»Auch das ist nicht allzu abwegig.« Helena legte ihre schmalen und doch kräftigen Hände um das hohe Champagnerglas. »Dann wüßten wir, daß wir verloren haben. Experimente mit Menschen stecken voll unbekannter Gefahrenquellen. Das macht sie ja so interessant ...«

Losskow sah Helena mit einem langen Blick an. Er hatte ein gutes Gefühl dabei, und auf sein Gefühl konnte er sich verlassen. Sie wird mitkommen, dachte er zufrieden. Ein Platz auf meinem Boot ist ihr sicher.

Am Abend tauchte Dieter Randler auf, obwohl Losskow ihn gewarnt hatte. »Ich schlage dir ein Veilchen!« hatte er gesagt. »Du lernst die drei kennen, wenn ich es für richtig halte!« Aber ein guter Journalist läßt sich von solchen Reden nicht beeindrucken. So erschien also Randler punktgenau nach dem Abendessen am Tisch des Restaurants der ›Vier

Jahreszeiten‹. Die Herrschaften hatten ihr Dessert gerade beendet. Mousse von frischen Himbeeren.

Randler verblüffte durch genaue Kenntnisse. Er begrüßte Helena, Lucrezia und Jan mit Vornamen, erklärte, er sei Peters bester Freund und Vermittler lukrativer Spenden, machte alberne Witze, wie: Woran erkennt man einen Seemann? Wenn man ihm einen Flug schenkt, will er damit das Meer durchpflügen! – und als man nur höflich darüber grinste, setzte er sich unaufgefordert.

Der Abend ging bald zu Ende. Jan, Helena und Lucrezia erklärten, sie seien müde, und fuhren mit dem Lift zu ihren Zimmern. Losskow machte mit ihnen aus, daß man sich am anderen Vormittag um 11 Uhr wieder in der Hotelhalle treffen wolle. Dann wartete er am Lift, bis sich die Tür geschlossen hatte. Bevor sie einrastete, warf Luzi ihm noch einen koketten Handkuß zu.

»Die ist eine Wucht!« sagte Randler begeistert. »Nimm für die Deckplanken bloß kein Holz! Nimm Edelstahl! Holz brennt die glatt durch mit ihrem Hintern!«

»Ich bin viel zu müde, um dir eine zu kleben!« sagte Losskow gelassen.

Sie verließen zusammen die ›Vier Jahreszeiten‹. Losskow stieg in seinen kleinen Wagen, Randler winkte einem Taxi. Aber während Losskow nach Hause fuhr, ließ sich Randler einmal um den Häuserblock schaukeln und kehrte zum Hotel zurück. Dort rief er von einer Telefonkabine Jan Trosky an.

»Hier Randler. Liegen Sie schon im Bett, Jan?«

»Nein. Was ist los?«

»Sind Sie ausgezogen?«

»Nur die Schuhe. Sie brennen an den Füßen, sind neu.«

»Kommen Sie runter! Ich lade Sie ein, Sie werden es nicht bereuen. Wissen Sie, was ein Triangel ist? Ich führe Sie durch St. Pauli, da werden Sie's sehen. Live auf der Bühne!«

»Ich bin in fünf Minuten unten!« sagte Trosky ohne Zögern. »Ich muß nur wieder in diese verdammten Schuhe hinein.«

Was in dieser Nacht auf St. Pauli geschah, war nur unklar in einem Protokoll der berühmten Davidswache nachzulesen. Weltbewegend war es nicht. Vielleicht abgesehen von diesem Satz, den der Polizist nicht ohne Hochachtung in die Maschine getippt hatte: »Der Anzeigende gibt an, von drei Zuhältern tätlich angegriffen worden zu sein. Die drei Zuhälter wurden mit einem Krankenwagen ins Hafenkrankenhaus gebracht. Der Überfallene blieb unverletzt.«

Nach einer Stunde durfte Jan Trosky die Davidswache verlassen. Er wunderte sich, daß man ihm sogar die Hand schüttelte.

Doch damit war die Angelegenheit nicht erledigt. Am nächsten Morgen rief die Polizei bei Peter von Losskow an. Nur informativ. Sie wollte wissen, ob ein Jan Trosky, Staatsangehörigkeit Tschechoslowakei, an einem Forschungsunternehmen unter Leitung des Herrn von Losskow arbeitete.

»Es stimmt«, antwortete Losskow. »Wir haben uns gestern persönlich kennengelernt und planen eine Weltumseglung. Ist etwas passiert?«

»Nichts von Bedeutung, Herr von Losskow.« Der Beamte war sehr diskret. St.-Pauli-Abenteuer betreffen immer die Intimsphäre. »Wir wollten nur eine Bestätigung von Ihnen.«

»Weshalb? Ist Herr Trosky etwa bei Ihnen? Stimmen seine Papiere nicht? Wieso interessieren Sie sich für ihn? Bitte, verstehen Sie mich nicht falsch, aber es ist für unsere Zusammenarbeit von Bedeutung.«

»Herr Trosky kann Ihnen das bestimmt selbst am besten erklären!« sagte der Beamte zugeknöpft. »Sie wissen, daß wir von der Davidswache –«

Bei Losskow schlug eine Alarmglocke an. Er bedankte sich höflich, legte auf und wählte sofort die Nummer der Redaktion. Dieter Randler mußte erst gesucht werden, aber dann hörte Losskow seine etwas müde Stimme.

»Was ist in der Nacht passiert?« fragte er laut. »Los, spuck es aus!«

»Du weißt es schon?«

»Die Polizei hat mich gerade angerufen. Davidswache! Du bist gestern zu Trosky zurückgekehrt und hast ihn mit nach St. Pauli genommen!«

»Hat das die Polizei auch gesagt?«

»Rede nicht drum herum! Was ist los?«

»Dieser Jan ist ein Pfundsbursche, Peter! Junge, hat der einen Punch in der rechten Faust! Kommen wir aus so 'nem Sex-Schuppen auf der Großen Freiheit, Hinterhof, toller Laden, Publikum kann mitmachen ... also wir kommen 'raus, Jan mit so 'ner Kleinen am Henkel, da rempelt uns auf dem Hof einer an, so 'n richtiger Loddel mit Lippenbärtchen, gibt Jan eine Ohrfeige und verlangt Schmerzensgeld, er sei von Jan in die Rippen gestoßen worden. Und wie wir noch dumm gucken, kommen zwei andere dazu, genauso Typen, grinsend wie Nürnberger Zwetschgenmännle. Umringen uns und sagen: ›Wir sind Zeuge! Der Kerl hat Bruno angegriffen!‹

Ich will was entgegnen, will sagen: Kinder, haltet die Luft an. Ich bin von der Presse! Wir haben doch miteinander ein Friedensabkommen, aber da klebt der Bruno unserem Jan noch eine und brüllt: ›He, du hast mich getreten!‹ Das war nun ganz unmöglich, denn die Biene hing ja noch an Jan und tat so, als ob sie zittere und wahnsinnige Angst habe. Ja, und dann lief Jan Trosky zu großer Form an. Ich kann dir sagen, das war ein Genuß! Er stellt das Püppchen an die Wand, hämmert dem Bruno blitzschnell die Faust auf die Nuß, Bruno glotzt über Kreuz und geht still zu Boden. Die beiden anderen ran an Jan, aber der greift zu, duckt sich, wirft den einen mit herrlichem Judoschwung über die Schulter aufs Pflaster und rammt dem anderen den Kopf in den Magen: dann rummrumm zwei Haken an den Nischel. Bruno, der sich aufgerappelt hat, bekommt noch eine Ladung mit, zwei

Breitseiten mit beiden Fäusten, er dreht sich wie ein Kreisel und fällt mit der Stirn gegen die Mauer. Platzwunde. Die drei kommen ins Krankenhaus, und Jan meldet als guter Staatsbürger den Vorfall bei der Davidswache. Das was alles! Fabelhafter Kerl, dieser Trosky! Peter, das ist genau der Mann, den du brauchst!«

»Und du bist ab sofort genau der Mann, der sich nicht mehr bei mir blicken lassen soll! Ich werfe dich aus dem Fenster! Garantiert!«

»Undankbarkeit ist der Lohn der besten Freunde!« Randler gähnte. Er hatte kaum zwei Stunden geschlafen. »Du siehst Jan nachher um 11 Uhr?«

»Ja.«

»Mach ihn nicht zur Sau! Er konnte es nicht ändern. War'n mieser Abend für ihn. Er ist nicht mal mit 'nem Wälzerchen auf die Matratze gekommen!«

Im Gegensatz zu Randler, der sich in der Redaktion auf eine Couch gelegt und drei Stunden lang geschnarcht hatte, schien Trosky frisch und erholt zu sein, als er um 11 Uhr in der Hotelhalle Helena Sydgriff begrüßte, die gerade aus dem anderen Lift kam. Lucrezia war unpünktlich, aber das überraschte Losskow nicht. Als er auf ihr Zimmer telefonierte, daß er unten warte, sagte sie: »Ein paar Minütchen noch, Peer! Ich föne mir gerade die Haare.«

Losskow sah Trosky kurz an, stellte keinerlei Ermüdungserscheinungen fest und beschloß, ihn nicht mehr nach seinen nächtlichen Erlebnissen auszufragen. Das war auch nicht nötig. Als Helena im Hotelkiosk die neueste Zeitung kaufte, benutzte Jan die Gelegenheit, um Losskow zuzuflüstern:

»Ich bin in der Nacht verrollt, Peer! St. Pauli. Als ›Ostler‹ muß man ja den dekadenten Westen dort studieren, wo er am typischsten ist! So was kennt man ja bei uns gar nicht. Was die da so selbstverständlich auf der Bühne produzieren ... na, Sie wissen ja! Und da hat es Krach gegeben.«

»Ich weiß. Die Polizei hat bei mir angerufen.«

»Nun sind Sie enttäuscht von mir, was? Ich schwöre Ihnen: Es war Notwehr!«

»Ich glaub's Ihnen. Vergessen wir es!«

»Danke!« Trosky lächelte zufrieden. »Auch wenn wir ein Team werden sollten, Peer – jeder ist für jeden da, natürlich, die Aufgabe geht immer vor –, so sollte doch jeder seine Individualität behalten! Bisher ist nicht die Rede davon gewesen, daß wir ein Klosterschiff ausstatten und rund um die Welt meditieren.«

»Was Sie an Land tun, Jan, ist mir völlig schnurz«, sagte Losskow. »Aber an Bord bestimme ich!«

»Ganz klar.« Trosky gab Losskow die Hand. »Ich habe das schöne Gefühl, daß wir uns blendend verstehen werden.«

Aus dem Lift trat Lucrezia Panarotti. Ihr Auftritt war filmreif. Sie trug ein enges gelbes Kleid, über das ihre schwarzen Haare wie ein weiter Schleier fielen. Sie war nicht zu übersehen, und wer sie ansah, mußte stehenbleiben und ihr nachblicken.

»Wo fangen wir also an?« fragte Trosky, als Helena mit ihrer Zeitung zurückgekommen war. »Fragen Sie uns ruhig Löcher in den Bauch, Peer! Wir sind uns ja alle noch völlig fremd. Passen wir überhaupt zueinander? Wenn Sie der Ansicht sind, daß Sie nach unseren Briefen etwas anderes erwartet haben – sagen Sie es ruhig! Später, auf dem Ozean ist's zu spät. Da hilft dann nur noch eins: über die Reling werfen!«

»Wir haben Zeit genug, uns kennenzulernen.« Losskow holte aus seiner Aktentasche einige bunte Schnellhefter heraus. »Die Vorbereitungen werden bis zum Jahresende dauern. Ich rechne damit, daß wir im Februar ablegen. Da ergibt sich schon die erste Frage: Können Sie über Ihre Zeit verfügen? Wir müssen hier zusammenbleiben, wir müssen trainieren ...« Er sah die beiden Mädchen an. »Ich wiederhole es, auch wenn Sie es alle wissen: Es wird kein Ausflug. Es kann um Leben oder Tod gehen!«

»Ich bin frei!« sagte Helena Sydgriff, nüchtern wie es ihre

Art zu sein schien. »Mein Vater hält mich zwar für ziemlich verrückt, aber er will in das Unternehmen 20 000 Mark investieren. Er hat eine Fabrik für Schlösser und Baubeschläge.«

»Ich habe kein Geld.« Lucrezia zog eine kindliche Schnute. »Aber ich kann jederzeit mein Studium unterbrechen. Ich kann gleich hierbleiben. Ich habe alles, was ich brauche, schon mitgebracht. Sieben Koffer.«

»Davon können Sie sechseinhalb wegwerfen, Luzi! Bei Kap Horn gibt es keine Cocktailparty!« Trosky lehnte sich zurück und balancierte sein Whiskyglas auf der flachen Hand. Während die anderen Orangensaft tranken, war Jan konsequent bei seinem Schottischen geblieben. »Ja, und ich? Ich kann mich auf unbestimmte Zeit beurlauben lassen. Natürlich habe ich mit meinem Institutsdirektor gesprochen, bevor ich Ihnen schrieb, Peer. Ich bin Staatsangestellter, der Staat hat mein Studium bezahlt – woher sollte mein Vater als Kläranlagenwärter das Geld nehmen?! Über mich bestimmt also der Staat! Aber ich habe in Professor Karel Nowracky einen Gönner. Er gibt mich frei. Ich könnte in vierzehn Tagen wieder in Hamburg sein – wenn Sie mich wollen, Peer!«

»Wir wollen es miteinander versuchen!« Losskow blickte auf Helena Sydgriff. Sie sah ihn an, interessiert, forschend, wie zu einer Diagnose bereit. »Bis zum Jahresende kann jeder noch sagen: Danke! Ohne mich! – Gut, fangen wir also mit dem Wichtigen an: Wir werden eine Wohnung suchen, wo Sie, Luzi, Blondie und – Stinker, wohnen können.«

»Warum zögern Sie bei Stinker?« fragte Jan grinsend.

»Diesen Kosenamen gedenke ich in Zukunft zu vermeiden.« Losskow schlug den ersten Schnellhefter auf. Er enthielt die Liste der bisher eingegangenen Spenden. »Die Miete und der Lebensunterhalt sind durch Geldspenden von Zeitungslesern gesichert. Wie ich Randler kenne, wird er weiter trommeln. Aber das sage ich gleich: Champagner und Whisky müßt ihr euch vom eigenen Geld kaufen! Auch Parfüm, Luzi! Der Spendenfonds bestreitet nur die Kosten für einen normalen Haushalt. Morgen fahren wir zu einer Fleischfabrik, die mir Trockenfleisch nach einem besonderen Verfahren angeboten hat.« Er blickte hoch und sah in gespannte Gesichter. Jeder spürte, daß das große Abenteuer bereits begonnen hatte. »Von euch brauche ich eine Aufstellung, was ihr an eigenen Forschungsinstrumenten mitbringt.«

»Eine große Tasche mit Medikamenten und einem chirurgischen Notbesteck«, sagte Helena Sydgriff. »Das ist alles. Mehr brauche ich nicht. Meine Forschungsobjekte seid ihr.«

Trosky lachte. »Da haben Sie sich etwas vorgenommen!«

Nach zwei Wochen trafen sie in Hamburg wieder zusammen. Jetzt, um endgültig dazubleiben. Losskow hatte eine Wohnung gefunden und gemietet: vier Zimmer, Küche, Diele, Bad und ein Balkon mit Elbeblick. Es war eine vornehme Gegend; hier lagen die in Parks eingebetteten Villen der Superreichen, Oasen der Stille jenseits der lärmenden Großstadt. Aber Losskow hatte – wieder mit Randlers Hilfe, so ein Journalist hat das Ohr überall und steckt seine Finger in alles rein – die Wohnung in einem Altbau gefunden, der im nächsten Jahr abgerissen werden sollte. Man wollte dann zwei ganz exklusive Apartmenthäuser bauen, nur zwei Etagen hoch, mit vier Wohnungen, die unter der Hand verkauft wurden. Bis dahin stand der Altbau leer. Er war zwar noch funktionstüchtig, aber Tapeten und Anstriche bewiesen, daß jahrelang nichts in das Haus hineingesteckt worden war.

Luzi betrachtete die Wohnung mit kritischem Blick. »Wie lange sollen wir hier wohnen? Bis Februar nächsten Jahres? Ihr werdet euch wundern!«

Und man wunderte sich. Lucrezia kaufte Tapeten und Leim, lieh sich einen Tapeziertisch, Quast und Schneide, schleppte Farbtöpfe heran, mischte und mixte. Und dann stand sie auf der Leiter, weichte die alten Tapeten ab, besserte den Putz mit Spachtelmasse aus, strich Makulatur und sottete die neuen Tapeten ein.

Jan Trosky mußte helfen. Zum erstenmal reichte er Tapeten an und klopfte sie mit einer flachen Bürste, zog mit einer Gummirolle die Nähte nach und drückte die Bahnen auf Stoß zusammen. Ein paarmal ging das schief, die Tapeten warfen Falten, und Luzi sagte dann sanft:

»Was bist du doch für ein Trottel, Jan! Die klimatischen Veränderungen am Südpol siehst du voraus, aber eine Tapete kriegst du nicht gerade hin!«

Nach einer Woche war die Wohnung ein Schmuckkasten. Jan, Luzi und Blondie gaben eine Party. Da die Möblierung sich auf das Allernotwendigste beschränkte, saß man auf dem Fußboden, trank einen Cocktail, den Helena gebraut hatte, und aß Schaschlik, für den Trosky verantwortlich war. Lucrezia war sehr stolz. Losskow hatte sie gelobt, hatte ihr einen Kuß gegeben und gesagt: »Ehrlich, das hätte ich nicht erwartet!«

Hinter der verführerischen Fassade Lucrezias verbarg sich ein wahres Energiebündel. Randler, der für alles seinen Kommentar hatte, meinte: »Das sind die Gefährlichen, Peter! Du glaubst ein ganz zerbrechliches Püppchen vor dir zu haben – und plötzlich erweist die sich als so knallhart, daß einem die Lider flattern!«

Die Vorbereitungen liefen nun auf vollen Touren. Jede Woche einmal brachte Randler ›Neue Nachrichten aus Feuerland‹, eine Rubrik, die schon fast zur festen Einrichtung geworden war. Sie hatte nur einen Fehler: Da Randler natürlich auch Fotos brachte – von Peter beim Rudertraining, von Trosky, wie er aus Seewasser Trinkwasser filterte, von Lucrezia und Helena, wie sie die Segel refften, war die Anteilnahme der Leser sehr groß. Bei Helena und Lucrezia gingen vierundvierzig ernsthaft gemeinte Heiratsanträge ein: Allein drei steinreiche Witwer bewarben sich um ihre Gunst. Sogar Trosky bekam neun Angebote. ›Haben Sie Muskeln!‹ schrieb eine Frau aus Neumünster. ›Und wie kraftvoll Ihre Schenkel sind! Wir sollten uns unbedingt kennenlernen. Ich habe eine Eisengroßhandlung geerbt, die eine Goldgrube ist. Wir könnten zusammen leben, wo Sie wollen! Von mir aus auch in Feuerland ...‹

In wenigen Wochen gewöhnte man sich so aneinander, daß man meinte, die anderen schon seit vielen Jahren zu kennen. Längst war man per du, nahm kein Blatt vor den Mund und sagte einander auch unangenehme Dinge. Zu einer echten Freundschaft gehört Aufrichtigkeit.

Jan Trosky hatte sich ein Mädchen angelacht, eine schmale, großäugige Verkäuferin in einer Curry-Wurst-Bude auf der Reeperbahn. Er hatte sich nach einem Kinobesuch eine Wurst gekauft, und das Mädchen hatte sein Grinsen erwidert. Sie lächelte zurück, das war alles. Morgens um 4 Uhr, als das Mädchen Feierabend hatte und die Rolläden der nach heißem Fett stinkenden Bude heruntergelassen wurden, stand Trosky zwei Häuser weiter in einer Türnische und wartete. Sie sah ihn sofort, als sie vorbeiging, blieb stehen und blickte ihn mit seltsam leeren Augen an.

»Du wirst nicht abgeholt?« fragte Trosky.

»Nein«, sagte sie. Ihre Stimme war kindlich.

»Dich erwartet keiner?«

»Nein.«

»Deine Eltern?«

»Sind in Apensen.«

»Wo ist denn das?«

»Westlich von Buxtehude.«

»Aha! Ich heiße Jan.«

»Ich bin Anita.«

»Du wohnst hier allein?«

»Möbliert.«

Er faßte sie unter. Sie schauderte zusammen, aber sie lief nicht weg.

»Hast du Angst?« fragte er.

»Nein! Aber ich bin todmüde. Stehe da über zehn Stunden.«

»Sauerei!«

»Aber ehrlich. Ich will keine Nutte werden! Da könnt' ich Geld machen! Aber ich will nicht. Und du?«

»Ich kümmere mich ums Wetter.«

»Red keinen Quatsch!«

»Ich schwöre es dir, Anita.«

Sie starrte ihn wieder mit dem leeren Blick an und lächelte dann schwach. »Sag bloß, du bist einer von denen, die immer die falschen Wettervorhersagen machen.«

»So ähnlich.«

»Das ist ja zum Piepen!« Sie drückte seinen Arm. »Wie wird das Wetter morgen?«

»Sonnig. Strahlend wie im Paradies! Muß ja sein; wir haben uns doch kennengelernt.«

Als wäre es immer so gewesen – sie arbeitet, er holt sie ab –, gingen sie durch die stille, atemholende Stadt, dem Morgendämmern entgegen. Sie hatte ein kleines, sauberes Zimmer, diese Anita aus Apensen, ein gutes Bett und war voll samtener Zärtlichkeit.

»Sie nimmt Rauschgift«, verriet Trosky später, als er Losskow von Anita berichtete. »Mittelhart! Tabletten, Pillen, Dragees. An die Heroin-Nadel ist sie zum Glück noch nicht gekommen. Aber auch die Tabletten gewöhne ich ihr noch ab.«

»Wir können sie nicht mitnehmen«, sagte Losskow hart. »Damit das von Anfang an klar ist. Sag ihr jetzt schon, daß im Februar alles zu Ende ist.«

»Das kann ich nicht. Das würde sie umhauen.«

»Und im Februar, Jan? Was du da machst, ist eine Riesendummheit! Wir haben uns alle von persönlichen Bindungen gelöst, und du gehst eine neue ein!«

»Ich bin kein Asket. Ich muß eine Frau haben.«

»Es gibt in Hamburg tausendfach Gelegenheiten für eine lose Verbindung!«

»Ich brauche das, wie andere sich rasieren. Es ist für mich geradezu eine kosmetische Angelegenheit.«

»Und später auf dem Boot?«

»Da tobe ich mich am Meer aus!« Trosky lachte. »Der Ozean! Für mich ist das Meer weiblich: die See!«

Während es Helena kaltließ, was Trosky in seiner Freizeit unternahm, zog bei Lucrezia Gewitterstimmung auf. »Wer ist eigentlich diese Anita?« fragte sie Losskow. »Mit der liegt er in jeder freien Minute im Bett, nicht wahr? Ist sie so hübsch?«

»Ich kenne sie nicht.«

»Und mich fragt keiner?«

Losskow sah Luzi verblüfft an. »Was soll das heißen?«

»Bin ich aus bemalter Pappe? Oder habe ich Blut in den Adern? Denk mal darüber nach, Peer!«

Am Abend sprach Losskow mit Helena Sydgriff darüber. Jan war wieder bei Anita, Lucrezia ließ sich in einem Schönheitssalon eine Gesichtspackung machen.

»Ich habe das erwartet«, sagte Helena nachdenklich. »Mein Berichtsbuch habe ich längst angefangen. Seit Tagen gärt es unter der Oberfläche. Luzi ist innerlich gespannt, als wolle sie etwas abschießen. Sie hat mir erzählt, daß sie in Rom bis zu ihrer Abreise einen festen Freund hatte. Angelino hieß er. Sie sprach ganz offen darüber. Mindestens dreimal in der Woche trafen sie sich. Plötzlich liegt sie auf dem Trockenen. Ein Glutkegel wie Lucrezia! Vom Medizinischen her gesehen ist das ein echtes Problem. ›Verdammt, ich könnte jetzt jeden Mann anfallen‹, sagte sie einmal zu mir. ›Ob dick oder dünn, klein oder groß, gerade oder krumm, nur ein Mann muß es sein!‹ – Ich kann sie verstehen. Sie ist ein Hormontyp, für den ein Orgasmus geradezu Medizin ist!«

Losskow schwieg. Er sah Helena Sydgriff ratlos an, aber er freute sich, daß sie so offen und ohne Scheu über diese Dinge mit ihm reden konnte.

»Kann sie für unser Unternehmen eine Gefahrenquelle werden?« fragte er.

»Ich hoffe, das viele Wasser wird sie beruhigen.«

»Soll ich sie nach Rom zurückschicken?«

»Das ist deine Entscheidung. Du bist der Chef.« Ihre hellen Augen blickten ihn beruhigend an. »Jeder von uns ist ein Problem, Peer. Wie wir später in der unendlichen Weite reagieren werden, weiß keiner von uns. Da kann Jan wie ein Fels sein und du wie ein nasses Handtuch. Denk daran, wie Luzi die Wohnung umfunktioniert hat. Wir müssen uns darauf einstellen, daß wir alle zu ungeahnten Wandlungen fähig sind.«

»Ich bin froh, daß du zu uns gehörst«, sagte Losskow, nahm ihre Hand und küßte sie. »Ich bewundere dein klares Denken.«

»Wenn du dich da nicht täuschst«, erwiderte sie. Ihre Hand zog sie nicht zurück. »Man kann sich auch am Eis verbrennen.«

Da lag nun das Boot.

Es war nicht das Boot, das Losskow bekommen sollte, es war ein Schwesterschiff, das gerade fertiggestellt worden war und nächste Woche zu seinem Eigner in den Hafen von Cannes gebracht werden sollte. Der Werbechef der Waschmittelfabrik hatte angerufen und Losskow mit seiner Crew eingeladen, das Boot, das man ihnen schenken wollte, in Augenschein zu nehmen. Eine holländische Werft baute es, nach den neuesten Erkenntnissen. Der Konstrukteur wollte es erklären und Losskow Gelegenheit geben, mit einem noch nicht ausgebauten Rumpf dieses Modells seine Versuche anzustellen.

Von allem, was Losskow vor der Abreise nach Holland seinen Freunden erzählte, begeisterte Jan eins besonders: Das Boot war ›unkenterbar und selbstaufrichtend‹.

»Das heißt, wir können nie untergehen?« fragte er. »Das glaubst du?!«

»Wir werden es genau testen.«

»Auch bei Windstärke zwölf passiert gar nichts?«

»Doch. Wir ersaufen.«

»Aber das Boot spielt Stehaufmännchen?«

»So ist es! Theoretisch kann man mit ihm nie untergehen – wenn die Seitenwände und der Boden halten. Die ganze Schale besteht aus ausgeschäumtem Polyester in Sandwichbauweise. Oben bleibt immer oben.«

Nun lag das Boot in dem kleinen Hafen der holländischen Werft, schneeweiß, mit einem roten Streifen rund um die Schale, mit einem blitzenden stählernen Mast und einem flachen, rundum verglasten Kajütenaufbau. Ein wunderschönes Schiff. Fast andächtig trat Losskow an den Steg heran. Nur Lucrezia sagte mit deutlicher Enttäuschung:

»Du lieber Himmel, ist das ein kleines Ding!«

Die erste Besichtigung des ›Schiffes‹ nahm wenig Zeit in Anspruch. Nacheinander betraten sie es, krochen durch die enge Tür in den Kajütenraum und betrachteten die ›sechs Schlafplätze‹ – zwei im Bug, zwei im Heck, und zwei ergaben sich, indem man die gegenüberliegenden harten Polsterbänke und den Tisch wegklappte und zusammenschob. Sie blieben in dem Mittelraum stehen, den der erklärende Konstrukteur, ein Herr Willem van Fleterword, schlicht und ergreifend ›Salon‹ nannte, und malten sich aus, welcher artistischen Fähigkeiten es bedürfte, wenn man sich in der kleinen Bordküche das Essen zubereiten wollte. Es gab sogar eine Sitzbadewanne und einen Lokus, aber alles war so eng, daß die betroffenen Körperteile ein bestimmtes Volumen nicht überschreiten durften.

Losskow fand das Boot hervorragend. Er klopfte es ab, ließ sich den wirklich großen Stauraum zeigen, die Lenzpumpe im Cockpit, die Mastverankerung, die neue Mastklappvorrichtung, die Schnellreff-Einrichtung – alles wichtige Dinge, wenn man in ein schweres Wetter kommen würde, wo es auf Minuten ankam, wenn es galt, das Boot sturmfest zu machen.

Die Besichtigung wurde mit einem hervorragenden Mittagessen abgeschlossen, mit einigen guten holländischen Aquavits, mit Glückwünschen und einer Dankesrede Losskows an den Waschmittelkonzern, der den Kauf dieses schönen Bootes möglich gemacht hatte. Ein Direktor aus der Vorstandsetage, der auch mitgekommen war, überreichte unter den Blitzlichtern der Reporter noch einen Extra-Scheck zur weiteren Ausgestaltung des Bootes, wobei er sich so plazierte, daß er auf allen Fotos das Plakat seines neuesten Allwaschmittels im Rücken hatte.

Am Abend hatte die Crew endlich Zeit, sich mit dem Geschenk zu beschäftigen. Losskow, Randler und die drei waren noch einmal zum Westhafen hinausgefahren und saßen nun auf dem Steg, ließen die Beine über dem Wasser baumeln und blickten auf das Boot.

»Mir war klar«, sagte Trosky, »daß wir mit einem kleinen Boot losziehen. Aber von einem Liliputanerschiff war nie die Rede.«

»Das Boot ist eine ›Friendship 28‹.« Losskow hatte die Daten auswendig gelernt. Es war genau das, was er sich vorgestellt hatte. »Es ist fast 8,70 m lang, 2,85 m breit, hat einen Tiefgang von 1,60 m und eine Verdrängung von 3,5 t.«

»Wer die Zahlen hört, lüftet den Hut!« gab Randler zu. »Aber wer das Ding dann betritt ... Peter! Damit kann man doch nicht über die Meere segeln!«

»Was hindert dich daran? So ein Boot kann sicherer sein als ein Riese von 350 m Länge. Ich habe noch nie gehört, daß die ›Queen Elizabeth‹ unkenterbar und selbstaufrichtend ist. Natürlich gibt das einen tollen Tanz auf den Wellen, aber wir bieten auch keine Angriffsfläche! Das Ganze ist eine Frage der Kondition.«

»Es fehlt der Hilfsmotor«, sagte Trosky plötzlich. Losskow sah ihn erstaunt an.

»Was fehlt?«

»Das Zwergenschiff hat keinen Hilfsmotor. Und wenn's

ein kleiner Zweitakter ist! Es beruhigt mich ungemein, wenn es unter meinem Hintern tuckert.«

»Die Wikinger hatten auch keinen Hilfsmotor«, sagte Losskow ruhig.

»Die hatten auch kein selbstlenkendes Cockpit, keine ausziehbare Propangas-Kombüse, keinen antistatischen Kompaß! Die hielten den Daumen in die Luft und fuhren los.«

»Genau *das* will ich! Wir wollen segeln, nicht knattern! Was wir an Sicherheit mitschleppen, ist – da hast du recht – sowieso schon unfair gegenüber den Normannen.«

»Du bist der Boß!« sagte Trosky. »Also gut, kein Motor! Aber wenn wir ihn einmal brauchen werden, wenn wir verrecken sollten, weil er uns fehlt? Dann ...«

Er sprach nicht weiter. Nur Lucrezia fragte mit wachen Augen: »Was dann?«

»Dann schlägt er mir vorher den Schädel ein!« sagte Losskow unbeeindruckt. »Aber überlegt mal: Für das Gewicht von Motor und Benzin können wir Frischwasser an Bord nehmen. Das werden wir nötiger brauchen, wenn wir bei einer Flaute auf dem Ozean stehen.«

»Mit einem Hilfsmotor gibt's keine Flaute«, hakte Trosky ein. »Da kann man weg! Aber bitte, bitte, ich will nicht jetzt schon meckern. Wir vier auf diesem Miniatursegler – das wird sowieso eine ganz besondere Arche Noah!«

Am nächsten Tag konnten sie eine Rohschale des Bootes übernehmen, mit einem kleinen Mast und einem Großsegel von knapp 10 qm. Es war Wind aufgekommen, eine ziemlich steife Brise, genau das, was Losskow brauchte, um die Schale zu überprüfen. Ein Werftingenieur, der Konstrukteur Willem van Fleterword, natürlich Dieter Randler und die Crew standen in gelbem Ölzeug auf dem Steg. Die Ausbauschale tanzte wie schwerelos auf den Wellen und zerrte an der Vertäuung. Jeder trug seine Schwimmweste unter dem Arm.

»Wer geht mit?« fragte Losskow.

»Ich fahre mit dem Motorboot nebenher!« sagte Randler schnell. »Ich muß ja Fotos machen!«

»Ich bin dabei«, sagte Trosky.

»Und wir?« fragte Helena Sydgriff.

»Ihr seht vom Motorboot aus zu, wie alles funktioniert. Wenn etwas schiefgeht, habt ihr Gelegenheit, uns zu retten! Also ran, meine Lieben!«

Losskow schulterte seine Schwimmweste und ging über den Steg zum Boot. Er kam an Helena vorbei. Sie sah ihn mit ihren hellblauen Augen sorgenvoll an und sagte leise:

»Sei nicht leichtsinnig, Peer! Paß auf dich auf!«

»Angst, Blondie?«

»Ja.«

Er zögerte, hob die Hand und winkte unbeholfen. »Danke«, sagte er. »Das war nett von dir.«

Ein unbeschreibliches Glücksgefühl war in ihm, als er in die Plicht sprang und die Hand nach Trosky ausstreckte, um ihm an Bord zu helfen. Sie hat Angst um mich, dachte er. Sie ist wirklich nicht die kühle Intellektuelle, als die sie sich gibt. Danke, Helena, unsere Welt ist um einiges schöner geworden.

Trosky ging unter Deck in die kleine Kajüte und kam sofort wieder heraus. »Ohne Einrichtung ist das ja alles noch trostloser!« Mir kommen die Wände verdammt dünn vor. Früher spuckten die Seeleute ihren Priem aus, und hier gäbe das sofort ein Loch in der Wand.«

»Polyester ist leicht, aber eisenfest.« Losskow lachte. Er band sich die Schwimmweste um und ließ sie von Druckpatronen aufblasen. »Außerdem ist der Rumpf in der Laminatbauweise gebaut. Diese Schichtung knackt so leicht keiner durch.«

»Die Wände klingen hohl.«

»Das sind die Luftkammern und die Aufschäumung. Die richten uns immer wieder auf! Das proben wir jetzt durch. Schiß in der Hose?«

»Wäre ich dann hier?« Trosky grinste. »Wir werden um Feuerland und Kap Horn rauschen, daß uns der liebe Gott in seinem Lehnstuhl applaudieren wird!« Er band sich nun auch die Schwimmweste um und zog an den Luftpatronen. Dann markierte er ein Strammstehen und legte die Hand an die Stirn. »Zum Auslaufen bereit, Sir. Soll ich Signal ›Anker-Klüse frei‹ geben?«

Sie warfen lachend die Leine los und warteten, bis das Nylonseil, das sie mit dem Motorboot verband, sich straffte. Dann setzten sie sich in die Plicht, Losskow nahm den Ruderbalken, und die Schale tanzte auf den Wellen davon.

Schon das Wegschleppen wäre für einen Laien Anlaß gewesen, sich mit Grausen abzuwenden. Die Schale war wie ein Stück Papier, mit dem das Meer spielte. Als sie ins freie Wasser kamen, hakten sich Losskow und Trosky an den gespannten Laufleinen ein, da sie jetzt ihre Hände nicht mehr zum Festhalten, sondern zur Arbeit benutzten. Vom Motorboot wurde das Schlepptau gelöst, Trosky hakte es aus. Dann setzte Losskow das Großsegel voll in den Wind und ließ das Boot davonschießen, als sei es katapultiert worden. Sie kamen mit dem Motorboot gleich, das in den hohen Wellen stampfte und voll mit dem Bug eintauchte, sahen auf der Flybridge neben dem Werftingenieur auch Dieter Randler stehen, bleich, mit verkniffenem Gesicht, aber noch tapfer genug, um seinen Fotoapparat mit einem gelben Plastiksack vor Nässe zu schützen. Jetzt hörten sie, wie ihnen der Konstrukteur van Fleterword mit einem Megaphon etwas zuschrie. Er klebte an der Reling, von den Wellen ab und zu überschüttet, ein Mensch, der im Meer wie zu Hause war.

»Nicht voll in den Wind!« brüllte Fleterword. »Der Mast ist nur provisorisch gesteckt! Holen Sie ein! Mit Segeln können Sie nicht rollen!«

»Das weiß ich von allein!« knurrte Losskow. Er ließ die Schale an dem Motorboot vorbeiziehen und winkte fröhlich.

Hinter der Scheibe des Kajütsalons erkannte er die Gesichter von Lucrezia und Helena. Seht euch das an, dachte er. Ja, das erwartet euch! Dabei ist das hier noch ein Spielchen gegen das, was uns ein richtiger Sturm bescheren wird. Da werdet auch ihr an Haken hängen, und die Wogen werden sich haushoch vor euch auftürmen und auf euch herunterstürzen. Ein Gebirge aus Wasser. Da kann einem das Herz stehenbleiben, ich kenne das! Und nach dem Gebirge kommt das Tal, und man fällt hinein und weiß: Dieser gurgelnde, brüllende Schlund spuckt dich niemals wieder aus. Niemals! Das ist das Ende! Über dir wird sich das Meer schließen. Du bist verschluckt worden. Es gibt dich nicht mehr. Und dann tauchst du wieder auf, reitest auf schäumenden Wellenkämmen und begreifst nicht mehr, daß es noch einen Himmel gibt, einen Horizont, jagende Wolken, tobende Wasser und daß du das alles siehst und hörst und weiterlebst ... bis zum nächsten Gebirge aus Wasser, bis zum nächsten brüllenden Tal ...

»Segel ein!« schrie Losskow. Sie waren jetzt einige Meilen von der Küste entfernt, das Meer rollte gewaltig an und schlug mit Wellenfäusten auf die Polyesterschale. Das Schott zur Kajüte war sturmdicht gemacht worden, da kam nichts mehr rein, aber die automatische Lenzpumpe konnte das Cockpit nicht mehr freimachen. Es schlug mehr hinein, als sie herausdrücken konnte. Trosky und Losskow standen bereits bis über die Knöchel im Wasser. Ein Brecher, der voll ins Boot geschlagen war, hatte sie zu triefenden, gelbleuchtenden Spukgestalten gemacht.

Das Motorboot holte auf. Herr van Fleterword hing noch immer an der Reling, das Megaphon vor dem Mund, und brüllte hinüber: »Das ist ja Blödsinn! Was machen Sie denn? So benimmt sich doch keiner!«

»Du wirst dich wundern, Junge!« sagte Losskow rauh. »Paß mal auf, was ich jetzt mache! Bei Kap Horn gibt es keine Gesetze. Da mußt du verrückter sein können als das Meer!«

Er stapfte an die Seite von Trosky, der sich am Kajütendeck festhielt, nachdem er das Segel gerefft hatte. Er hakte gerade das letzte Tau ein. »Können wir?« brüllte er ihm zu.

Trosky sah ihn fragend an. »Was können wir?« brüllte er zurück.

»Den Rollermann machen!«

»Von mir aus!« Trosky kontrollierte seinen Leibgurt, die Haken und die Schwimmweste. »Und wenn wir unten bleiben?«

»Sofort raus und nach oben!« Losskow packte mit beiden Händen den Ruderbalken. »Fertig?«

»Fertig, Peer!«

Losskow riß das Ruder herum. Die Schale, bisher mit dem Kiel die anrollenden Wellen zerschneidend, drehte sich quer zum Wind. So erbärmlich klein auch die Seite war, mit ungeheurer Gewalt schlug das Meer zu! Herr van Fleterword drückte entsetzt das Megaphon gegen die Brust und riß den Mund auf. Randler, auf der Flybridge des Motorbootes, von Übelkeit zerrissen und nur von dem Wunsch beseelt, möglichst schnell zu sterben, stöhnte qualvoll auf und hob die Kamera ans Auge. Der Kameramotor klickte – vier Bilder pro Sekunde. Was auf dem brüllenden Meer geschah, wurde in allen Phasen festgehalten.

Die weiße Nußschale wurde hochgeschleudert, die Wogen drückten sie um, schräg hing sie an einer riesigen Wellenwand, man sah, daß Losskow und Trosky nur noch von ihren Haken gehalten wurden. Wie gliederlose Puppen schwenkten sie an den Nylontauen hin und her, aber das winzige Boot kenterte nicht, es schlug nicht um, der Kiel drehte sich nicht nach oben. Wie durch Zauberhand richtete es sich auf, tanzte auf den Kämmen, rutschte in die Wellentäler, drehte sich steuerlos, legte sich auf die Seite, kam wieder hoch und wurde wie ein Ball herumgeschleudert. Beim sechsten Seitwärtsgehen knickte der Mast ab, als sei er ein dünnes Hölzchen, eine Welle fegte ihn über das Brückendeck zur Plicht, das

Segel riß aus der Vertäuung, blähte sich auf, zerfetzte und fiel mit dem Mast über Jan Trosky.

Der zog den Kopf tief zwischen die Schultern, aber der Schlag traf ihn voll. Scheiße, dachte er noch. Damit muß man rechnen. Jetzt hat mir der Mast den Schädel eingeschlagen. Dann wurde er ohnmächtig und fiel, nur von den Haken des Leibgurts am Seil gehalten, nach vorn. Das rettete ihn. Das Tauwerk des Segels peitschte durch die Luft, durch den Winddruck scharf wie ein Messer geworden, zischte über ihn weg und riß erst dann voll aus dem Mast.

Losskow hatte keine Möglichkeit mehr, die Schale unter Kontrolle zu bringen. Er griff nach Trosky, hielt seinen Kopf mit beiden Händen hoch und sah die Platzwunde. Wie alle Kopfverletzungen blutete sie sehr stark, das Blut überschwemmte den ganzen Kopf, es sah aus, als habe Trosky ein Riesenloch im Schädel, aus dem all sein Blut ungehindert herausströmte.

Man brauchte viel Kraft und auch Glück, um die tanzende Schale wieder einzufangen und an das Motorboot zu seilen. Als Losskow endlich das Tau auffing und einhakte, sank in der Kajüte Lucrezia auf die Polsterbank und weinte in kindlich hohen Tönen. Helena Sydgriff lehnte sich zurück und vergrub beide Hände in ihre Haare.

»Hör auf!« sagte sie rauh. »Hör sofort auf mit der Heulerei! Ich explodiere sonst!«

»Dann heul doch auch!« schrie Lucrezia. »Das macht frei! Aber lieber zerplatzt du!« Sie preßte das Gesicht ins Polster und weinte weiter. Helena stand auf, schwankte bis zur Treppe der Flybridge und sah, wie Randler über der Wand hing und kotzte. Losskow hielt immer noch Troskys Kopf umklammert. Es war unmöglich, ihn jetzt heranzuziehen und an Bord zu nehmen.

Sie brauchten zwei Stunden, bis sie an die Mole des Werfthafens kamen und damit in ruhigeres Wasser. Dort holte man Losskow und Trosky über, und Helena verband die Platzwunde. Lucrezia gebärdete sich, als seien gleich zwei Geliebte aus dem Krieg zurückgekommen, küßte Peter und Jan ab und heulte wieder, mit einem Anflug von Hysterie.

Losskow trank einen großen Aquavit. Bis zur Selbstauflösung erschöpft, lag er auf der Polsterbank in der Kajüte und freute sich dennoch über Randler, der völlig apathisch in einem Sessel hing, fahlbleich, fast gelblich im Gesicht, und noch immer seine rotumränderten Augen nicht unter Kontrolle bringen konnte. Herr van Fleterword war sichtbar beleidigt. Obwohl es sich doch erwiesen hatte, daß sein Schiff unsinkbar war. Aber so idiotisch benahm sich kein Schipper, wie Losskow es simuliert hatte!

»Wie immer«, sagte Losskow schwach, noch ehe sie am Steg anlegten. »Die Schwachstellen sind die Maste und das Tauwerk! Im Notfall kann man sie nicht so schnell kappen, wie sie ein Boot zerstören können.«

»Deshalb haben wir bei Ihrem Boot auch eine Mastkappvorrichtung eingebaut. Sie knicken sekundenschnell den Mast, wenn er zu brechen droht.« Herr van Fleterword wedelte mit beiden Händen. »Aber dazu wird es nie kommen! Ich nehme an, Sie wollen wie ein vernünftiger Mensch segeln. Aber Sie haben immerhin gesehen: Sie sind unsinkbar!«

»Auch mit vollem Ballast?«

»Auch damit. Was Sie eben da draußen gemacht haben, haben wir alles in unserem Windbecken durchgetestet. Da das Boot keinen Widerstand leistet, hält es jedem Wellenschlag stand. Glauben Sie es nun?«

»Es ist noch viel zu tun«, sagte Losskow. Auf der anderen Polsterbank hob Trosky den Kopf und fluchte auf tschechisch. Er betastete sich, sah Helena und Lucrezia mit flatternden Augenlidern an und setzte sich dann aufrecht. »Jetzt einen Whisky, nicht wahr?« fragte Losskow.

»Wieso lebe ich noch?« Trosky sprach mühsam, mit schwerer Zunge. Er zwinkerte mit den Augen. Für ihn war Losskow zweimal vorhanden, er sah ihn doppelt. Auch das Licht blendete ihn – die typischen Anzeichen einer schweren Gehirnerschütterung. »Der Kopf ist noch dran. Erstaunlich.«

»Peer hat ihn fast eine Stunde lang festgehalten«, sagte Helena. »Vielleicht wäre er sonst abgerissen worden.«

»Ist das wahr?« Trosky sah Losskow an. »Du hast mir ein neues Leben geschenkt? Muß ich jetzt Papa zu dir sagen?«

Lucrezia lachte schrill. »Dämliches Luder!« zischte Helena. Die Stimmung war miserabel; die Anspannung der Nerven löste sich; es bildeten sich Aggressionsschübe. In solchen Momenten kann man sich bis aufs Blut hassen – und kann es später nie erklären. Die Nerven laufen einem davon, man ist nicht mehr verantwortlich zu machen.

»Wir müssen noch viel tun«, wiederholte Losskow. »Nicht am Boot. An uns! So wie wir heute sind, reicht es gerade aus, um von Mallorca nach Ibiza zu segeln, bei strahlendem Sonnenschein!«

»Danke für das Kompliment!« grunzte Trosky. »Wir werden uns bemühen, wie ein Fels im Boot zu stehen und gegen die Wellen zu pinkeln.«

Lucrezia lachte wieder hysterisch, dann fiel sie ins Schluchzen zurück und schlug nach Helena, als diese sie »Dumme Ziege« nannte. Von der Werft fuhr man wortlos ins Hotel zurück, ging auf sein Zimmer und schloß sich ein.

Später rief Losskow bei Helena an. »Was willst du?« fragte sie grob.

»Ich nehme es dir nicht übel, wenn du aussteigst«, sagte er.

»Aber ich nehme dir übel, daß du solch einen Unsinn redest!« erwiderte sie und legte auf.

Eine Woche später – Jan Trosky hatte seinen Unfall blendend überstanden, er hatte einen Eisenschädel, was jeder bestätigte – begann eine neue Übungsphase: das Zusammenleben in einer Rettungsinsel.

Randlers Fotos von der Unsinkbarkeit des Bootes waren

unbrauchbar. Er hatte das geahnt. Die Bilder waren total verwackelt, grau und verschwommen und zeigten nur Wasser oder Himmel. Das Boot hatte er nur zweimal drauf und dann nur am Rande. Außerdem waren die Bilder wie überzogen von einem Netz aus seltsamen Schlieren.

»Da habe ich voll über die Kamera gekotzt!« erklärte Randler unbefangen. »Nicht für eine Million wäre ich bereit, diese Reise mitzumachen! Und die machen das freiwillig!«

Er schrieb einen unerhört dramatischen Situationsbericht und ließ zwei Szenen sogar zeichnen, so daß man glauben konnte, vor Hollands Küste habe ein riesiges Seebeben das Meer aus dem Bett gehoben.

Für diesen zweiten Versuch hatte man eine seetüchtige Motoryacht gechartert und fuhr wieder hinaus in das Gebiet nördlich von Helgoland. Dort ließ man die runde gelbe Rettungsinsel zu Wasser, diese kleine, aufgeblasene Wanne mit dem spitzen Zeltdach, dem zuckenden Notsignal, den Proviantsäckchen und Frischwasserkanistern und der kleinen Batterieheizung.

Die Aufgabe hatten sie vorher genau durchgesprochen: Eine Woche lang leben unter extremen Bedingungen. Daß draußen eine Motoryacht sie überwachte, mußte man vergessen. »Um uns ist nur Wasser!« sagte Losskow. »Sonst nichts! Die nächste Küste ist irgendwo. Hundert Meilen entfernt. Das ist die Situation.«

»Wer gläubig ist, sollte ein Gesangbuch mitnehmen!« sagte Trosky. »So wie Peer das schildert, heißt das doch nichts anderes als: Jetzt geht's uns an den Kragen! Ob man das simulieren kann? Dieses Gefühl, diese Gewißheit: Hier bleibst du und hier verreckst du langsam – das kann man doch nicht spielen!«

»Zugegeben! Aber es wird sich immerhin herausstellen, wie wir uns benehmen, wenn wir auf engstem Raum miteinander leben müssen.«

Es begann damit, daß Losskow nicht einfach in die Rettungsinsel übersteigen ließ, sondern als erster ins Wasser sprang und – mit Schwimmweste angetan – zu ihr hinschwamm, sich an dem Rundseil hochzog und sich ins Innere wälzte. Dann blickte er aus dem Reißverschlußeingang hinaus und winkte den anderen zu.

»Na warte! Du hast mein Bettchen naßgemacht!« rief Trosky. Dann ließ er sich in das kaum bewegte Wasser fallen und schwamm mit langen, kräftigen Zügen zur Gummiinsel. Losskow zog ihn hinein. »Nun die Damen!« rief Trosky. »Oh, ist das ein geiles Bett! Alles schwabbelt! Gleicht sich der Körperform an! Herbei, ihr Süßen!«

Helena Sydgriff sprang ins Meer. Sie war eine gute Schwimmerin, kam schnell zur Rettungsinsel und wurde von Losskow und Trosky hochgezogen. Kaum war sie geborgen, hechtete Lucrezia ins Wasser. Ihr schwarzes Haar wehte wie eine Fahne, ehe sie eintauchte – man hatte den Eindruck, ein Segel halte sie für einen Moment in der Luft.

»Das ist Klasse!« sagte Trosky voll Anerkennung. »Wenn so etwas ins Wasser springt, verliert Gott Neptun vor Begeisterung seinen Dreizack!«

Lucrezia schwamm wie ein schlanker Fisch. Pfeilschnell zog sie heran, bei jedem Stoß etwas unter Wasser kommend, dann wegtauchend, keinen Widerstand gebend, das Meer einfach durchschneidend. An der Insel tauchte sie auf, lachte hell und streckte die Arme aus. Trosky hob sie hinein und ließ seine Hand auf ihren Hintern klatschen.

»Ich weiß jetzt, wie Aphrodite ausgesehen hat, die Schaumgeborene! Davon hatten die alten Maler keine Ahnung!« sagte er. »Ja, und nun sind wir alle naß.«

»Und wir befinden uns zwischen der Bucht von Bahia Grande von Argentinien und den Falkland-Inseln, 350 Seemeilen vom Land entfernt, allein im Meer. Das Boot ist gesunken!«

»Kann es ja gar nicht!« lachte Trosky. »Ist doch ein Stehaufmännchen!«

»Die Wand ist zerschlagen worden!« Losskow zog seine Schwimmweste aus. »Verdammt, das ist kein Wochenendtrip, das ist ernst! Euch wird das Lachen noch vergehen! Wollt ihr so naß bleiben! Wo sind die Frottierhandtücher, die Bademäntel? Luzi, pack den Fön aus! Wer rubbelt mich ab?«

»Jetzt dreht er durch!« sagte Trosky.

»Es dauert lange, bis das Zeug am Körper trocknet!« Losskow zog sein Hemd aus. Um den Hals trug er an einem goldenen Kettchen ein geschlossenes Medaillon. Es war eine alte Arbeit, ziseliert mit Blüten und Ranken. »Außerdem ist zu erwarten, daß ihr alle eine gesalzene Erkältung bekommt.«

»Er hat recht!« Helena warf ihre Schwimmweste ab. Sie zeigte nach links und rechts. »Da ist Argentinien, dort sind die Falkland-Inseln. Und ich bin naß und muß weiterleben.«

»Haha! Jetzt machen wir einen nackerten Ringelreihen!« rief Trosky.

»Die nächste Küste ist 350 Meilen entfernt.« Losskow zuckte mit den Schultern. »Du mußt selber wissen, ob du in nassen Klamotten leben kannst.«

»Ich nicht!« sagte Helena. »Und husten tu ich auch nicht gern! Ich prophezeie euch allen eine saftige Grippe! Ich für meinen Teil kann das verhindern.«

Sie zog ihre nasse Bluse aus, löste den BH, streifte die Jeans und den Slip herunter und rutschte, völlig unbefangen in ihrer Nacktheit, auf den Knien zum Eingang. Sie hatte eine sehr weiße Haut, kräftige, runde Brüste, glatte, muskulöse Schenkel und schöne Beine. Ein hellblonder, fast weißlicher Haarflaum überzog an manchen Stellen ihre Haut.

Trosky starrte sie mit Kuhaugen an, schluckte zweimal, sagte: »Na, da kann Feuerland nicht weit sein!« und löste die Schnalle seiner Hose. Auch Lucrezia streifte alles ab, die Wirkung ihres Körpers war bekannt, man hatte sich daran gewöhnt, man fand nur noch einmal bestätigt, zu welchen Meisterwerken die Natur imstande ist.

Als sie nackt waren, verloren sie alle Scheu. Eine Schranke war übersprungen worden, und es war ihnen leichtgefallen, wie sie jetzt merkten. Ihre Gemeinschaft war anders geworden, geschwisterlicher, fern jeder Erotik oder gar Sexualität. Troskys kräftige Muskeln, Peters sportlich trainierter Körper, Helenas feste runde Brüste, Lucrezias schlanke Taille – sie wurden zur Kenntnis genommen und nichts weiter. Blondie kletterte draußen an der Rettungsinsel herum, spannte eine Leine und hängte die nasse Wäsche zum Trocknen auf.

Dieter Randler allerdings fiel drüben auf der Motoryacht fast aus dem Deckstuhl, als er Helena Sydgriff in leuchtender Nacktheit in der Sonne herumturnen sah. Er stürzte an die Reling, formte aus den Händen eine Röhre und schrie hinüber:

»Ist noch ein Platz frei? Ich komme!«

Helena schrie zurück: »Seien Sie still! Es gibt Sie nicht! Sie sind nicht vorhanden! Wir schwimmen vor Bahia Grande!«

Randler warf sich herum, rannte in den Steuerstand und störte den Kapitän der Yacht beim Fotografieren dieses schönen Bildes.

»Sie sind doch ein alter Seemann!« sagte Randler. »Helfen Sie mir. Klären Sie mich auf! Kann der Genuß von Meerwasser verblöden?«

Im Innern der Rettungsinsel rieben sie sich gegenseitig mit einem kleinen Tuch ab. Der körperliche Kontakt irritierte sie nicht, selbst Trosky blieb ruhig. Er massierte Lucrezias Rükken und ihre Hüften, ohne daß durch seine Fingerkuppen ein elektrischer Strom in sein Nervensystem floß.

Helena saß an dem umgeklappten Einstieg und genoß die Sonne. Die Wäsche an den Leinen flatterte im Wind, träge schaukelte die Gummiinsel auf dem ruhigen Meer. Losskow, der seitlich von Helena auf dem dicken, versteiften Gummiboden hockte und die Notverpflegung musterte, blickte ein paarmal zu ihr hin und bewunderte ihre blonde, kühle Schönheit.

Wie im Notfall begann er, Wasser und Essen einzuteilen. Es war eine große Gummiinsel, für acht Mann berechnet, und dementsprechend hatte man auch die doppelte Ration zur Verfügung.

Aus einem wasserdichten Plastikbeutel holte Losskow einen kleinen Radioapparat mit einer durch Sonnenenergie aufladbaren Batterie. Er warf ihn Trosky zu, der seine Massage beendet hatte und nun seinerseits von Lucrezia abfrottiert wurde. Er grinste dabei wohlig und schrie mit bewußter Übertreibung »Huch!«, wenn sie mit der Hand an seinen Bauch kam oder ihm übermütig in den Nacken blies. Es war ein harmloses Spiel, sie hatten kindliche Freude daran, und später saßen sie alle im Kreis beisammen, das Radio in ihrer Mitte, und hörten die Übertragung einer Operette. ›Eine Nacht in Venedig‹.

Losskow unterrichtete sie über die Notverpflegung: »Pro Kopf und Tag zwei Becher Wasser. Hier haben wir Vitaminfruchtstangen.«

»O Gott!« sagte Trosky. »Diese klebrigen amerikanischen Dinger? Ich habe mir von meinem Vater erzählen lassen, daß die Amis damit den Krieg gewonnen haben! Jeder soll die mit sich herumgeschleppt haben. Fruchtstangen, Colaschokolade, Nescafé, Kekse.«

»Haben wir auch alles hier!«

»Dann kann uns ja eigentlich kaum etwas passieren!« Trosky hämmerte sich wie ein Gorilla mit beiden Fäusten an die breite Brust. »Daran ist Hitler-Deutschland zerbrochen, und wir werden den Ozean besiegen! Stellt euch bloß vor, wie weit die Wikinger gekommen wären, hätten sie amerikanische Notverpflegung an Bord gehabt!«

Es war ein lustiger Tag, dieser erste.

Drei Stunden später war die Kleidung durch Wind und Sonne so getrocknet, daß Lucrezia hinausklettern und die Wäsche hereinholen konnte. Randler, drüben auf der Motoryacht, stürzte an die Reling und fuchtelte mit beiden Armen.

»Das ist unfair!« schrie er. »Bei Ringelpiez mit Anfassen die Presse ausschließen! Holt mich rüber!«

Lucrezia winkte ihm zu, turnte in ihrer Nacktheit auf dem Außenwulst der Gummiinsel herum, warf die Kleidung ins Innere und verschwand dann wieder.

Der Abend und die Nacht gingen mit Erzählungen und Plänemachen vorüber. Es war schwer, sich immer wieder vorzustellen: Wir sind 350 Meilen von der Küste entfernt! Wir sind allein! Sie mußten vergessen, daß ein paar Meter neben ihnen eine Motoryacht auf sie aufpaßte. Als es dunkel wurde, beugte sich Trosky zu Losskow und flüsterte ihm ins Ohr. »Bis jetzt konnte ich es aushalten«, sagte er. »Man kneift eben alles zusammen. Aber jetzt geht's nicht mehr! Auch Wasser und Trockenkeks wollen mal, chemisch verwandelt, heraus!«

»Wir sind allein auf dem Ozean.«

»Aber ich muß ...«

»Wir müssen alle, früher oder später. Auch die Mädchen.«

»Das ist eine ganz neue Situation, in die ich erst hineinwachsen muß.«

»Wir sind Schiffbrüchige und haben nichts mehr zu verlieren als unser Leben! Das Schamgefühl ist das erste, was über Bord geht.«

»Wenn das so ist ...«, sagte Trosky laut. »Also gut, ich geh jetzt mal pissen!«

Er rutschte auf den Knien zum Eingang, zog den Reißverschluß auf, schob sich auf den Gummiwulst und pinkelte. Lucrezia klapperte mit den Lidern, aber als Trosky wieder zurückkroch, rutschte sie ins Freie und klammerte sich an eins der Halteseile.

»Bei euch wird's schwieriger!« sagte Trosky gemütlich zu Helena. »Das ist schon Artistik! Wir Männer sind eben die Krone der Schöpfung. Da ist alles praktisch durchdacht. Dafür bekommt ihr gratis vom Meer den Hintern gewaschen.«

»Du wärst erträglicher, wenn du weniger reden würdest«,

sagte Helena. »Wir wissen mittlerweile alle, daß du ein Schwein bist.«

Sie schob sich hinaus und hockte sich neben Lucrezia, die mit starren Augen in die Nacht und über das grauschwarze Meer starrte. Die Motoryacht lag schon fast hundert Meter entfernt; die Gummiinsel trieb davon.

»Sehr nervös, die Lady!« sagte Trosky, nicht im geringsten beleidigt. »Auch nackt noch mit einem stählernen Panzer!«

Der zweite Tag ging vorüber, die Stimmung war immer noch verhältnismäßig gut. Man hörte Radio, verfolgte zwei Fußballspiele, klopfte Karten; im Notsack waren außer einem Kartenspiel auch noch zwei Brettspiele, Halma und Mensch-ärgere-dich-nicht. Trosky erzählte von seinen Reisen ans Rote Meer und zu den Malediven, wo es – das schwor er – üblich sei, daß die Mädchen den Männern Blütenketten nicht nur um den Hals hängten.

Dann schlief man wieder und wärmte sich gegenseitig.

Am dritten Tag bauten sich die Aggressionen auf. Unmerklich, aber stetig und gefährlich. Helena notierte es in ihrem Berichtsbuch: ›Troskys Augen bekommen einen fatalen Glanz. Luzi ist wie eine heiße Katze. Peter wird knurrig, fällt in einen Befehlston und will immer allein recht haben. Und ich? Ich ertappe mich dabei, daß ich mir wünsche, Peter möge in der Nacht seine Hand auf meine Brust legen. Manchmal möchte ich mich eng an ihn schmiegen. Aber das ist ja alles Dummheit! Immerhin ist es interessant, wie sich schon nach zwei Tagen ein Mensch decouvriert.‹

Der vierte Tag wurde schon zur Qual. Am schlimmsten war die Langeweile. Den ganzen Tag dudelte das Radio; Trosky gab ihm einmal einen Tritt. Außerdem zeigte sich der Mangel an Süßwasser; es reichte zum Trinken, aber nicht zum Waschen. Schon am dritten Tag wurde die Haut von kleinen, feinen Salzkristallen überzogen, die einen ständigen Juckreiz erzeugten. Zwar schwamm man jeden Tag um die Rettungsinsel herum, spülte die Kristalle ab, frottierte sich, aber ein paar Stunden später waren sie wieder auf der Haut: in der Sonne getrocknete Gischt, feinste Partikelchen, Wasserstaub.

Sie hockten jetzt alle, nur mit Unterhose oder Slip bekleidet, bei offenem Eingang auf dem Gummiboden und ödeten sich an. Der Erzählstoff war verbraucht. Man wußte, was Helena als Medizinerin erlebt hatte, man kannte Lucrezias italienische Heimat, Losskows Leben war ohne bemerkenswerte Höhepunkte, und Trosky brüstete sich mit seinen erotischen Abenteuern.

Am fünften Tag rebellierte Trosky gegen das Essen. »Der Fraß kotzt mich an!« schrie er.

»Wir treiben nach Süden!« sagte Losskow stur. »Bis zur Küste sind es noch rund 200 Meilen!«

An diesem Tag – sie hatten geschwommen und lagen wieder nackt in der Insel – deckte Lucrezia ein Tuch über ihren Unterleib. Ihre Augen flimmerten. »Paß bloß auf!« sagte sie. »Ich habe ein Messer! Der Kerl« – sie zeigte auf Trosky – »starrt mich an, als wollte er mich anspringen!«

»Sie hätte es gern!« schrie Trosky. »Werft sie ins Wasser, das fängt an zu kochen, so heiß ist sie!«

Verschlimmert wurde die Lage noch durch Dieter Randler. Da er wußte, mit was sie sich drüben auf der Rettungsinsel bescheiden mußten, wollte er sie erst recht hungrig machen. Mittags und abends, wenn die Motoryacht dem Gummiboot nahe kam, saß er an der Reling und zeigte, was er auf dem Teller hatte: dicke Knackwürste. Oder Schinken mit Ei. Gebratene Leber. Ein Riesenkotelett. Als er am fünften Tag die Gabel hob und ein dickes, rundes, triefendes Eisbein vorzeigte, drehte Trosky durch. »Den Kerl bring' ich um!« brüllte er. »Dem reiß' ich die Därme aus!«

Er hechtete ins Wasser und wollte hinüberschwimmen. Aber die Yacht machte sofort Fahrt und lief davon. Trosky kehrte zur Rettungsinsel zurück und versank in dumpfes Brüten.

»Das ist alles Scheiße, das ganze Experiment!« knurrte er Losskow an. »Ein Meer, so glatt wie ein Tisch! Das macht mich verrückt! Im Ernstfall sieht das doch anders aus. Da ist dann ringsherum die Hölle los. Aber jetzt? Das ist doch nur sinnloses Theater. Ihr kotzt mich alle an!«

Nach sieben Tagen nahm man die Insel wieder an Bord. Trosky suchte sofort Dieter Randler auf. Der hatte sich vorsichtshalber in seiner Kabine eingeschlossen und bot Waffenstillstand an, mit Hilfe einer großen Flasche Whisky.

Die ›Manöverkritik‹, wie Losskow die Zusammenfassung aller Beobachtungen und Ergebnisse nannte, war vernichtend. Sie saßen im Salon der Yacht um den Tisch, ließen die Köpfe hängen, wußten genau, daß sie versagt hatten, und hörten geduldig zu, wie Losskow die rhetorische Frage stellte: »Und *wir* wollen mit einem 8,70-m-Boot rund um die Welt? Wir armseligen Würstchen!«

»Immerhin haben wir das Schamgefühl über Bord geworfen!« sagte Trosky bissig. »Diesen Ballast sind wir los! Wir werden uns auch noch von den anderen Belastungen befreien. Eins haben wir jedenfalls gezeigt, Sir!« Er sprang auf und legte die Hand an die Stirn. »Wir sind zu allem bereit!«

Losskow lächelte schwach.

Es war ein Versprechen mit zweideutigem Sinn.

Nach dieser Krise auf der Rettungsinsel blieb Jan Trosky zwei Tage in Hamburg verschollen. »Laß ihn«, sagte Helena Sydgriff, als Losskow die Überlegung anstellte, ob man Trosky aus der Crew streichen und einen anderen suchen solle. »Frag ihn auch nicht, wo er gewesen ist. Besser so, als wenn er uns auf die Nerven fällt mit seiner hormonellen Hysterie. Jeder von uns hat eine Macke – du auch! Wenn es drauf ankommt, kannst du dich auf Jan verlassen, das weißt du. Er hat Fäuste, die vor nichts Angst haben. Mehr Sorge macht mir Luzi. Jan kann verschwinden; die Männer haben es gut mit ihrer Sondermoral. Wenn eine Frau das gleiche Recht verlangt, ist sie eine Nutte.«

»Ach so! Das ist es?!« Losskow blickte unsicher an Helena vorbei. »Hat sie mit dir darüber gesprochen?«

»Noch nicht. Aber gestern abend hat sie sich betrunken. Fast eine ganze Flasche Grappa hat sie in sich hineingekippt. Wie gelähmt lag sie auf ihrem Bett, sprach mit einem imaginären Angelino und liebte ihn offenbar in ihrer Phantasie. Sie war so in Schweiß gebadet, daß ich sie waschen mußte. Aber sie hat das gar nicht wahrgenommen, sie war vollkommen weggetreten. Sie schläft noch immer.«

»Das ist wirklich ein Problem.« Losskow sah Helena forschend an. »Und du?«

»Was ich?« fragte sie ausweichend.

»Wir hatten uns vorgenommen, uns alles zu sagen und ehrlich zu sein. Gerade, was unsere kritischen Punkte betrifft. Die müssen wir beherrschen. Der Ozean wirft noch genug Probleme auf. Wir können später nicht verrückt spielen, nur weil wir unbedingt einen Mann oder eine Frau brauchen!«

»Um mich mach dir keine Sorgen«, sagte Helena Sydgriff verschlossen. »Ich habe mich unter Kontrolle.«

»Gibt es dafür Tabletten?«

»Du bist wirklich ein liebes Rindvieh, Peer.«

Ich habe dir allerhand zu sagen, dachte Losskow. Nein, ich könnte dir viel, sehr viel sagen über das, was ich fühle, was ich träume, was ich an Wünschen mit mir herumschleppe. Vor drei Tagen lagen wir noch in paradiesischer Unbefangenheit auf engstem Raum nebeneinander, wärmten unsere Körper gegenseitig. Aber dann, als wir ins normale Leben zurückgekehrt waren, blieb dein Bild in mir haften, und es veränderte sich rasend schnell. Ich sah dich plötzlich anders: der Linienschwung deines Körpers, von den Schultern über die vollen Brüste zu dem flachen Bauch bis zu den Rundungen von Hüften und Schenkeln. Dein blondes Haar, den weißlichen Flaum auf deiner Haut, der sich wie Samt anfühlt, wenn man die Hand darüberschweben läßt. Und mich überfiel eine Sehnsucht, die sich nur noch mit der eiskalten Dusche beherrschen ließ. Eine halbe Stunde habe ich unter dem Wasserstrahl gestanden, hab' mich, bis auf die Knochen durchgefroren, in mein Bett gerollt, aber kaum lag ich, dachte ich nichts anderes als: Jetzt müßte sie neben mir liegen!

Soll ich dir das sagen? Jetzt? Laß uns über unsere Probleme frei sprechen!? – Wie kann ich dir sagen, was ich im Traum mit dir erlebe? Es ist ungeheuerlich, ist traumhaft schön – aber ich darf nicht darüber sprechen.

»Soll ich mal zu Luzi gehen und nach ihr sehen?« fragte er und kam sich als grandioser Feigling vor.

»Wenn du's aushältst. Das Zimmer stinkt nach Destille. Die Poren atmen den Alkohol aus. Doch, das stimmt! Ich habe das einmal erlebt. Nach dem zweiten Semester war ich sechs Wochen in Afrika, in Tansania. Unsere Uni unterhielt dort ein Tropenforschungsinstitut. Auf einer Safari kamen wir in ein Dorf, wo die Männer einen Elefanten erlegt hatten. Das war vor einer Woche gewesen. Nachdem sich alle im Dorf zwei Tage lang vollgestopft hatten, zerteilte man den Elefanten und ließ das Fleisch trocknen. Das heißt: halb vertrocknete und halb verweste es. So ein Mittelding. Die ganze Gegend stank. Für unsere Safari nahmen wir nun aus dem Dorf noch zehn Männer mit. Sie aßen sich vor der Abfahrt noch einmal richtig satt – aßen von dem verwesenden Fleisch. Was dann kam, war furchtbar. Der Leichengeruch blieb bei uns, tagelang! Er kam aus den Poren der Männer. Medizinisch habe ich das nie begriffen. Es hätte doch eine tödliche Fleischvergiftung geben müssen! Aber nichts passierte. Die zehn Männer blieben quicklebendig. Und noch nach drei Tagen haben wir – also die Europäer – diesen eklig süßlichen Duft in der Nase gehabt!« Sie nickte zur Tür, die in Lucrezias Zimmer führte. »Geh nur hinein; ich habe dich gewarnt!«

Ein paar Tage darauf stand Jan Trosky morgens in Losskows Wohnung, mit hängenden Armen und verkniffenen Lippen. »Hier bin ich!« sagte er. »Ich war bei Anita. Sie hat zwei Tage keine Tabletten nehmen können, weil sie gar nicht aus dem Bett rausgekommen ist! Kann sein, daß man es ihr damit abgewöhnen kann. Sie ist ein goldiges Mädchen! Und nun tritt mir in den Arsch!«

»Wir fahren morgen wieder nach Holland!« sagte Losskow gleichgültig. Du hast es gut, dachte er mit einem Anflug von Neid. Du hast eine Anita und kommst zwei Tage und zwei Nächte nicht von ihr los. So unkompliziert ist das bei dir. Ich habe nur meine Träume von Helena. »Die Werft hat angerufen. Sie haben die Schale so weit fertig, daß wir jetzt im Detail an die Inneneinrichtung gehen können.«

»Mit Hilfsmotor!«

»Ohne!«

»Du bist ein sturer Hund! Wenn wir später in der Not einen brauchen, spieße ich dich auf und drehe dich als Propeller durchs Wasser!«

»Einverstanden. Morgen um sieben fahren wir los.«

»Mit den Mädchen?«

»Allein.«

»Das ist gut.«

»Warum?«

»Ich habe den Eindruck, daß die beiden sich mal von uns erholen wollen. Wie lange bleiben wir in Holland?«

»Vielleicht drei Tage.«

»Das reicht, um sich auszutoben.«

Am nächsten Morgen fuhren sie mit Losskows kleinem Wagen nach Holland. Während sie bereits auf der Autobahn waren, saß Lucrezia in ihrem Bett und sah durch die offenstehende Tür hinüber zu Helena. Blondie deckte den Frühstückstisch. Das tat sie immer, seit sie zusammen wohnten.

Dafür kochte Luzi einen fabelhaften Kaffee, während Trosky von einer Bäckerei, zweihundert Meter weiter, frische Brötchen, Wecken und Croissants holte. Das Frühstück war ihr einziger Luxus – mittags und abends war ihr Essen eher dürftig. Man mußte mit dem Geld ökonomisch umgehen.

»Jetzt sind sie unterwegs«, sagte Lucrezia. Sie dehnte sich wie eine Katze und warf die Steppdecke ab. Wie immer lag sie nackt im Bett, über ihren Brüsten die Strähnen ihrer langen schwarzen Haare. »Ich werde nachher wegfahren und vielleicht nicht wiederkommen.« Lucrezia schob die Hände unter ihren Nacken. »Zumindest heute nicht. Kommt darauf an, was ich finde. Kann auch sein, daß ich ihn mitbringe. Hättest du was dagegen? Du kannst ja in Jans Zimmer gehen, wenn du's nicht hören kannst.«

»Am besten bleibst du weg«, sagte Helena und drückte Butter in eine Butterdose. »Los, steh auf! Koch deinen Giftkaffee à la Romana.«

»Mehr sagst du nicht dazu?«

»Nein. Warum?«

»Ich brauche das. Hörst du?! Ich fresse mich sonst selbst auf! Verstehst du das?«

»Natürlich. Darum ist es besser, du kommst erst zurück, wenn du genug hast. Es gibt in Hamburg genug billige Hotels.«

»Ist es nicht furchtbar, Blondie? Aber ich kann nicht anders. Oder gibt es Spritzen dagegen?«

»Nur zur Beruhigung. Und männliche Hormone. Aber dann bekommst du eine tiefe Stimme, und auf der Brust wachsen dir Haare.«

»Ich bin krank, nicht wahr? Das ist doch krankhaft?!« Sie sprang aus dem Bett und lief nackt herum. »Verdammt, bist du ein Eisklotz, Blondie! Du kennst so etwas nicht, nicht wahr? Dich regt kein Mann auf. Aber eine Lesbe bist du auch nicht. Was bist du eigentlich? Hast du keine Gefühle? Kein

Prickeln unter der Haut? Oder hast du noch nie mit einem Mann geschlafen?«

»Doch, doch. Koch Kaffee, Nymphchen!«

»Und? Wie war das denn? Hat's vielleicht nicht geklappt?« Sie blieb vor Helena stehen.

Ich werde ihr gleich eine kleben müssen, dachte Helena, damit sie wieder zu sich kommt. »Zieh dich an, mach endlich den Kaffee, und dann such dir einen Hormonspezialisten!« sagte sie grob. »Du stellst zu dämliche Fragen!«

»Nur noch eine! Bitte!« Lucrezia tauchte den Zeigefinger in das Marmeladenglas und leckte ihn ab. »Liebst du Peer?«

Helena ließ den Löffel sinken. Nachdenklich sah sie, an Lucrezia vorbei, durchs Fenster. Das grüne Geäst eines Baumes, der im Vorgarten stand, schwankte im Morgenwind. Sonnenglanz lag auf den Blättern, wie gelackt sahen sie aus.

»Ja«, sagte sie mit fester Stimme. »Ich liebe ihn. Aber das geht nur mich etwas an!«

»Und der Trottel merkt es nicht!«

»Vielleicht ist es gut so, für uns alle. Verdammt, wasch dich und koch Kaffee! Ich hole die Brötchen.«

Mit der ›Fahrt nach Feuerland‹, wie Randler völlig unzutreffend das Forschungsunternehmen getauft hatte, wollte es nicht so recht vorangehen. Das war weder Schuld der Sponsoren, noch lag es an Versäumnissen des Initiators; im Gegenteil, Losskow bereitete alles bis ins kleinste vor. Lucrezia richtete auf dem Boot ein kleines meeresbiologisches Labor ein; sie bestellte Planktonnetze, Tiefseeflaschen aus druckfestem Metall, die sich in verschiedenen Tiefen automatisch öffneten und Wasserproben aufnahmen. Trosky hatte seine Instrumente aus Prag bekommen und montierte auf dem Kajütendeck eine Windmeßmaschine, eine hochempfindliche Klimakammer mit Autoschreiber und noch ein weiteres geheimnisvolles Gerät. »Peer, um das zu erklären, braucht man Zeit«, sagte er, »und dann verstehst du's immer noch nicht! Es ist ein Kleincomputer, gespeichert mit exakten Klimadaten nach Ort, Tag, Stunde, Minute. Jede Verschiebung des Klimas wird hier registriert und zum Vergleich gebracht. Daraus kann man entnehmen, ob und wie sich das Klima unserer Erde verändert. Und das tut es! Wir leben in einer Phase der Umstellung.« Auch Helena Sydgriff hatte Wort gehalten. Ihre Ausrüstung bestand aus einem einzigen Koffer, der vollgepackt war mit Medikamenten, Spritzen, Infusionen, Verbandsrollen, Pflastern, Zellstoffpaketen und Plastikflaschen. Helena führte ihn vor, diesen Berg von Pinzetten, Zangen, Klemmen, Haken: blitzendes, verchromtes Metall, für den Laien total verwirrend. Ein kleinerer Koffer in dem großen enthielt ein komplettes chirurgisches Besteck.

»Was ist das?« fragte Trosky. Er zeigte auf eine lange Klinge. »Ein Amputationsmesser! Damit kann ich alles abschneiden, was uns etwa lästig werden sollte.«

»O Gott!« Trosky machte einen Satz nach rückwärts und hielt die Hände wie einen Schild vor sich. »Ich steige aus! Die Lady macht Eunuchen aus uns! Und wie ist es, wenn einen das Gehirn stört?«

»Auch dafür ist vorgesorgt.« Helena klappte den Koffer zu. »Ich habe eine Kugelfräse, eine Giglisäge und eine Trepanationszange bei mir. Das Hirn kann man dann mit Löffeln herausholen.«

»Das beruhigt ungemein!« Trosky sah Losskow vorwurfsvoll an. »Und mit so einem Monster von Frau läßt du uns in die weite Welt segeln?«

Um das Unternehmen nicht in Vergessenheit geraten zu lassen, brachte Randler jede Woche einmal einen Bericht über die Vorbereitungen. Das Boot war fertig und nach Losskows Plänen ausgerüstet, es mußte jetzt nur noch die Verpflegung an Bord genommen werden. Es war ein schönes Schiff, mit ausgezeichneter Takelage: Das Großsegel maß 14,5 Quadratmeter, die Fock 9,9, Genua I 27,5, Genua II 19,3, die Sturmfock 3 Meter im Quadrat. Glanzstück war der Spinnaker. Er brachte volle 59 Quadratmeter in den Wind; unter vollen Segeln mußte das Boot bei normalem Wellengang wie ein Pfeil dahinjagen. Auch rauhe See warf keine Probleme auf; die Schnellreffeinrichtung und der klappbare Mast ließen keine Überraschung durch einen jähen Wetterumschlag zu. Man war für alles gewappnet.

Losskow und seine drei ließen sich auf der Werft vor dem Boot fotografieren. Es war der Tag der Abnahme, der 14. Dezember, zehn Tage vor Weihnachten. Ein sonniger Wintertag, kalt und klar. Zwei Herren vom Vorstand der Waschmittelfabrik überreichten Losskow symbolisch den Mastspitzwimpel und eine weiße Kapitänsmütze. Es ließ sich nicht vermeiden, daß auf dem Mützenband, in Gold gestickt, deutlich zu lesen stand: *Seelord.* Die Veröffentlichung dieses Fotos fiel zufällig mit dem Beginn der Werbung für das neue Vollwaschmittel zusammen, das *Seelord* hieß.

Das war aber auch der einzige Kompromiß, den Losskow eingegangen war. Nach hartem Ringen hatte er es erreicht, daß sein Boot kein Werbeträger wurde. Es genügte, wenn die Zeitung eine Liste der Spender abdruckte und das Boot als Hintergrund für die *Seelord*-Reklame herhalten mußte.

»Wir werden im Februar auslaufen!« sagte Losskow. »Bis dahin habt ihr frei! Wir treffen uns am 25. Januar bei mir wieder. Mal sehen, wer von euch nun wirklich kommt!«

»Du zweifelst an uns? Das beleidigt mich!« Trosky hieb Losskow auf die Schulter. »Und wenn du mich heimlich zum Teufel wünschst – ich bin pünktlich zur Stelle!«

»Du wirst dich wundern!« versprach auch Lucrezia. Zwei Tage später fuhren Trosky und Lucrezia nach Hause.

Helena Sydgriff fuhr nicht, sie blieb in Hamburg. Sie sagte zu Losskow: »Ich möchte nicht, daß du Weihnachten ganz allein bist. Wenn du mich ertragen kannst, back' ich dir einen richtigen schwedischen Jul-Kuchen.«

»Und dein Vater?«

»Ich habe mit ihm telefoniert. Halb versteht er es, halb nicht, wie eben Väter so sind. Er hat dich sogar eingeladen, zu uns zu kommen. Ich habe abgelehnt.«

»Warum?«

»Irgendwie verpflichtet es, nicht wahr? Und ich will nicht, daß du dich gebunden fühlst. Habe ich recht?«

Das war eine Frage, auf die man viele Antworten geben konnte. Die einfachste war, auf Worte zu verzichten, das Mädchen an sich zu ziehen und zu küssen.

Aber er zögerte. Ihre Stimme war kühl, ihr Blick unbefangen, in den blauen Augen verriet sich kein Schimmer, der auf versteckte Wünsche schließen ließ. Bei Helena wußte man nie, ob sie das, was sie sagte, wirklich im Sinne des Wortes meinte oder ob sie nur darauf wartete, daß man ihr das Gegenteil beweise. So gut kannte Losskow sie noch nicht, daß er jeweils hätte wissen können, was und wie sie's meinte.

»Tut mir leid, Blondie, du hast nicht recht«, sagte er lässig. »Ich hätte deinen Vater gern kennengelernt. Schließlich nehme ich ihm die Tochter weg.«

Ihr Gesicht veränderte sich nicht, auch nicht ihre Haltung; sie saß burschikos, mit angezogenen Beinen, in einem tiefen Sessel.

»Wieso nimmst du mich weg?«

»Unser Unternehmen kann ein böses Ende nehmen. Darüber sind wir uns schon bei den ziemlich leichten Übungen klargeworden. Die volle Wahrheit kann man eben nicht simulieren. Und ich glaube, dein Vater weiß sehr gut, in welche Gefahr du dich begibst.« Er zögerte und sagte dann mutig: »Übrigens sehen es Väter gern, wenn ihre Töchter sich klar entscheiden, zu welchem Mann sie gehören wollen. Was hältst du davon?«

Sie lächelte, und ihr herbschönes Gesicht wurde weich. »Soll das eine Liebeserklärung sein, Peer?«

»Verdammt – ja!«

»Dann mach es, wie es sich gehört und gib mir einen Kuß! Aber nicht auf die Stirn oder auf den Handrücken.«

Sieh an, dachte Losskow später: Wenn ein Eisberg schmilzt, kann darunter ein Vulkan zum Vorschein kommen. Er war unendlich glücklich. Sie lagen auf dem Bett, rauchten eine Zigarette, blickten zum Fenster und beobachteten stumm den wogenden Flockenvorhang. Seit zwei Stunden schneite es. Hamburg verzauberte sich zu einer kristallenen Märchenlandschaft. Ein paar Stunden später würde das wieder vorbei sein, dann war der Schnee dreckig, lag in Wällen am Straßenrand, Salz löste die Verharschung auf, und die Autos spritzten den Matsch auf die Fußgänger.

»Ich liebe dich!« sagte Helena in die Stille.

Er tastete zur Seite und legte seine Hand auf ihre volle Brust. Es war ein gutes Gefühl, sie zu spüren. Er hatte schon einige Frauen im Bett gehabt, darunter Mädchen von bezwingender Schönheit. Immer aber war es ein Problem gewesen, sich von ihnen zu lösen; stets hatte es Szenen und tränenreiche Auftritte gegeben und leider auch Moralpredigten. Ihm war es nie gelungen, sich, wie andere Männer das so gut verstanden, mit Bravour aus der Affäre zu ziehen, ohne daß seine Partnerinnen ihm lange grollten. Bei ihm hatte es immer mit einer kleinen Tragödie geendet. Dieter Randler erklärte das so: ›Du bist ein Mann, den die Mädchen heiraten wollen. Du bist der Typ, von dem man Beharrungsvermögen erwartet. Du siehst so treu aus, daß ihnen die Welt zusammenbricht, wenn du sie verlassen willst. Dagegen kannst du gar nichts machen, Peter. Du bist ein wandelndes Heiratsversprechen.‹

»Man kann miteinander schlafen, ohne sich zu lieben«, sagte Helena und blies ihm den Rauch ihrer Zigarette übers Gesicht. »Beispiel Lucrezia. – Aber ich liebe dich!« »Ich dich auch«, erwiderte er, nicht sehr einfallsreich.

»Ob wir das auch noch sagen, wenn wir das Unternehmen hinter uns haben?«

»Warum nicht?« Er stützte sich auf die Ellbogen und sah

sie an. Ihr weißhäutiger Körper mit dem weichen Haarflaum besaß eine einzigartige Faszination; er erregte und beruhigte zugleich. Er verlockte zum Besitz und schenkte im gleichen Augenblick das Gefühl der Geborgenheit. »Sollen wir vor der Abfahrt noch heiraten?«

»Auf keinen Fall! Es kann sein, daß wir uns am Ende der Fahrt hassen und glücklich wären, wenn wir den Mut besäßen, den anderen umzubringen.«

»Himmel, was redest du da, Helena!«

»Wir lieben uns als normale Menschen, Peer!« Sie drehte sich auf die Seite und legte den Arm um seine Hüfte. »Wenn ich morgen wieder in eine Praxis als Ärztin gehen könnte und du eine Stelle als Nautikingenieur hättest, würde ich sagen: Warum nicht? Laß uns sofort heiraten! Jeder Tag ohne dich ist verloren! – Aber bei uns ist ja alles ganz anders. Im Februar segeln wir hinaus, und dann beginnt ein Abenteuer, das jeden von uns verwandeln wird. Schüttle nicht den Kopf, es wird so sein! Wir werden unvorstellbare Abgründe in uns entdecken. Wir werden seelisch so nackt sein, daß uns auch die Vernunft erfrieren wird. Es ist gut, wenn man sich vorher darauf einstellt. Gut, wenn man weiß, was kommen *kann* – nicht *muß*!« Sie küßte seinen Bauch und streichelte die Innenseiten seiner Schenkel. Losskow schloß die Augen, legte sich zurück und genoß das heiße Prickeln, das bis hinunter in die Fußspitzen zog. »Wissen wir, was von uns noch übrigbleibt? Ob du noch du sein wirst – ob ich noch ich? Ich bin nicht so vermessen, zu sagen: Ich bleibe, was ich bin! Stell dir vor, es gibt die große Verwandlung, und du bist verheiratet mit mir und mußt dich nach der Heimkehr von der großen Reise fragen: Wie soll ich nun mit diesem Miststück leben? Hätt' ich sie nur den Haien zum Fraß vorgeworfen!«

»Sei still und komm her!« sagte er und griff in ihre Haare. »Du redest einen verdammten Unsinn! Ich werde dich immer lieben – und wenn wir zurück sind, heiraten wir! Das ist endgültig! Einverstanden?«

»Einverstanden.« Sie legte sich eng an ihn und schob ein Bein über seinen Leib. »Es kann ja auch sein, daß ich dich vor Feuerland zum Teufel wünsche!«

»Hier ist nicht Feuerland, hier ist mein Bett!« sagte Losskow und zog sie über sich.

Zwei Tage vor Weihnachten trat Mister Plump in ihr Leben.

Helena hatte für den Jul-Kuchen alles eingekauft und parkte gerade Losskows kleinen Wagen vor der Tür, als sie Mr. Plump in die Augen sah. Es war eine schicksalhafte Begegnung. Sein Blick faszinierte sie, seine äußere Erscheinung war umwerfend, sie mußte stehenbleiben, ihn ansehen, ihr Herz begann zu klopfen, und als er, Schnee im Haar, mit seinen dunklen Augen bettelte, konnte sie nicht anders, sie seufzte und sagte:

»Da kann man nichts machen. Komm mit!«

Und Mr. Plump folgte ihr, stieg die Treppen hinter ihr herauf und blieb an ihrer Seite, als sie Losskows Klingel drückte.

»Nun können wir backen!« sagte sie, als Losskow öffnete. »Ich mache uns auch noch eine Platte Spritzgebäck und Spekulatius! Und Zimtsterne. Magst du Zimtsterne, Liebster?«

»Ich kann mich daran überfressen!« Losskow zeigte auf Mr. Plump. »Aber wer ist denn das?«

»Er wollte mit.«

»Und da sagst du einfach ja?«

Mr. Plump schien keine Debatten um seine Person zu lieben. Er trottete an Losskow vorbei in die Wohnung, sah sich kritisch um und setzte sich mit Schwung auf die Couch.

»Na bitte!« sagte Helena und schloß die Tür. »Nun mach ihm einmal klar, daß er am falschen Platz ist!«

»Sofort! Ich lasse mich doch nicht überrumpeln!« Losskow trat ins Wohnzimmer, setzte sich Mr. Plump gegenüber in einen Sessel und sah ihn böse an. Mr. Plump ignorierte solche unartigen Blicke, dehnte sich wohlig auf der Couch und harrte der Dinge, die da kommen mußten. Sein Blick wanderte durch das Zimmer und verhielt an der Küchentür. Dann hob er ein wenig den Kopf und blähte die Nase. Am Küchentisch packte Helena ein Wurstpaket aus.

»Was soll das?« fragte Losskow weniger scharf, als er es eigentlich wollte. »Man kann doch nicht einfach in eine fremde Wohnung kommen und sich auf die Couch lümmeln! Wir stehen jetzt auf und gehen wieder vor die Tür!«

Mr. Plump war es lästig, so etwas anhören zu müssen. Er warf Losskow einen verächtlichen Blick zu, verließ die Couch und stolzierte gemessen zur Küche. Dort blieb er auf der Türschwelle stehen und gab einen singenden Laut von sich. Helena strahlte ihn verliebt an und schnitt ein Stückchen Schinken ab.

»Er ist der häßlichste Hund, den ich je gesehen habe!« sagte Losskow.

»Jeder Hund ist schön!« behauptete Helena. »Man braucht ihm nur in die Augen zu sehen.«

»Zugegeben! Sein Blick kann Steine erweichen.«

»Dich auch?«

»Er soll doch nicht etwa bei uns bleiben?!«

»Willst du ihn bei Eis und Frost auf die Straße zurückjagen?«

»Irgendwo muß er doch herkommen!«

»Das ist unwichtig. Er ist bei uns gelandet und fühlt sich wohl.« Mr. Plump fiepste wieder, schnappte das Stückchen Schinken geschickt auf und kaute schmatzend. »Er will nicht gefragt werden, wo er herkommt; er will wissen, wo er bleiben kann.«

»Das ist eine verdammt krumme Logik! Mein Gott, was für eine Mischung ist das bloß?«

»Ich erkenne deutlich Dackel, Spitz und Terrier. Wo er die platte Nase herhat, ist mir noch rätselhaft.«

»Schauderhaft!« Losskow sah zu, wie Mr. Plump sich setzte, manierlich Männchen machte und damit für alle Zeiten bei Helena gesiegt hatte. »Er stinkt mächtig aus dem Fell!«

»Alle nassen Hunde stinken aus dem Fell.«

»Aber der besonders!«

»Das darf er! Mr. Plump ist kein Gentleman, er ist ein Clochard! – Wenn er erst gebadet ist, wird er auch deiner Nase zusagen.«

»Das ist eine Idee!« Losskow blinzelte Mr. Plump zu, aber der war mit dem Geruch von Wurst und Fleisch vollauf beschäftigt. »Baden wir ihn! Ist er wirklich ein Clochard, wird er das als Körperverletzung ansehen und entfliehen.«

Mr. Plump war ein zwiespältiger Charakter. Wie Losskow erwartet hatte, mißfiel ihm das Bad gründlich. Er knurrte tief, versteinerte und stand unbeweglich, wie ein Denkmal, in der Wanne, ließ sich einseifen und abduschen, trocknen und massieren, bekam traurige Augen und zog sich in die Couchecke zurück, wo er zusammengerollt seinen Groll ausschlief. Aber er machte keine Anstalten zu flüchten. Mit sauberem Fell schnarchte er so melodisch, daß Helena sich über ihn beugte und ihn auf die platte Nase küßte.

»Was machen wir ab Februar mit ihm?« fragte Losskow am Abend, als sie im Bett lagen und im transportablen Fernseher das Programm verfolgten, während sich Mr. Plump schnaufend zu ihren Füßen rekelte.

»Er fährt mit!«

»Über alle Ozeane?«

»Wir werden testen, ob Mr. Plump seekrank wird. Wenn nicht, ist er die Nummer fünf in unserer Crew.«

»Und wenn er seekrank wird?«

»Dann gebe ich ihm Tabletten!«

Losskow seufzte, küßte Helena in die Halsbeuge und sah weiter dem Fernsehspiel zu. Es fängt schon gut an, dachte er. Ich kann ihr nichts abschlagen.

Dennoch war er glücklich.

Ich liebe sie, dachte er. Ich liebe, liebe, liebe sie.

Am 24. Januar trafen sie wieder ein. Jan Trosky, braun gebrannt von einem Schneeurlaub. Lucrezia Panarotti, quirlig und aufgedreht wie nie, in einem neuen Leopardenmantel.

»Ein Weihnachtsgeschenk von Angelino«, sagte sie und drehte sich um sich selbst. »Damit wollte er mich festhalten! Stellt euch das vor! Sagt zu mir: ›Das ist erst der Anfang! Wenn du das dumme Abenteuer nicht mitmachst, wenn du absagst, kaufe ich dir auf der Via Appia eine Villa! Du kannst dir bei Cartier Schmuck aussuchen – nur bleib hier!‹«

»Und warum bist du trotzdem gekommen?« fragte Helena. Es klang nicht höflich. Lucrezia schien es nicht zu merken.

»Ich habe ein Versprechen gegeben, also halte ich es auch! Oder glaubt ihr, ich kneife, weil mich ein Mann verwöhnen will? Meint ihr, ich sei käuflich? Traut ihr mir das zu?« Sie zog den Leopardenmantel aus, warf ihn auf einen Stuhl und nickte zu ihm hin. »Verkauft ihn! Der bringt seine 25 000 Mark! Das Geld können wir gut gebrauchen.«

»Sie ist doch ein verteufeltes Mädchen!« sagte Trosky anerkennend. »Ich will ehrlich sein: Ich hätte nicht gedacht, daß wir uns vollzählig wiedersehen!«

»Ihr täuscht euch alle in mir!« Lucrezia zog einen Schmollmund. »Ich weiß nicht, was das ist, alle sehen ein Weibchen in mir! Ihr werdet euch noch wundern!«

»Das erwarte ich!« Trosky lachte. »So, und jetzt suche ich meine Anita. Sie weiß nicht, daß ich heute komme. Das wird ein Wiedersehen geben!«

Am Abend kreuzte er bei Losskow auf, setzte sich verkrampft in einen Sessel und sagte:

»Zigarette und Whisky. Eine ganze Flasche.«

»Ist was mit Anita los?« fragte Losskow ahnungsvoll.

»Scheiße!«

»Ein anderer im angewärmten Bett?«

»Den hätte ich durchs Fenster geworfen. Aber so ...« Er rutschte im Sessel tiefer und wirkte völlig erschlafft. Losskow stellte ihm ein Glas Whisky hin; er goß es hinunter, man sah ihn gar nicht schlucken. »Ich komme aus dem Krankenhaus. Habe bis jetzt an ihrem Bett gesessen. Seit Weihnachten liegt sie fest. Apathisch, blaß, fertig. Der Arzt sagt, es sei keine Hoffnung mehr. Der Körper ist von den Tabletten verseucht, die Leber ist kaputt, die Hirnzellen sind zerstört. Sie ist stumpf geworden. Und dabei hat sie mir geschworen, nie mehr Tabletten zu nehmen! Nie mehr! Und kaum war ich weg, hat sie das Zeug gleich kartonweise geschluckt!« Er rauchte hastig. Losskow schwieg. Es war erschütternd anzusehen, wie Trosky, dieser Mordskerl, sich durch solch ein Erlebnis aus der Bahn stoßen ließ. »Sie hat mich erkannt«, sagte er mit schwerer Zunge. »Stell dir vor, sie hat mich erkannt und gelächelt. Und was habe ich getan? Ich habe gesagt: ›Gut siehst du aus, Kleines! Der Arzt meint, in zwei Wochen hast du es überstanden!‹ – Und dabei habe ich nicht gelogen. Vielleicht zwei Wochen noch, hat der Arzt gesagt. Sie wird verdämmern. Und dann habe ich ihr von Prag erzählt, von den Hirschen in der Hohen Tatra. Ich habe ihr die Märchen der Goldmacher erzählt und von den Holzschnitzern im Erzgebirge. Sie war glücklich wie ein kleines Kind. ›Das möchte ich mal sehen‹, hat sie gesagt. Und ich habe geantwortet: ›Aber ja doch, Kleines. Ich nehme dich mit!‹ Dabei wird sie schon tot sein, wenn wir ablegen. Steh nicht herum, Peer! Gib mir was zu saufen!«

In dieser Nacht blieb er bei Losskow, fuhr nicht weiter an die Unterelbe in die gemeinsame Wohnung, sondern lag auf der Couch, mit dem Kopf da, wo sonst Mr. Plump sich zu betten pflegte.

Mr. Plump war mit Helena in die Gemeinschaftswohnung gezogen. Er war in einen Gewissenskonflikt geraten, denn er wollte weder Peter noch Helena allein lassen. Unruhig war er herumgelaufen bis Losskow gesagt hatte: »Nun geh mit Helena, Plump! Du bist ein Mann! Du mußt sie beschützen! Ich kann auf mich allein aufpassen!«

Das schien Mr. Plump einzuleuchten. Aber als er mit Helena wegging, waren seine Glotzaugen so voller Trauer, daß Losskow sich immer wieder sagen mußte: Er ist nicht aus der Welt, ich sehe ihn ja heute abend wieder!

Und in zwanzig Tagen segeln wir hinaus in die Ferne! Das große Abenteuer beginnt.

Die Bootstaufe fand unter großer Beteiligung statt. Nicht nur die Spender-Firmen hatten ihre Repräsentanten geschickt, auch Funk und Fernsehen hielten das Ereignis fest, und das Team einer Industriefilm-Produktion drehte einen Werbefilm für die Waschmittelfirma. Zwar hieß das Boot nicht *Seelord,* aber es wehten doch am Steg von hohen Masten die Fahnen des Konzerns. Es war eindeutig, daß das neue Waschmittel *Seelord* etwas mit der Weltumseglung zu tun hatte. Eine Keksfabrik ließ eine ganze Schulklasse an ihren Waffeln knabbern und die Kekspakete wie bunte Wimpel schwenken. Sogar ein Vertreter der Stadt Bremerhaven war gekommen, hielt eine kurze Rede und wünschte viel Glück. Das wunderte Losskow am meisten. Während durch Randlers Rührigkeit die Bevölkerung auf dem laufenden gehalten und das *Unternehmen Feuerland* bereits jetzt als sportliche Großtat gefeiert wurde, nahmen die Städte Hamburg – wo das Unternehmen vorbereitet wurde – und Bremerhaven – von wo die große Fahrt starten sollte – kaum Notiz davon. Das lag daran, daß man vom Behördenstandpunkt aus die Sache nicht einzuordnen wußte. Es war kein ›kulturelles Ereignis‹, es war auch kein sportlicher Wettkampf, und ein offizieller Forschungsauftrag steckte auch nicht dahinter. Es war die mit großer Publizität bedachte Wahnidee eines einzelnen. Für dergleichen ist aber kein Stadtrat oder Dezernent zuständig. Daß dennoch ein Vertreter der Stadt Bremerhaven anwesend war, erklärte sich daraus, daß seine Partei bei der bevorstehenden Wahl einiges zu verlieren hatte, weshalb es geboten schien, sich volkstümlich zu geben.

Drei Tage lang hatten Losskow und Trosky gebraucht, um das Boot startklar zu machen. Sie hatten alles Material untergebracht, den Stauraum bis zum letzten Winkel ausgenutzt, die Gewichte ausbalanciert, die Takelung nebst allen Seilen und Haken kontrolliert und vor allem die Rettungsinsel noch einmal überprüft. Die Notverpflegung war neu zusammengestellt worden: weniger vitaminisierte Fruchtstangen, dafür mehr Trockengemüse und Trockenfleisch, das leicht war, wenig Stauraum wegnahm und vor dem Verzehr aufgeweicht werden konnte.

Bisher nicht einkalkuliert war der Lebensraum von Mr. Plump. »Muß das Vieh denn unbedingt mit?« fragte Trosky. »Blick mich nicht so scheel an, Blondie, ich liebe Tiere, ich habe sie zum Fressen gern. Auf einer Malediven-Insel habe ich sogar einen wilden Hund am Spieß als Leckerbissen gegessen – ich war dazu eingeladen worden! Aber ich weiß wirklich nicht, was dieser Glotzköter an Bord soll!«

»Mr. Plump ist unser Talisman!« sagte Helena Sydgriff energisch. »Kann sein, daß er bald das einzige Lebewesen sein wird, an dem wir Freude haben!«

»Er nimmt uns mindestens einen Quadratmeter Raum weg!«

»Dann verzichte ich auf diesen einen Quadratmeter! Er schläft in meinem Kojenteil!«

»Und sein Fressen?«

»Er bekommt seinen Anteil von mir! Zufrieden?«

»Noch nicht!« Es schien Trosky Spaß zu bereiten, in Opposition zu gehen. »Ein normaler Hund muß pinkeln und scheißen! Wohin denn? Der kann sich nicht auf den Bootsrand setzen wie wir.«

»Ich habe mit ihm geübt!« sagte Helena kühl. »Mr. Plump ist an eine kleine Sandkiste gewöhnt worden.«

»Braucht also noch mehr Platz! Und woher nimmst du den

Sand, wenn wir wochenlang auf See sind? Oder sollen wir wegen Mr. Plump von einer Sandbank zur anderen segeln?! Das gibt eine neue Seekarte: Plumpsklostationen.«

Alles das war nun vergessen. Mr. Plump saß brav neben Helena Sydgriff, während die Reden gehalten wurden, und nahm es gelassen hin, daß man ihn filmte und fotografierte. Der Name des Bootes war noch verhängt. An einer Schnur hing eine Flasche Champagner. Unter den Klängen der Band, die Randler besorgt hatte und die nun verjazzte Seemannslieder spielte, traten Helena und Lucrezia nahe an das Schiff und griffen nach der Flasche. Losskow hatte es so gewünscht. »Ihr tauft es gemeinsam«, hatte er gesagt. »Warum – das werdet ihr dann schon sehen.«

»Ich danke Ihnen allen für Ihre Hilfe!« rief Losskow, nachdem ein Tusch auf den feierlichen Augenblick vorbereitet hatte. »Wann wir uns wiedersehen, wann wir wieder hier festmachen – das weiß niemand! Auch was an Abenteuern und Gefahren vor uns liegt, weiß keiner. Sicher wissen wir nur eins: Wir haben den festen Willen, unser Ziel zu erreichen. Das Glück muß in all diesen Tagen und Wochen mit uns sein, und deshalb wollen wir das Boot taufen auf die Namen unserer beiden schönen Frauen, die uns Glück bringen sollen: Helena und Lucrezia! Das Boot soll *Helu* heißen!«

Helena und Lucrezia warfen die Champagnerflasche an den Rumpf, sie zerschellte tatsächlich, die Leine zog das Tuch herunter. In Goldbuchstaben leuchtete *Helu* in der Morgensonne. Lucrezia klatschte in die Hände und drehte sich fotogen nach allen Seiten. Helena gab Losskow einen freundschaftlichen Kuß auf die Wange. Trosky grinste breit in die Kameras und sagte leise zu Losskow:

»Helu – ein selten dämlicher Name! Du hättest mich hinzunehmen sollen: Troluhe! Das klingt nach Wagner, Fliegender Holländer! Wann hast du das Schild denn anbringen lassen?«

»Gestern nacht.« Losskow gab ihm einen Rippenstoß. »Los, und jetzt an Bord! Das Theater hat lange genug gedauert!« Er trat zwei Schritte vor und legte die Arme um Helena und Lucrezia. »Ihr geht zuerst. Losmarschiert!«

Die Jazzgruppe spielte frei improvisierend. »Wir lagen vor Madagaskar und hatten die Pest an Bord ...«, was vielleicht nicht ganz passend war. Aber bevor Helena und Lucrezia Arm in Arm über die Gangway an Bord gingen, trabte Mr. Plump los. Würdevoll, die platte Nase erhoben, seine abgrundtiefe Häßlichkeit voll zur Geltung bringend, spazierte er über die Planken, hüpfte auf das Kabinendach, beschnupperte den Mastbaum und glotzte zurück zu den Menschen an Land. »Jetzt hat er sein Bäumchen gefunden!« rief Trosky begeistert. Mr. Plump bestätigte die Feststellung, indem er ein Hinterbein hob.

Losskow wartete, bis Helena, Lucrezia und Trosky das Boot betreten hatten, ehe auch er an Bord ging. Dieter Randler hatte es übernommen, die Leinen zu lösen. Trosky fing sie auf, Losskow ging ans Ruder, Lucrezia hißte das Focksegel, Helena ließ das Großsegel hoch. Sie trugen weiße Trainingsanzüge mit leuchtendroten Längsstreifen an Ärmeln und Hosenbeinen: eine Stiftung der Sportartikelfirma, die mit einem eigenen Filmteam gekommen war, das vor allem das Medaillon auf der Brust – das Markenzeichen – ins Bild zu setzen wußte.

Am Ufer klatschten die Zuschauer, winkten ihnen zu, und die Band spielte ›Muß i denn ...‹ Mit langsamer Fahrt, die Segel nur halb im schwachen Wind, glitt die *Helu* in die Wesermündung hinaus, Richtung freies Meer. Ein Fernseh-Kameramann, der die Kamera mit Schulterstativ herumschleppte, sah Randler nachdenklich an.

»Mit dieser Nußschale wollen die über alle Meere?«

»Das ist ja der Knüller!« sagte Randler zufrieden.

»So kann man's auch nennen!« Der Fernsehmann schwenkte die Kamera von der Schulter. »Den Film muß man gut aufheben; den könnten wir noch für den Nachruf gebrauchen.«

Es erwies sich bereits beim Hinaussegeln, daß Mr. Plump der geborene Bordhund war. Er vermied klug jede Stelle, wo man abrutschen konnte, setzte sich entweder neben Losskow in die Plicht oder hockte unten in der Kajüte, Salon genannt, auf der bretthartenPolsterbank. Trosky ging er möglichst aus dem Wege, mit sicherem Instinkt für Gefahr. Wenn er ihm begegnete, schielte er ihn kritisch an und zog die Lefzen hoch.

»Er weiß, was er von mir zu halten hat!« sagte Trosky zufrieden. »Wir zwei mögen uns auf unsere Art! Und jetzt wollen wir mal in die Hand spucken und vor dem Wind fliegen!«

Er setzte volle Segel, die *Helu* schien sich aus dem Wasser zu heben und schoß wie schwerelos dahin.

»Ein prächtiges Boot!« schrie Trosky zu Losskow hinüber. »Gefällt mir immer besser! Wenn ein Orkan kommt, machen wir's wie die fliegenden Fische und überhüpfen die Wellen!«

Sie brauchten einen ganzen Tag, um aus dem Weserwasser und der Straße der Schiffahrtslinien herauszukommen und parallel zur Küste in Richtung Ärmelkanal zu segeln. Die Ostfriesischen Inseln tauchten auf, danach die Kette der Westfriesischen Inseln. Ein niederländisches Minensuchschiff kam ihnen entgegen und blinkte ihnen Grüße zu, die Losskow mit einem Handscheinwerfer und einer Kunststoffklappe erwiderte. Dann wurde es, auf der Höhe der Terschellinger Bank, dunkel. Helena warf den Treibanker aus. Durch den Abgang zur Kajüte zog Bratenduft an Deck. Lucrezia hatte heute Küchendienst. Sie brachte Spaghetti mit Kalbsschnitzeln auf den Tisch. Die Zeit der Büchsen- und Trockenmahlzeiten würde erst auf dem Weg nach Südamerika beginnen, nach dem Verlassen der Kapverdischen Inseln, bis sie das nächste Land erreichen würden, die Insel São Paulo, eine Erhebung des Nordatlantischen Rückens. Wenn man sie erreichte ...

»Ich fühle mich sauwohl!« sagte Trosky zufrieden. Er warf sogar Mr. Plump einen Bissen Schnitzel zu, worauf der Hund heftig zu husten begann, denn Trosky hatte Pfeffer daraufgestreut. Er lachte grölend, bis Helena, die Mr. Plump mit Wasser wieder zum Atmen brachte, mit spürbarer Kälte sagte: »Das nächste Mal blase ich dir Pfeffer in die Augen!«

Schon der erste Abend klang böse aus. Trosky zog sich brummend in seine Schlafkoje im Heck zurück, nahm eine Flasche Whisky mit und sah Losskow schief an. »Das kann lustig werden, bei so viel Humorlosigkeit!«

Es war eine kalte Nacht, Losskow stellte den kleinen Gasofen an und zeichnete auf der Seekarte noch die Route für morgen ein. Außerdem begann er mit der Führung des Bordbuches und schrieb den Tagesbericht:

›Erster Tag. Segelten vor dem Wind, der genau richtig stand, und machten hervorragende Fahrt. An Bord alles in Ordnung. Keine besonderen Vorkommnisse.‹

Mr. Plump saß neben ihm und leckte ihm den linken Arm. Dann verkroch er sich in der Vorderkoje.

Später kam Lucrezia von ihrem Lager im Bug und setzte sich ihm gegenüber. Sie trug einen Fummel von Nachthemdchen, durchsichtiges Oberteil und enges, kurzes Höschen. Sie zog die Beine an und verstand nicht, daß Helena noch voll angezogen im Salon saß und las.

»Ich kann nicht schlafen«, maulte sie. »Mr. Plump ist daran schuld. Ich kann Schnarchen nicht ausstehen, da gehe ich die Wände hoch! Und Mr. Plump schnarcht so fürchterlich, daß ich das Schütteln bekomme.«

»Es ist gut«, sagte Helena. »Ich ziehe mit Mr. Plump aus! Wir schlafen hier im Salon. Du kannst die Bugkoje ganz für dich haben!«

»Danke! Dann hol das Mistvieh heraus!«

Sie gähnte, dehnte sich, reckte Losskow ihre spitzen Brüste entgegen und ging wie eine Schlafwandlerin wieder hinaus.

Das Boot schaukelte einschläfernd in einer schwachen Dünung. Auch Helena verbarg nur mühsam ein Gähnen.

»Ich gehe schon«, sagte Losskow und klappte seine Bücher zu. »Um sechs Uhr ist Wecken!«

»Da ist es ja noch dunkel.«

»Aber wir müssen unter die Segel! Ich will so schnell wie möglich in südlichere Gewässer. Vor der Biskaya habe ich Bammel, da ist im Februar immer was los. Dann wird es ruhiger, nach Madeira und Teneriffa zu. Wenn wir Glück haben!« Er küßte sie und half ihr, den Tisch wegzuklappen und die beiden Bänke zu einer Liege zusammenzuschieben. Trosky war wach, als Losskow in den Heckraum kroch. Die niedrige Koje stank nach Whisky. Trosky hatte die kleine Batterielampe angeknipst und stierte Losskow entgegen. Dann rülpste er laut und machte Platz, damit Losskow neben ihn kriechen konnte.

»Das ist der letzte Whisky, den du nachts säufst!« sagte Losskow. »Ich will nicht im Schlaf von deinem Gestank vergiftet werden!«

»Dann leg dich gefälligst zu Blondie!« brummte Trosky. »Da ist noch Platz. Und dankbar wird sie dir auch sein!«

»Wir wollen gleich eins von Anfang an feststellen«, sagte Losskow hart. »Der Boß bin ich! Ich habe euch aus freien Stücken mitgenommen, und ebenso einfach kann ich euch wieder an Land setzen!«

»Theoretisch!« knurrte Trosky. »In der Praxis sieht es so aus, daß sich wohl keiner von uns freiwillig rausschmeißen läßt! Mir gefällt dieser Törn rund um die Welt!«

Losskow schwieg. Aber er dachte: Ich hätte auf Helena hören sollen. Sie mißtraut Trosky. Er ist unberechenbar. Was nützen mir seine Drahtseilmuskeln, wenn er mir an Bord Terror macht!

Sie waren im Iberischen Becken, zwischen der Küste Portugals und den Azoren, in eine Flaute gekommen. Die gefürchtete Biskaya hatte sie mit ihrem Februarwetter empfangen: drehende Winde, Wellen von allen Seiten, ein von Wolkenfetzen zerrissener Himmel, Kälte und Regen. Ein Sauwetter.

Zum ersten Mal mußten Helena und Lucrezia zeigen, daß sie sicher auf Deck stehen konnten. Im gelben Ölzeug turnten sie herum, refften die Segel, ließen nur das Sturmrock stehen. Und dann hockten sie neben Losskow, der am Ruder von Brechern überschüttet wurde und alle Kraft aufwandte, um das Boot richtig im Wind zu halten.

Trosky löste ihn später ab und schrie gegen das Meer an: »Geht runter! Ich mach' das allein! Zieht euch um! Ich habe noch nie nasse Katzen leiden mögen!« Er lachte, schluckte Wasser, als ein neuer Brecher über ihn niederbrach, hustete, fluchte und prustete, aber nicht eine Sekunde ließ er das Steuer los.

»Bei so einer See ist er Gold wert!« sagte Lucrezia. Sie zog sich aus, frottierte sich ab und setzte sich nackt an den Tisch. Das Boot wurde hin und her geworfen, man mußte sich am Tisch festklammern, um nicht wegzurutschen. »Ich werde aus Trosky nicht klug.«

Man war nun schon zwei Wochen unterwegs, hatte den Ärmelkanal durchfahren, war um die Normandie gesegelt, wo nur wenig Wind sie vorantrieb, und in der Biskaya hatten sie den ersten Sturm zu bestehen. An der langen spanischen Küste bis zum Ende von Galicien war das Meer noch bewegt, aber es wurde spürbar wärmer. Dann kam man in den weiten Atlantik hinein, der Himmel wurde blau, das Meer sah aus wie auf einer bunten Reklamepostkarte. Losskow hatte mit seinem Kurzwellensender den Seewetterbericht gehört und die Stirn in Falten gezogen.

»Von den Azoren kommt etwas herauf!« hatte er gesagt.

»Hätte mich auch gewundert, wenn das alles so glattginge! Wenn wir Teneriffa erreicht haben, spendiere ich eine Champagner-Party, die haben wir dann nötig! Denn dann habt ihr eure Gesellenprüfung bestanden.« Aber daraus wurde nichts. Das Azorenwetter zog weiter nördlich ab, an seiner südlichen Flanke entstand dadurch naturgemäß eine Art Vakuum, also eine Flaute. Der Wind war nicht einmal spürbar, kaum daß er Lucrezias feine Haarspitzen bewegte. Die *Helu* lag träge im sattblauen Meer, man hatte alle Segel gesetzt, die man überhaupt hochziehen konnte, sogar den riesigen Spinnaker mit seinen 50 Quadratmetern. Die Wäsche – wie Trosky die Segel nannte – hing schlaff in den Seilen, das Boot dümpelte dahin.

Lucrezia lag auf dem Brückendeck und sonnte sich. Natürlich trug sie nichts am Körper, und wer am Ruder stand und in Fahrtrichtung blickte, mußte gewissermaßen als Ziellinie über ihre Beine, ihren Leib, ihre Brüste und ihren Kopf hinweg den Horizont anpeilen.

»Muß das sein?« knurrte Trosky, als er Losskow am Ruder ablöste. »Stört dich das nicht?«

»Nein. Es hätte auch keinen Zweck, es ihr zu verbieten.«

»Vielleicht kann man das ändern, indem man der freundlichen Aufforderung Folge leistet?«

»Jan!«

»Ich weiß, ich weiß: nicht an Bord! Aber eines Tages wird sich's nicht mehr verhindern lassen, Peer! Dieser verfluchte Angelino, der mit dem Leopardenmantel, hat sie in Schwung gebracht – und nun will sie eben weiterschwingen. Verdammt! Sieh dir das an! Wie sie das Bein in die Luft reckt!« Er zog den Schirm seiner weißen Sonnenkappe tiefer in die Stirn und suchte in seiner Hosentasche nach Zigaretten. »Wieso regt dich so etwas nicht auf?! Bist du vor lauter Verantwortung impotent geworden?«

Losskow antwortete nicht. Nach einer Weile fragte er: »Was ist eigentlich aus Anita geworden?«

Troskys Miene versteinerte. »Sie ist gestorben.«

»Wann?«

»Einen Tag vor unserer Abfahrt!«

»Warum hast du nichts gesagt?«

»Hättest du den Start verschoben?«

»Das wäre nicht möglich gewesen.«

»Also, was soll's! Warum darüber reden?«

»Bist du noch einmal bei ihr gewesen?«

»Drei Tage vorher. Ja. Da sagte mir der Arzt, daß es unwiderruflich zu Ende geht. Sie war bei vollem Bewußtsein. Lächelte mich an. Ein Engel aus der Gosse! Ich werde das nie vergessen. ›Ich habe gestern von deiner Moldau geträumt‹, sagte sie. Es fiel ihr schwer, sie war so ausgelaugt, so schwach, daß sie kaum sprechen konnte. ›Sie ist wunderbar. Ich habe alles gesehen, wovon du mir erzählt hast. Ich freue mich, daß wir bald hinfahren ...‹ Es war zum Heulen, Peer!« Trosky preßte die Kiefer fest zusammen. »Das Begräbnis habe ich bezahlt«, sagte er nach einer Weile. »Ich habe dem Stationsarzt das Geld gegeben, damit er dafür sorgt. Sie soll 1. Klasse begraben werden, in einem schönen Eichensarg mit Bronzekreuz und vielen Blumen und Kränzen, auch wenn keiner hinter diesem Sarg hergehen wird. Vielleicht der Wurstbuden-Pächter und seine Frau. Aber dann müßten sie einen halben Tag zumachen, und das kostet Geld. Ich glaube nicht, daß außer dem Pfarrer jemand erschienen ist. Aber der Pfarrer, der mußte. Den habe ich auch vorher bezahlt, dafür mußten sie von einem Tonband den ersten Satz der ›Moldau‹ von Dvořák spielen, den ganzen ersten Satz! Im Leben hat sie nichts gehabt als ihre verfluchten Tabletten. Aber im Tode ist sie behandelt worden wie eine geachtete Frau. Dafür habe ich gesorgt!« Er steckte sich die Zigarette an, warf die leere Packung über Bord und nickte zu der nackten Lucrezia hinüber. »Dieses herrliche Miststück regt mich auf, Peer! Sie kann sich nicht darauf berufen, daß wir schon in der Rettungsinsel nackt und Haut an Haut gelebt haben. Das war eine andere Situation! Da habe ich sie nicht gesehen – verstehst du? Da war sie ein Neutrum! Aber jetzt liegt sie seit drei Tagen vor mir, und es juckt mir unter der Kopfhaut, und nicht nur da! Jetzt *sehe* ich sie! Und das Luder spürt das genau! Wo gehen wir das nächste Mal an Land?«

»In Santa Cruz auf Teneriffa.«

»Wirf sie dann raus und bezahl ihr den Rückflug nach Rom!«

»Das käme einer Kapitulation gleich. Besser ist es, wir lernen, uns selbst zu bezwingen.«

»In Ewigkeit, Amen!«

Auf dem Brückendeck wälzte sich Lucrezia auf den Bauch und sah zu ihnen hinüber. Ihr langes schwarzes Haar lag über ihr wie ein zerfledderter Mantel. Bis zu den Rundungen des Gesäßes reichte es.

»Redet lauter!« rief sie. »Ich will mithören! Muß ja schrecklich interessant sein, was ihr da besprecht.«

»Ist es auch!« sagte Trosky mit seiner dunklen Stimme.

»Kann ich mich beteiligen?«

»Kaum! Es geht um eine Dressur. Es muß etwas gebändigt werden ...«

Beim Abendessen saß Lucrezia mit entblößtem Oberkörper am Tisch und schlürfte aus einem Plastikhalm Orangensaft. Trosky starrte sie mit verfinsterter Miene an und sagte dann: »Morgen komm' ich mit nacktem Hintern zum Essen. Das scheint hier den Tischsitten zu entsprechen!«

»Mir ist heiß!« Lucrezia hatte die Begabung, ein Gesicht wie ein erschrockenes Schulmädchen zu machen. Große Augen voller Unschuld. »Ich bin mit Sonne aufgeladen.«

»Ich werde mich daran erinnern, wenn ich friere!« knurrte Trosky. »Dann zapfe ich dich an.«

»Es wird Streit geben!« sagte Helena später, als sie im Salon saßen. Mr. Plump lag noch oben in der Plicht im lauen Abendwind, der mit der Dunkelheit gekommen war. Am Treibanker lief die *Helu* mit Fock und Genua II gemächlich nach Süden. Die Lampen schimmerten im violetten Meer: rot Backbord, grün Steuerbord, am Mast noch ein weißer Scheinwerfer, wie ein winziger Leuchtturm. Hier fühlte sich Mr. Plump wohl. Er war zu einem richtigen Seemann geworden, nachdem er im Biskayasturm gelernt hatte, wie er auf seinen vier Beinen mittels Gewichtsverlagerung im Rhythmus des Wellenganges ungehindert herumspazieren konnte.

»Er hat einen hohen Intelligenz-Quotienten!« sagte Helena stolz. »Das findet man bei Bastarden oft.«

»Dann gehöre ich zu den klügsten Köpfen der Menschheit!« brummte Trosky.

»Es widerspricht dir keiner!« sagte Helena. Man lachte darüber, auch Trosky. Nur sein Blick auf Helena verriet kein Fünkchen Humor.

»Trosky beginnt, Lucrezia in Gedanken aufzufressen!« sagte Losskow. »Und das schon nach zwei Wochen! Er schlägt vor, Luzi in Teneriffa von Bord zu schicken.«

»Dann wäre ich die einzige Frau unter euch.«

»Hättest du Angst?«

»Du solltest Trosky nach Hause schicken, Peer.«

»Dann wäre ich der einzige Mann unter zwei Frauen.«

»Ich glaube, das gäbe weniger Komplikationen als umgekehrt. Mit Luzi werde ich fertig – mit Trosky nicht!«

»Ich überlege es mir«, sagte Losskow. »Ich befürchte nur, wir müßten Trosky dann mit Polizeigewalt von Bord holen. Freiwillig, das hat er ja verkündet, geht er nie!«

Nach diesem Gespräch ging Losskow wieder an Deck, während sich Helena schlafen legte. Mr. Plump wedelte mit dem Schwanz, als Losskow sich ans Ruder setzte und hinaus in die helle, warme Nacht blickte. Der Wind hatte aufgefrischt. Wenn man jetzt mit vollen Segeln hineinhielt, konnte man eine schnelle Fahrt machen.

Losskow holte den Treibanker ein, ließ das Großsegel und die Fock voll in den Wind und freute sich, daß das Boot durchs Meer glitt, als laufe es auf geschmierten Schienen.

Wenig später kam Trosky auf Deck und hockte sich neben Losskow. Er trug eine kurze Hose und ein ärmelloses Unterhemd. »Gerade will ich einschlafen, da höre ich, wie der Anker hochgeht! Was ist los?«

»Wir haben eine herrliche Brise.«

»Du willst die Nacht über segeln?«

»Es wäre schade, den Wind nicht auszunutzen. Wenn er am Morgen wieder einschläft, haben wir eine gute Strecke hinter uns.«

»Und warum rufst du mich nicht? Willst du die ganze Nacht allein am Ruder sitzen?«

»Ich fühle mich munter und frisch.«

»Wir haben Arbeitsteilung ausgemacht. Ich soll in der Koje einen wegratzen, und du hängst am Ruder! Der große Held, der wacht und arbeitet, während die anderen die Schäfchen zählen.« Trosky tippte Losskow mit dem Zeigefinger an die Rippen. »Du hast den Tag über genug gearbeitet. Jetzt übernehme ich! Hau ab! Nach vier Stunden weck' ich dich.«

Losskow gab nach. »Du hast weiter nichts zu tun, als streng Kurs Südwest zu halten. Am Morgen berechne ich den Kurs neu. Und wenn du mehr in den Wind willst, dann –«

»Bin ich ein Hohlkopf?« rief Trosky. »Ich habe gar nicht gewußt, daß du Oberlehrer bist!«

»Warum nimmst du alles immer so persönlich?« fragte Losskow. »Keiner will dir etwas!«

»Ich bin ein Bastard – hat Blondie gesagt!«

»Du hast sie herausgefordert.«

»Aber sie meint es ernst! Oh, ich vergesse so etwas nicht! Ich habe eine empfindliche Seele, Peer! Ich bin verwundbar – auch wenn's nicht so aussieht!«

»Du bist ein merkwürdiger Mensch«, sagte Losskow. »Ein gespaltenes Wesen. Eine schizophrene Natur.«

»Danke! Hast du noch mehr Komplimente auf Lager?«

»Der eine Mensch schenkt einer kleinen Anita ein Begräbnis 1. Klasse – und der andere Mensch kann zersetzend wirken wie Säure. Der eine kann weinen, wenn er von der Moldau erzählt – der andere brächte es fertig, Mr. Plump ins Meer zu werfen, nur um zu sehen, wie die Haie ihn zerfleischen.«

»Die Idee ist nicht übel!« Trosky grinste breit und sah hinunter zu Mr. Plump. Der Hund glotzte ihn feindselig an. Zwischen ihm und dem großen finsteren Menschen gab es keinen Kontakt. »Ich werde mich daran erinnern, wenn wir in Haigebiete kommen.«

»Wer ist der richtige Trosky?« fragte Losskow.

»Sucht euch einen aus! Ihr habt die Wahl – was wollt ihr mehr? Für jede Gelegenheit habt ihr an mir einen Buhmann! Ich müßte euch unentbehrlich sein! Was auch passiert, ich stehe als Sündenbock zur Verfügung!«

Er drängte Losskow vom Steuer weg und setzte sich breitbeinig hin. »Hau ab, sag' ich! Schlaf dich aus! – Ist eine Frage erlaubt?«

»Bitte.«

»Ist Helena, die Kühle, eigentlich zugenäht?«

»Dafür müßte ich dir jetzt in die Fresse schlagen!«

»Aber du tust es nicht, weil es eine Frage ist, die auch dich beschäftigt. Es muß ein perverses Vergnügen sein, den Heiligen zu spielen!«

Wütend ging Losskow unter Deck, fest entschlossen, Trosky in Teneriffa von Bord zu weisen. Helena schlief und merkte nicht, wie Mr. Plump zu ihr hüpfte und sich an ihren Füßen zusammenrollte. Eine Weile lauschte Losskow in seiner schmalen Koje noch, wie das Boot mit flotter Fahrt vor dem Wind durch das Meer rauschte, dann schläferte ihn das Plätschern und Wiegen ein.

Gegen zwei Uhr kam Lucrezia an Deck. Auf das Spitzenfähnchen hätte sie auch verzichten können, es verbarg nichts. Trosky starrte ihr mit blinzelnden Augen entgegen.

»Meeresbiologisch ist nichts los!« sagte er. »Es gibt keine Glühwürmchen im Wasser, auch das Plankton schläft, und die Einzeller bemühen sich, Zweizeller zu werden. Also nichts Neues im Ozean.«

»Wir segeln ja voll im Wind!« sagte Lucrezia. Sie setzte sich Trosky gegenüber auf die Kante des Brückendecks und ließ die langen Beine baumeln. Trosky starrte sie unruhig an.

»Das haben Segelboote so an sich!«

»Weiß das Peer?«

»Aber nein! Ich will ihn morgen überraschen, wenn wir in Casablanca sind.«

»Deine Witze sind blöd!« sagte Lucrezia. »Warum kann ich eigentlich nicht schlafen?«

»Das macht der Überdruck. Jeder Dampfkessel hat ein Ventil, das er zischen läßt. Nur der Mensch muß auf andere Weise damit fertig werden. Ich finde das unfair von der Natur. Zum Beispiel die Delphine. Da waren vorhin zwei an Backbord. Ein Pärchen. War das eine Freude! Da sprang einer über den anderen – ich bin ganz neidisch geworden.« Er ließ das Ruder los, hakte es mit einem Lederriemen ein und kam auf Lucrezia zu. Ihre Augen begannen zu flimmern. Vor ihren pendelnden Beinen blieb er stehen und legte seine Hände auf ihre schlanken Oberschenkel. Sie fühlten sich angenehm kühl an, glatt und fest. »Um es im voraus zu sagen: Ich bin ein armer wissenschaftlicher Assistent. Ich verschenke keine Leopardenmäntel. Ich bin der Ansicht, ich brauche das nicht. Ich habe andere Vorzüge.«

»Nimm die Hände da weg«, sagte sie ruhig, mit halber Stimme.

»Liegen sie falsch? Höher, wenn's beliebt?«

»Nimm sie sofort weg!«

Er hob die Schultern, als wollte er sagen, na bitte, es hat jeder so seine Mucken. Er nahm seine Hände von ihren Schenkeln und legte sie wie Schalen um ihre Brüste. Sie bedeckten sie völlig, so groß waren seine Hände.

»Schlaflosigkeit aus bestimmten Gründen ist etwas Übles«, sagte er. »Blondie könnte dir darüber einen medizinischen Vortrag halten. Wo aber bleibt die Therapie?« Er schluckte und kam mit seinem Kopf näher. »Weißt du, daß du das verdammteste Luder bist, das mir je über den Weg gelaufen ist?«

Er versuchte, sie nach hinten zu drücken, aber da waren plötzlich ihre Beine da, sie trat ihm vor die Brust, er taumelte zur Seite, konnte sich im letzten Moment noch an einem Seil festhalten, sonst wäre er über Bord gefallen. Dann kam ihre Hand und schlug zu, mit einem so festen Schlag, daß ihm einen Moment die Luft wegblieb, und als er losbrüllte, flitzte sie die Treppe hinunter in die Kajüte. Er meinte sogar, sie kichern zu hören, aber das konnte eine Täuschung sein. Sein Blut rauschte.

»Du Hurenaas!« brüllte er. »Mit mir nicht! Mit mir nicht!« Er ging zum Ruder, umklammerte es mit beiden Fäusten und riß das Boot wieder voll in den Wind. »Das nächste Mal habe ich dich! Und wenn ich dich aufs Deck nageln muß! Du gottverdammtes Luder!«

Er riß sich das Hemd vom Leib, die Hose von den Hüften und stellte sich nackt in den Wind. Mit ausgebreiteten Armen ließ er sich durchblasen. Es tat ihm gut und kühlte seinen Zorn.

Im Morgengrauen kam Losskow wieder an Deck.

Ein starker Schlag gegen den Bootsrumpf hatte ihn geweckt. Erst dachte er, sie seien auf eine Sandbank aufgelaufen, aber dann hörte er wieder das beruhigende Plätschern und spürte die schaukelnden Bewegungen. Sie waren weiterhin im freien Wasser.

Trosky saß in der Plicht, hatte das Ruder festgebunden und starrte über das Meer. Der Wind war mäßig und ungewöhnlich warm für diese Jahreszeit. Das Boot fuhr mit Großsegel und Fock und machte gute Fahrt. Gleichmäßig tauchte es ein, durchschnitt die Wellenkämme und lag, soweit Losskow das an der aufgehenden Sonne erkennen konnte, genau im Kurs auf Madeira. Diese Inselgruppe wollte man aber nicht anlaufen, sondern weiter nach Süden abschwenken, um auf den Kanarischen Inseln den nächsten Landgang einzulegen und Wasser zu tanken. Losskow hatte dafür Teneriffa bestimmt.

Trosky schien ihn nicht zu bemerken. Mit bloßem Oberkörper, nur einen Schal um den Hals, auf dem Kopf eine Wollmütze mit einer Troddel, hockte er auf der Sitzbank, unbeweglich, als sei er eine geschnitzte Figur. Losskow blickte sich auf dem Boot um. Alles war in Ordnung.

»Was war denn das für ein Bums?« fragte er.

Jeder andere Mensch wäre bei der unerwarteten Anrede zusammengeschreckt. Trosky veränderte seine Haltung nicht, starrte weiter in die Wellen und antwortete mit seiner tiefen Stimme: »Wir haben einen Delphin gerammt. Das heißt, er hat uns gerammt!«

»Unmöglich!«

»Wieso ist das unmöglich?«

»Der Delphin ist das klügste Tier, fast so intelligent wie ein Mensch! Ein Delphin schwimmt neben einem Boot her, aber er rammt es nicht! Warum auch?«

»Vielleicht war es ein Weibchen, und ich war ihr Typ?«

Losskow kam näher. Und da sah er, daß neben Trosky eine Holzstange mit einem geschärften Eisenhaken lag. Das Holz war naß – es mußte gerade aus dem Wasser gezogen worden sein.

»Aha! So ist das!« sagte Losskow wütend.

»Was ist?«

»Du hast mit diesem Mistding nach den harmlosen Delphinen geschlagen! Mit einem geschliffenen Stahlhaken! Das ist doch eine Riesensauerei!«

»Ich habe das Werkzeug nicht an Bord gebracht!«

»Du weißt genau, daß wir so etwas zur Abwehr von Haien brauchen!«

»Mein Gott, ich habe mich geirrt!« Trosky schob seine Wollmütze tiefer in die Stirn. »Taucht da aus dem Meer neben mir etwas auf. Ich sehe nur Flosse, etwas Glänzendes, es hebt sich backbord aus der See ... Da habe ich eben zugestochen! Konnte ja ein Hai sein! Hinterher war's aber nur ein Delphin! Sorry, Sir.«

»Hältst du mich eigentlich für so dämlich, daß ich dich für so dämlich halte?« fragte Losskow wütend.

»Das ist eine Frage, auf die ich nicht ehrlich antworten kann!« Trosky rieb sich mit beiden Händen die nackte Brust und dehnte sich. Seine Muskeln traten prall hervor. »Ich mußte etwas tun, großer Boß! Irgend etwas Zerstörerisches! Ich mußte ganz einfach vernichten! Das Boot zusammenschlagen kann ich ja nicht gut. Da kam mir der Delphin genau im richtigen Augenblick. Du verstehst das nicht, was?«

»Nein!«

»Wie auch?! Was würdest du tun, wenn ein Weib sich so vor dir hinflegelt, daß du nur draufzuspringen brauchst? Und wenn du's versuchst, lacht sie dich aus! Du würdest zerknirscht sein und einen Choral singen, nicht wahr? Ich nicht! Ich muß dann etwas zerstören! Ich muß etwas zum Austoben haben! Ich muß vernichten! – Ist dir das jetzt klar?!«

»Vielleicht!« sagte Losskow zögernd. »Mir wird noch einiges klarwerden müssen.«

»Welch ein Theater um einen dusseligen Delphin!«

Losskow ging unter Deck. Helena war wach, lag aber noch auf der Bank. Zu ihren Füßen wedelte Mr. Plump müde mit dem Schwanz und glotzte Losskow vorwurfsvoll an.

»Was war das für ein Lärm da oben?« fragte sie. »Sucht Trosky wieder Streit?!«

»Wo ist Luzi?«

»In ihrer Koje.«

»Du hast nicht gehört, daß sie nachts an Deck war?«

»Nein. Ich habe geschlafen wie ein Sack!« Sie richtete sich auf. Losskow sah ihre Brüste, sie schlief unter der Decke nackt, wie immer; die Wärme in der Kajüte ließ nichts anderes zu. Wäre ich jetzt Trosky und hätte seine Mentalität, würde ich über sie herfallen, dachte er. Und es wäre mir völlig egal, ob die anderen zuschauen!

»Was war da oben los, Peer?«

»Ich weiß es nicht. Trosky redet wie ein Halbirrer! Nach seinen Reden zu schließen, muß Luzi in der Nacht bei ihm gewesen sein und ihn bis aufs Blut gereizt haben. Dann ist sie weggerannt und hat Trosky in einer völlig konfusen Verfassung zurückgelassen. Aus Rache hat er dann versucht, einen harmlosen Delphin abzustechen.«

»Und das regt dich nun wieder auf?« Ihre Stimme war kühl wie immer. Die Klarheit ihres Denkens überraschte ihn stets aufs neue. Nur wenn sie bei ihm war, wenn sie ganz Frau wurde, büßte sie ihre Nüchternheit ein. Dann war sie ein Vulkan. Losskow setzte sich. Auf dem Tisch stand noch eine Tasse mit kaltem Tee. Er trank sie mit kleinen hastigen Schlucken.

»Mich macht nachdenklich, was Trosky als Begründung anführte: Ich muß vernichten! Das ist ein ungeheuerlicher Satz! Vernichten! Was geht in diesem Mann vor? Eine Frau entzieht sich ihm – und er *muß* darauf zerstören! Irgendwas! Wenn man das weiterdenkt, Blondie – was kommt dabei heraus? Er wird immer an Vernichtung denken, wenn ihm was nicht paßt! Und so etwas haben wir an Bord!«

»Auf Teneriffa kannst du ihn loswerden.« Sie setzte sich, angelte nach einem T-Shirt auf dem Wandbrett und zog es über ihre herrlichen Brüste. Mr. Plump seufzte tief. Er wollte noch schlafen. »Glaubst du nicht, daß wir es auch zu dritt schaffen?«

»Nein! In diesen Breiten wär' es kein Problem. Aber wir kommen in andere Meere! Um Feuerland herum, in den Pazifik hinein. Das übersteigt eure Kräfte!«

»Weil wir Frauen sind?« fragte sie tadelnd.

»Ja. Aber das soll keine Abwertung sein.«

»Sie ist es aber! Euer verdammter Männerstolz! Eure idiotische Kraftmeierei! Zu großen Leistungen sind nur Männer fähig; Frauen haben sich gefälligst hinzulegen und zu warten, bis sie benutzt werden!«

»Helena!«

»Ich werde dir zeigen, wie man Kap Horn umsegelt! Ich werde unter den Segeln stehen! Wir brauchen Trosky nicht!«

»Madame, ich applaudiere! Das ist die Feuerrede einer Emanze!« Trosky stand im Treppenaufgang. Sie hatten ihn nicht gehört, er mußte herangeschlichen sein. Wie lange er schon an der Treppe stand, war nicht nachprüfbar. Auch nicht, was er von der Unterhaltung mitbekommen hatte. Mr. Plump reagierte erst jetzt. Er knurrte leise. Ihre gegenseitige Abneigung war unüberbrückbar. »Ich bin fest davon überzeugt, daß ihr mich braucht!« sagte Trosky.

Er kam in die Kajüte und lehnte sich gegen die Tür des Einbauschrankes. Nach einem langen Blick auf Helena schob er die Unterlippe vor. Sie trug zwar ein T-Shirt, aber ab Mitte des Bauches war sie noch frei.

»Ich wußte gar nicht, wie lautlos du dich anschleichen kannst«, sagte Helena.

»Zieh dir 'ne Hose an!« Troskys Knurren signalisierte Gefahr. »Mir liegt noch das andere Frauenzimmer im Zentralhirn. Das wollte ich übrigens als meine Meinung beisteuern: Es ist nie etwas Gutes dabei herausgekommen, wenn ein Mann mit zwei Weibern losgezogen ist! Das geht eine Zeitlang gut. Man fühlt sich wie ein Platzhirsch ohne Konkurrenz. Aber dann drehen die werten Damen durch! Peer, du verhinderter Heiliger, unsere zwei schaffst du nie über Monate hinweg! Nie! Die knabbern dich von oben und von unten an!«

»Du bist ein Schwein!« sagte Helena kalt. Sie zog einen Schlüpfer an und legte dann ihre Hand beruhigend auf Mr. Plumps dicken Kopf. »Andere Gedanken hast du wohl nicht mehr?«

»Ich spreche sie aus, ich rede darüber! Ihr Heuchler tragt sie heimlich mit euch herum und verschluckt euch daran. Verdammt, seien wir doch mal ehrlich! Hier sind zwei Männer, da sind zwei schöne Frauen, und alle vier sind allein auf einem kleinen Boot mitten auf dem Ozean! Und dort wollen sie auch bleiben, monatelang! Jetzt frage ich: Was ist die normale Entwicklung in einer solchen Situation? Etwa kalte Ganzkörperwaschungen, Soda ins Essen und Vorlesen aus der Bibel? Oder ist es nicht doch besser, man betrachtet sich als ein Gebilde aus biologischen Funktionen und handelt dementsprechend? Ihr seht, ich kann mich auch vornehm ausdrücken!«

»Ich bin nicht bloß Körper«, sagte Helena ruhig, »ich habe auch ein logisch denkendes Hirn!«

»Da haben wir's!« Trosky zeigte mit ausgestrecktem Arm auf Helena. »Darum solltest du dich kümmern, Peer! Wenn hier jemand fehl am Platze ist, scheint es mir unsere Blondie zu sein! Man sollte sie auswechseln! Zwei Männer und eine Frau an Bord – das geht auf jeden Fall schief, noch sicherer als ein Mann mit zwei Frauen! Das will ich dir gestehen, Peer: Ich würde dir keine Pore von Lucrezia abgeben, wenn wir drei allein wären! Nicht ein Härchen! Ich würde dir bei der nächsten Gelegenheit den Schädel einschlagen oder dich zwischen die Haie kippen!«

»Ehrlich ist er wirklich!« sagte Helena anerkennend. »Und Angst hat er auch nicht.«

»Vor wem auch!« lachte Trosky.

»Vor dir selbst!«

»Da sprichst du ein Problem an.« Er stieß sich von der Schranktür ab, setzte sich neben Losskow an den Tisch und blickte auf das Schott, das zu Lucrezias Koje führte. »Was passiert, wenn ich jetzt da hineingehe und die Katze bändige?«

»Du wirst es erleben!« sagte Losskow ruhig.

»Aha! Wenn sie abgeschlossen hat, werde ich die Tür eintreten müssen. Das ist einfach, es ist eine dünne Tür.«

»Irrtum. Polyester mit Glasfasern. Druckfest! Das weißt du genau.«

»Ich kriege sie auf!«

Jan erhob sich schwerfällig.

»Bleib sitzen!« sagte Losskow, ohne die Stimme zu heben.

»Was passiert denn wohl?« schrie Trosky. »Wenn ich laut huste, klebt ihr an der Wand! Blondie hat festgestellt: Der hat keine Angst! Ich hab sie wirklich nicht! Vor niemand, vor nichts! Auch nicht vor diesem verfluchten Feuerland mit seinem Kap Horn! Das ist doch etwas wert, nicht wahr? Das ist doch Kapital für euch! Mit mir bezwingt ihr die Meere – nur mit mir! Das wißt ihr genau! Ihr solltet mit mir wenigstens genauso zärtlich umgehen wie mit diesem Mistvieh von Köter!«

Er blieb stehen und ging nicht weiter, unsicher, was Losskow unternehmen würde, wenn er sich an Lucrezias Tür zu schaffen machte. Losskow blickte ihn nicht an. Er überlegte sich, wie er Trosky beweisen könnte, daß er stark genug war, Disziplin an Bord durchzusetzen. Er weiß nicht, dachte Losskow, daß ich einen Judokurs hinter mir habe. Ich war der Drittbeste des Lehrgangs. Das reichte zwar nicht für einen Gürtel, aber ich beherrsche immerhin alle Kniffe, die nötig sind. Wir haben nie darüber gesprochen, er ist völlig ahnungslos. Wenn er noch einen Schritt tut, könnte ich ihm die Beine wegziehen und ihn gleichzeitig mit einem Schulterschwung in die Ecke fegen. Aber dann? Bis Teneriffa ist noch ein langer Weg; ich rechne noch mit vier Tagen bei diesem milden Wind. Vier Tage auf diesem engen Boot zusammen mit einem Mann, der nur noch auf Rache sinnt? Rache, für die es auf einem Schiff hundert Möglichkeiten gibt. Trosky schien ähnliches zu denken und scheute davor zurück, den Bogen zu überspannen. Er kam auch gar nicht mehr zu einer Entscheidung, denn die Tür öffnete sich, und Lucrezia kam in den Salon. Sie trug einen winzigen Bikini, hatte die schwarzen langen Haare zu einem Knoten hochgesteckt und warf erstaunte Jungmädchenblicke um sich. Ihre Begabung, unschuldig zu wirken, war phänomenal.

»Gibt's Diskussionen?« fragte sie. »Worüber?«

»Wir streiten uns darüber, ob Delphine bei der Kopulation normal schwimmen oder auf dem Rücken liegen.« Trosky starrte Lucrezia aus flackernden Augen an.

»Ferkel!« sagte sie fröhlich.

»Immerhin ist der Delphin ein Säugetier wie der Mensch!«

»Und der liegt immer auf dem Rücken?« Sie lachte Trosky an, wippte an ihm vorbei und trippelte zur Treppe. »Ich schwimme eine Runde!« sagte sie lässig. »Wer hat heute Kaffeedienst?«

»Ich!« brüllte Trosky. »Ich mixe ihn dir mit Rattengift!«

Ihr Lachen hörten sie noch, als sie schon an Deck war. Dann klatschte es draußen. Lucrezia, eine vorzügliche Schwimmerin, war über Bord gesprungen, mit einem eleganten Hechtsprung. Übermütig hämmerte sie mit der Faust an die Bordwand.

»Und die wollt ihr mir verbieten?« knurrte Trosky. »Das ist wider die Natur! Wenn ihr nur halbwegs ehrlich seid, müßt ihr zugeben, daß das unmenschlich ist!«

»Ich muß ans Ruder«, sagte Losskow. Mein Gott, so unrecht hat er nicht, dachte er. Aber man darf es ihm nicht sagen. Es wäre ja alles ganz anders, wenn das hier eine Vergnügungsfahrt wäre. »Wir müssen jetzt auf den genauen Kurs gehen! Wann ist der Kaffee fertig?«

»In einer halben Stunde wird serviert!« brummte Trosky. »Sir, wünschen Sie ein Spiegelei mit Speck?«

»Gerne. Aber nicht für dich! Das fehlte dir gerade noch!« Losskow ging hinauf, setzte sich in die Plicht und begann, mit dem Sextanten seinen genauen Standort zu berechnen. Das Boot lief schwach vor dem Wind. Trosky hatte nur die Fock stehenlassen. Mit kräftigen Kraulschlägen schwamm Lucrezia neben dem Boot her, hielt sich dann an einer Fenderleine fest und ließ sich mitziehen. Sie lachte zu Losskow hinauf und war von einer bezwingenden Lebenslust.

»Das Wasser ist herrlich!« rief sie. »Herrlich! Ich denke oft, ich muß früher mal ein Fisch gewesen sein!«

Würdest du doch einer werden, dachte Losskow und schämte sich sofort seines häßlichen Gedankens.

»Komm an Bord!« sagte er rauh. »Wir machen gleich volle Fahrt.«

Sie lachte mit einer perlenden Koloratur, zog sich an dem Seil über die Bordwand und nahm Losskows hingestreckte Hand an. Mit einem Schwung war sie im Boot. Dabei prallte sie voll gegen ihn, ihr Körper war naß und schlangengleich, Hüften und Brüste rieben sich an ihm.

»Danke, Peer«, sagte sie unschuldig, trat einen Schritt zurück, riß das Bikini-Oberteil ab und schwenkte es wie eine Fahne durch die Luft. »Du hast einen unwahrscheinlich festen Griff.«

Mit gekrauster Stirn blickte Losskow ihr nach.

Sie brauchten noch genau vier Tage, bis sie in die Nähe der Kanarischen Inseln kamen. Der Wind hatte es gut mit ihnen gemeint; er trieb sie vor sich her durch ein mäßig bewegtes Meer, das ihr Boot mit seinem schlanken Kiel gut durchschnitt. Es erwies sich als hervorragender Renner, lag gut ausbalanciert im Wasser und kehrte immer wieder in die normale Lage zurück, wenn eine größere Welle es seitlich wegdrückte.

Trosky hatte sich beruhigt, obgleich Lucrezia ihn immer wieder provozierte. Sie lag auf dem Kajütendach oder hockte an der Bugreling und angelte. Einmal – es war zwischen Madeira und den winzigen Ihlas Selvagens – hatte sie einen größeren Fisch an der Schnur, den sie nicht aus dem Meer ziehen konnte. Der Fisch kämpfte verzweifelt gegen den Haken in seinem Maul, schnellte herum, tauchte weg, blieb stehen und raste dann los, bis Lucrezia schrie: »Hilft mir denn keiner? Ich bekomme ihn nicht heraus! Er zerreißt mir noch die Leine! Kommt her!«

Trosky turnte nach vorn zu Lucrezia, gab ihr einen Klaps

auf den aufreizenden Hintern und nahm ihr die Angel ab. Er gab noch etwas Schnur nach, zog dann wieder heran und sah den Fisch aus dem Wasser schnellen.

»Ein Prachtexemplar!« rief Trosky. »Ein junger Hai! Noch ein Kindchen!«

»Hier gibt es keine Haie!« sagte Helena. »Wir sind im Atlantik.«

»Es ist ein Katzenhai! Harmlos! Seht ihr die Punkte auf dem Leib? Ich wette, es ist einer! Na, dann wollen wir mal, Baby! Luzi, halt den Kescher bereit! Den holen wir raus und legen ihn in die Pfanne!«

Es war ein Kampf, der fast eine halbe Stunde dauerte. Dann hatte Trosky den kleinen harmlosen Katzenhai so müde gemacht, daß man ihn mit dem Kescher einfangen und an Bord heben konnte. Er schlug noch um sich, versuchte, sich wegzuschnellen, aber Trosky lachte nur, nahm aus dem Gürtel ein scharfes Messer und stieß es dem Fisch in den Nacken. Dann riß er es wieder heraus und schlitzte ihm den Leib auf. Helena wandte sich ab und ging zur Plicht.

»Der Lady wird kotzübel!« jubelte Trosky. Er warf die Eingeweide des Katzenhais über Bord und hob den Fisch an der Schwanzflosse hoch. Obgleich er ausgeweidet war, zuckte der schimmernd glänzende schlanke Körper noch immer, der Kopf ruckte vor, als könne er noch zubeißen. »Nerven muß man haben!« schrie Trosky. »Nerven wie ein Fisch! Der macht es uns vor!« Er packte den Katzenhai an der Schwanzflosse und schlug den Kopf ein paarmal auf die verchromte Reling. Nach dem fünften Schlag erlosch jede nervliche Reaktion.

»Das Abendessen bereite ich!« sagte Trosky. »Haisteak mit Sahnesoße! Mild gewürzt. Himmel noch mal, das gibt einen Eiweißstoß! Luzi, paß auf dich auf!«

»Ich krieg' keinen Bissen herunter!« sagte Helena, als Trosky unter Deck verschwunden war. »Hast du das gesehen, Peer? Er hat den Fisch nicht getötet, er hat ihn ermordet! Bestialisch ermordet! Er lebte noch, als er ihn aufschlitzte.«

»Dann dürftest du nie mehr Fisch essen«, sagte Losskow. »Glaubst du, auf den Trawlern stellen sie den Tod eines Fisches mit dem Stethoskop fest? Aber du hast recht, was Trosky da gemacht hat, das war nicht nötig.«

»Genauso wird er mit anderen umgehen – auch mit Menschen!« sagte sie leise. »Manchmal glaube ich, er ist ein Ungeheuer mit menschlichen Zügen. Plötzlich wirft er die Hülle ab, und wir haben ein Monster vor uns!«

»Auf Teneriffa wird alles anders werden.« Losskow las die Windgeschwindigkeit ab; der kleine Metallpropeller auf dem Meßinstrument drehte sich lustig im Wind. »Morgen gegen Mittag sind wir da. In Santa Cruz werfe ich Jan von Bord! Es geht wirklich nicht mehr! Ich blase das Unternehmen ab.«

»Das darfst du nicht, Peer!« Sie sah ihn betroffen an. »Wir sind durch Spenden finanziert. Die Firmen werden ihr Geld zurückfordern. Und dann die Presse! Dieses Hohngelächter! Weltumsegelung scheitert an einem sextollen Mann! Wie halfen sich da Ihre Wikinger, Herr Losskow?! – Du bist erledigt, wenn du aufgibst!«

»Wir sind alle erledigt, wenn wir weitermachen! Ich habe einen schrecklichen Verdacht, Helena.«

»Trosky ist nicht normal. Das habe ich auch schon gedacht.«

»Er ist ein Psychopath! Ein Manisch-Depressiver! Er gehört eigentlich unter Aufsicht.«

»Oder er ist ein Sadist und spielt uns diese Rolle vor, um uns außer Atem zu bringen. Er weidet sich an unseren Reaktionen, die er vorausberechnet hat. Er lauert geradezu darauf, daß wir aus der Haut fahren, und dann hat er seinen Spaß. – Ich weiß wirklich nicht, wie ich ihn einordnen soll.«

»Wir sollten uns keine Gedanken mehr darüber machen«, sagte Losskow. »In Santa Cruz ist für Trosky das Ende der Fahrt.«

Bald segelten sie, nur mit Fock und Genua II, gemächlich in den Hafen von Santa Cruz auf Teneriffa hinein und wunderten sich, daß ihnen ein Schnellboot der Hafenmeisterei entgegenbrauste und sie umrundete. Freundliche Spanier winkten ihnen zu und zogen ihnen zu Ehren sogar die deutsche Fahne hoch. Ein eleganter Offizier, in weißer Uniform und weißer Mütze, stand auf der Brücke und grüßte sie so militärisch stramm, als kämen sie von einem erfolgreichen Kommandounternehmen zurück.

»Da stimmt etwas nicht!« sagte Losskow ahnungsvoll zu Trosky. Sie standen beide am Ruder. Die Mädchen, in weißen Trainingsanzügen, saßen unter den Segeln und winkten den Spaniern zurück. Gegen den Himmel hob sich breit und mächtig, mit schneebedeckter Kuppe, der Teide ab, der höchste Berg Spaniens, der kurioserweise auf einer Insel lag. Die Form dieses erloschenen Vulkans war unverkennbar, und Trosky sagte es auch sofort:

»Das ist der größte Busen, den ich kenne! Haben wir genug Zeit? Es wäre mir ein Vergnügen, ihn zu besteigen.«

»Du wirst Zeit genug haben«, antwortete Losskow. »Du brauchst dich nicht zu drängeln. Ich frage mich nur, woher dieser freundliche Empfang kommt?! Die tun fast so, als hätten sie uns erwartet.«

»Ich ahne etwas!« sagte Trosky und spuckte über Bord. »Von wegen: Die einsamen Ozeanbezwinger! – Die haben uns knackfest unter Kontrolle!«

Die Ahnung trog nicht.

Am Pier, zu dem sie von dem Hafenmeistereiboot gelotst wurden, standen neben den Pollern nicht nur zwei Matrosen in weißer Uniform bereit, um die zugeworfenen Seile aufzufangen, sondern da stand auch eine Blaskapelle in kanarischer Tracht, Fernsehkameras richteten sich auf das kleine weiße Boot, und Reporter sprachen aufgeregt ins Mikrofon. Den Anzügen nach zu urteilen, waren sogar einige Stadträte erschienen, und hinter gespannten Seilen und Absperrgittern staute sich eine große Menschenmenge. Ein Spruchband flatterte im Wind. ›Ahoi auf Teneriffa!‹ stand darauf.

Als die *Helu* an die Mole glitt, begann die Kapelle zu spielen. Es war der ›Alte-Dessauer-Marsch‹.

»Das gibt's doch nicht!« sagte Losskow entgeistert. »Die müssen uns verwechseln!«

»Wir sind laufend überwacht worden.« Trosky grinste breit. »Erinnere dich an die Propellermaschinen, die uns südlich von Madeira und erst gestern wieder überflogen. Wir haben nicht darauf geachtet, aber das war das Auge, das uns nie verläßt! Als wir an Madeira vorbeizogen, war denen klar, daß nur die Kanaren fürs Wasserfassen in Frage kamen.«

»Wem war das klar?!«

Die Frage wurde schnell beantwortet. In der vorderen Reihe, noch vor den Offiziellen von Santa Cruz, stand ein Mann und schwenkte seine Arme wie Windmühlenflügel.

Dieter Randler.

»Das darf doch nicht wahr sein!« sagte Losskow erschüttert. »Das ist ja wie im Märchen vom Hasen und dem Igel: Ich bin schon da!« Er sah Trosky forschend an: »Hast du das gewußt?«

»Keine Ahnung! Aber als ich von weitem den Aufmarsch sah, hab' ich mir was zusammengereimt. Gehen wir an Land wie Columbus! Der war übrigens auch hier. Drüben, auf der Nebeninsel La Gomera. Wollte auch Wasser aufnehmen und blieb zwei Jahre hängen in den Armen der schönen Beatrice, der ehemaligen, dorthin verbannten Favoritin des spanischen Königs! So einfach ist die Weltgeschichte. Amerika wäre schon zwei Jahre eher entdeckt worden, wenn Columbus sich im Bett dieser heißblütigen Frau nicht so wohl gefühlt hätte!« Er lachte sein dröhnendes Lachen. »Du kannst ihm nicht entfliehen, mein Lieber! Überall ist es dasselbe! Ich bin gespannt, wo wir einmal auf diese angenehme Weise hängenbleiben.«

Den Plan, Jan Trosky auf Teneriffa zurückzulassen, mußte Losskow aufgeben. Es war unmöglich, vor aller Öffentlichkeit die Querelen an Bord auszubreiten und dann sagen zu müssen: Das große Unternehmen scheiterte an Problemen unter der Gürtellinie. Es wäre eine jämmerliche Kapitulation gewesen.

Randler war stolz auf seine Überraschung und erklärte sie später, als man das Festbankett in einem der Luxushotels Teneriffas hinter sich hatte. Reden waren gehalten worden, Hände wurden geschüttelt, Fotos geblitzt, und hübsche Mädchen in Landestracht überreichten Blumensträuße. Endlich saß man in der Bar in einer Ecke, befreit vom offiziellen Programm.

»Ich könnte dich umbringen!« sagte Losskow zu Randler. »So ein Theater!«

»Diese Investition mußte sein! Deine Reise muß uns mindestens dreißig- bis vierzigtausend Leser mehr bringen!«

»Nach Teneriffa zu segeln ist keine Kunst!«

»Es kommt darauf an, was wir daraus machen! Immerhin konnten wir ja schon einiges berichten! Sturmböen von 160 km in der Biskaya! Kampf ums Überleben im Azorenbecken! Ein Tanker rammte fast das kleine Boot! – Ihr seid Helden geworden – jetzt schon!«

»Mein Gott! Und alles ist gelogen!«

»Das ist im Journalismus ein hartes Wort, Peer!«

»Aber nichts stimmt! Wenn das herauskommt!«

Randler nippte an seinem Cocktail, einem Pims No. 2, und rümpfte mißbilligend die Nase.

»War in der Biskaya schlechtes Wetter? Ja oder nein?«

»Es war erträglich.«

»Aber es saute vom Himmel. Also!« Randler grinste siegessicher. »Seid ihr Tankern begegnet?«

»Ja. Zweimal.«

»Na also! Was willst du eigentlich?«

»Es lagen mindestens drei Seemeilen zwischen den Tankern und uns!«

»Wen interessieren schon Zahlen?! Da ist ein winziges Boot, und dort schwimmt ein Riesending von Tanker. Was, wenn der Tanker die Nußschale rammt? Was, wenn es in den Sog dieses Monstrums gerät? Ist doch alles denkbar und möglich! Außerdem habe ich geschrieben: *Fast* gerammt! Man muß Deutsch können, mein Lieber!«

Es war genauso, wie Trosky es geahnt hatte. Man hatte die *Helu* laufend aus der Luft verfolgt und beobachtet. Als feststand, daß sie in Santa Cruz Wasser nehmen würde, bereitete Randler das Empfangsfest vor. Eine Weltumseglung mit einem so kleinen Boot wurde auch auf dem an allerlei Verrücktheiten gewöhnten Teneriffa als etwas Besonderes angesehen. Hinzu kam, daß zwei schöne Frauen an Bord waren. Welcher Spanier läßt sich so etwas entgehen?! Mut und Schönheit – das waren seit Jahrhunderten Attribute, die man ehren mußte. Bei Schönheit, gepaart mit Mut, schmelzen die Herzen aller Spanier. Es war sicher, daß die spanische Presse begeistert von diesem Abenteuer berichten würde. Der Korrespondent von *El Dia* hatte eine halbe Seite Fotos versprochen, mindestens.

»Es ist zum Kotzen«, sagte Losskow später, als Trosky mit Lucrezia auf der Tanzfläche einen engen Tango tanzte und Randler nach Hamburg telefonierte. »Ich kann Trosky jetzt nicht rausschmeißen!«

»Das sehe ich ein. Das gäbe einen Skandal.« Helena legte ihre Hand auf Losskows Arm. »Was ist die nächste Station?«

»Die Kapverdischen Inseln vor Mauretanien und Senegal.«

»Dann geht er dort von Bord!«

»Und wenn Randler auch da am Pier steht mit einer Kapelle und einen preußischen Marsch spielt?«

»Warten wir es ab«, sagte sie begütigend. »Vielleicht arbeitet die Zeit für uns. Es kann ja sein, daß Trosky von sich aus das Handtuch wirft.«

»Wer das glaubt ...«, sagte Losskow dumpf.

Sie blieben zwei Tage in Teneriffa, und zwei Tage lang blieb Trosky verschollen.

Helena, Lucrezia und Losskow machten eine Inselrundfahrt, besichtigten den zweitausend Jahre alten Drachenbaum in Icod, fuhren in die Canadas, diese einmalige, bizarre, lautlose Kraterlandschaft um den Teide, besuchten den Süden der Insel mit seinen kahlgebrannten Felsen und die Nordküste, die ein einziger üppig blühender Garten war, standen an dem Fleck über dem Orotava-Tal, wo Humboldt sich niedergekniet und ausgerufen haben soll: ›Gott, ich danke dir, daß ich so etwas Herrliches schauen darf!‹, und sie saßen an der Brandung von Puerto de la Cruz, aßen Eis und ließen sich für achthundert Peseten von einem Straßenmaler porträtieren. Es war ein herrliches Stück Erde; die Insel der Seligen, wie man sie schon im Altertum nannte.

Nach zwei Tagen tauchte Trosky wieder auf. Laut, kraftvoll, ungebrochen wie immer.

»Zum Teufel, was haben die einen herrlichen Puff in Santa Cruz!« donnerte er begeistert. »Und wißt ihr, wie die den nennen? Casa de Pudre! Lacht nicht so dämlich! Das ist wahr! Ich habe einen Taxifahrer gefragt, die wissen ja alles. Er verstand mich sofort. ›Ah, señor –‹, sagte er zu mir. ›Casa de Pudre? Komm mit!‹ – Ich fühle mich wohl wie tausend Säue! Ist das nicht von Goethe? So ähnlich jedenfalls. – Wann geht es weiter?«

Es wäre vergeblich gewesen, ihm jetzt zu sagen: morgen oder übermorgen – aber nicht für dich! Du bleibst auf Teneriffa, du kannst machen, was du willst: in der Sonne liegen, den Teide besteigen, den hübschen Frauen in Puerto de la Cruz nachlaufen, davon gibt es massenweise, erlebnishungrig, dankbar, von der jodhaltigen Salzluft des Meeres angeregt, oder du kannst auch bei deinen Huren bleiben, in deiner berühmten Casa de Pudre, du kannst überhaupt alles tun, was dir Spaß macht. Nur an Bord kommst du nicht mehr!

Er hätte es nicht begriffen, er hätte es als Witz aufgefaßt, er wäre auf das Boot gegangen, hätte sich in die Plicht gesetzt und gebrüllt: »Ihr Arschlöcher, ich bin hier festgepflockt. Nun reißt mich mal raus!«

Und das alles unter den Augen der Öffentlichkeit, die endlich wieder einen einsamen Helden hatte!

Losskow sah Helena verzweifelt an, zuckte mit den Schultern und ging davon. Trosky blickte ihm verwundert nach. »Was hat er denn? Mißfällt ihm unsere Arbeitsteilung? Er läßt sich feiern, ich arbeite! Dagegen kann er doch nichts haben! Das entspricht doch seinem Ideal. Der standhafte Wikinger!«

»Wir legen morgen ab«, sagte Helena, kühl wie immer. »Es sind noch ein paar Konserven zu kaufen. Außerdem kommt noch etwas an Bord!«

»Nein!« Trosky hob theatralisch beide Arme. »Bitte nicht noch so eine Mißgeburt wie Mr. Plump! Das halte ich nicht aus!«

»Ich habe mir einen Plattenspieler gekauft«, sagte Helena. »Batteriebetrieb. Und dreißig Langspielplatten.«

»Glänzende Idee! Ein paar Tänzchen an Bord lockern die Atmosphäre. Rechtsherum und linksherum und durch die Mitte ...«

»Ich habe Beethoven, Wagner, Tschaikowskij, Schubert und Grieg gekauft.«

»Nein!« schrie Trosky auf. »Tu mir das nicht an, Blondie! Klassik vor Feuerland! Das ist pervers!«

Helena ließ ihn stehen und ging über die lange Mole in Richtung Stadt. Trosky setzte sich auf einen hohen Betonpoller, blickte hinüber zu einem sowjetischen Handelsschiff, das eher wie ein mit Elektronik vollgestopfter Beobachtungs- und Nachrichtenkreuzer aussah. Die russischen Matrosen, die Landgang hatten, fielen durch ihre makellose Korrektheit auf. Schneeweiße Uniformen, unauffälliges Benehmen, Höflichkeit, Zurückhaltung. Nie ging einer allein. Sie besuchten Santa Cruz nur in kleinen Gruppen. Man konnte sicher sein, daß es bei ihnen keine nächtlichen Schlägereien in den Hafengassen gab, wie etwa bei den amerikanischen oder kanadischen Matrosen, von den Öltankerbesatzungen ganz zu schweigen.

Aus dem Boot kletterte Lucrezia. Sie trug ein enges, kurzes Frottierkleidchen. Auch so war sie eine Gefahr für die öffentliche Sittlichkeit.

»Was hockst du hier herum?« fragte sie Trosky. »Wo warst du überhaupt die ganze Zeit?«

»Wenn ich dir das erzähle, mein Mäuschen, wirst du rot wie eine Tomate! Oder unruhig wie ein Huhn vorm Eierlegen.«

»Kein Kommentar!« Sie winkte ab. »Du weißt, daß wir morgen früh ablegen?«

»Ja. Wo gehst du hin?«

»Er heißt Francisco Hernandez Marques. Toll, was?«

»Wenn er so lange durchhält, wie sein Name lang ist – gratuliere!«

»Ekel!«

Sie wollte gehen, aber Trosky hielt sie am Saum ihres kurzen Kleides fest. »Noch einen Moment, Süße! Nur eine Frage: Zwischen Peer und Blondie, tut sich da was?«

»Warum?«

»Mir wird ihre Moral unheimlich. Helena hat doch kein Eiswasser in den Adern!«

»Was geht das mich an?«

»Wo haben sie die zwei Nächte geschlafen?«

»Der Boß an Bord. Helena im Hotel Mencey.«

»Allein?«

»Sicherlich!«

»Das ist geradezu gespenstisch! Ich habe erwartet: Jetzt, auf Teneriffa, da fallen sie endlich übereinander her!« Er drehte Lucrezia den Rücken zu und knurrte: »Ist gut, Süße. Hau ab! Mach's gut, aber nicht zu oft.«

Lucrezia verbiß sich eine Bemerkung und ging über die

Mole zur Stadt. Dabei geriet sie in den Strom der sowjetischen Matrosen und wunderte sich, daß keiner sie ansprach oder wenigstens durch die Zähne pfiff. Die Rote Marine war darauf gedrillt, in jeder Situation Vorbild zu sein.

Am nächsten Morgen schrubbte Trosky das Deck, als Losskow heraufkam. Das Kratzen des Schrubbers hatte ihn geweckt.

Trosky hatte brav an Bord geschlafen, genau wie Losskow. Die Mädchen waren noch in Santa Cruz. Helena im Hotel Mencey, Lucrezia irgendwo bei ihrem Francisco Hernandez Marques. Es war noch früh, fahle Dämmerung lag über Meer und Insel. Die Kuppe des Teide segelte unwirklich durch zerfetzte Wolken. Es war der Übergang von Nacht auf Tag, in dem die Natur wie zu Beginn der Schöpfung aussieht.

»Was treibt dich denn, mitten in der Nacht das Deck zu kratzen?« fragte Losskow.

»Ich nehme an, beim Ablegen gibt's noch einmal eine kleine Schau! Gestern habe ich Randler getroffen. Er hat schon die neue Schlagzeile: ›Der Start ins große Unbekannte!‹ Ich habe ihm gesagt, daß er ein Idiot ist! War das richtig?«

»Exakt!« Losskow lachte. Manchmal war Trosky ihm direkt sympathisch. »Wir sollten in aller Heimlichkeit auslaufen.«

»Wenn die Mädchen rechtzeitig da sind.«

»Sie haben Anweisung, um sieben Uhr an Bord zu sein! Dann können wir sofort die Segel setzen – und ab geht's!«

»Randler wollte wissen, wo unsere nächste Station ist. Da er mich fragte, habe ich angenommen, daß du ihm keine Auskunft gegeben hast.«

»Und was hast du gesagt?«

»Barbados!«

»Das hat er dir geglaubt?«

»Nein! Aber er hörte wenigstens auf zu fragen.«

»Jetzt könnte ich dir wieder auf die Schulter klopfen.«

»Bitte keine abartigen Regungen, Boß!« Trosky stützte sich auf den Schrubberstiel und sah Losskow forschend an. »Du gehst doch immer noch schwanger mit dem Gedanken, mich hierzulassen?«

Losskow zeigte keine Wirkung, aber er wurde vorsichtig. »Wer sagt das?« fragte er.

»Ich habe das gelesen.«

»Wo?«

»In deinem privaten Bordbuch! Es lag gestern auf der Klapplade. So etwas reizt mich natürlich.«

»Das ist gelogen!« sagte Losskow ernst. »Das Tagebuch liegt immer im Kasten, und der Deckel ist verschlossen. Nur ich habe den Schlüssel! Hast du das Schloß aufgebrochen?«

»Es lag obendrauf!« sagte Trosky laut. »Ich kann nicht dafür, daß du's vergessen hast! Aber ich habe mir gemerkt, was da steht. Seite Teneriffa: ›1. Tag. Dieser Staatsempfang macht es mir nun unmöglich, Trosky auf Teneriffa zurückzulassen!‹ Jawohl, so steht es da! Mich zurückzulassen! Du bist ein hinterhältiger Hund, Peer!«

»Wir hätten natürlich vorher eingehend darüber gesprochen und diskutiert.«

»Natürlich! Und demokratisch abgestimmt: Flosse hoch, wer dafür ist! Gegenprobe! Keine Gegenstimme, Antrag einstimmig angenommen. Jan Trosky, verschwinde!« Er lachte, es klang gefährlich. »Das könnte euch so passen! Ich bleibe bis zum Ende bei euch. Ich habe einen wissenschaftlichen Auftrag übernommen. Wir haben darüber sogar einen Vertrag gemacht. Da kommst du nicht mehr raus! Mich auf Teneriffa zurücklassen! Kennt ihr mich noch immer nicht?!«

»Diese Frage hättest du nicht stellen dürfen!« sagte Losskow gepreßt. »Meine Antwort kann nur heißen: Hätten wir dich doch nie kennengelernt!«

»Das sagte auch der Opa zur Oma am 50. Hochzeitstag,

aber da war's zu spät! Wir vier sind eine Ehe eingegangen – hoffentlich nicht, bis daß der Tod uns scheidet ...«

Pünktlich um sieben kam Helena mit einem Taxi und ging an Bord. Der Chauffeur trug einen Karton, der den Plattenspieler und die Schallplatten enthielt. Helena begrüßte Losskow und Trosky mit einem Kuß, zog sich sofort um und erschien wenig später in ihrem Trainingsanzug an Deck.

Lucrezia wurde zwanzig Minuten später gebracht. Ein weißes Oldsmobil hielt an der Mole, Luzi stieg aus, küßte zum Abschied einen unsichtbaren Mann durch das Autofenster und winkte ihm nach, als der schwere Wagen sich schnell wieder entfernte. Das war alles so unkompliziert, daß Trosky beifällig sagte: »Bravo! Man weint ja auch nicht, wenn man eine Flasche leergetrunken hat!«

Auch Lucrezia zog sich sofort um und kam an Deck. Man sah ihr die vermutlich schlaflose Nacht nicht an. Sie lachte und war voller Tatendrang. Trosky stieß Losskow in die Seite und murmelte beeindruckt: »Donnerwetter!«

Noch bei fahlem Himmel, den nur im Osten ein rotvioletter Streifen aufhellte, während ein weißer Wolkenkranz sich in der Mitte des Teide wie ein Kragen rund um den mächtigen Bergkegel spannte, legten sie mit Fock, Genua II und Spinnaker ab und segelten zügig hinaus in das Meer. Die Mädchen standen an den Segeln, Losskow saß am Ruder, und Trosky rollte die losgeworfenen Leinen zusammen.

»Werden die staunen!« sagte er. »Wenn die mit ihrer Musik ankommen, und wir sind schon weg! Welchen Kurs nehmen wir?«

»Direkt! An der Südküste entlang und dann ab in die Weite zu den Kapverdischen Inseln. Nächste Station: Die Insel São Tiago. Wir werden die Kapverdenschwelle überqueren. Da kann es noch einmal verdammt blasen!«

Die *Helu* machte gute Fahrt. Als die Sonne voll aus dem Meer stieg und die Schneekuppe des Teide wie mit Kristallen überzogen glitzern ließ, war das nur noch ein ferner Gruß von einer Insel, auf der sich die letzte Chance geboten hatte, die Weltumseglung mit Anstand abzubrechen.

Was ihnen jetzt bevorstand, konnte nach allen Erfahrungswerten die Belastbarkeit des Menschen überfordern.

Sieht man davon ab, daß sie innerhalb von sieben Tagen zweimal in einen mäßigen Sturm gerieten, verlief die Fahrt ohne Zwischenfälle oder Höhepunkte. Die beiden Stürme brachten es allerdings mit sich, daß sie vom Kurs abkamen und sich in einem weiten Bogen den Kapverdischen Inseln näherten.

Das hatte etwas Gutes: Dieter Randler verlor sie aus den Augen.

Doch am Nachmittag, nach ihrem heimlichen Absegeln von Teneriffa, kreiste eine Sportmaschine über ihnen und begleitete sie ein Stück in den Atlantik hinaus. »Da hat er uns wieder!« sagte Trosky wütend. »Will der uns rund um die Welt begleiten? Was das kostet – das Geld möchte ich haben!«

»Wenn wir zur Atlantiküberquerung ansetzen, hört das auf«, sagte Losskow. »Dann suchen sie uns nur, wenn wir drüben in Brasilien nicht ankommen.«

»Wo wollen sie uns da suchen! Gibst du jeden Tag Positionen durch?«

»Nicht eine!«

»Wir sind also verschwunden?«

»So ähnlich. Es liegt an uns, wann wir wieder auftauchen. Eine Funkmeldung – und schon gehören wir wieder zu den Lebenden.« Losskow blickte hinauf zu dem kleinen Flugzeug, das jetzt zurückkam und mit den Flügeln wackelte. Das war ein Fliegergruß. Im Krieg, das hatte sich Losskow erzählen lassen, wackelten die vom Feindflug zurückkehrenden Jäger mit den Flügeln, wenn sie einen Gegner abgeschossen hatten. »Aber ich habe vor, mich nur im äußersten Notfall über Funk zu melden.«

»Und was ist ein Notfall?«

»Zum Beispiel: wenn du verrückt wirst ...«

»Dann rettet euch nichts mehr!« sagte Trosky düster. »Wenn ich durchdrehe, schraube ich eure Gesichter nach hinten!«

Nun hatte Dieter Randler die kleine Yacht wieder aus den Augen verloren. Er war mit dem Flugzeug gehüpft: von Teneriffa nach Marokko, von dort in die Spanische Sahara, dann nach Mauretanien und schließlich nach Senegal, wo er von Dakar aus zu den Kapverdischen Inseln fliegen wollte. Dort – das wußte er – war die letzte Gelegenheit, Losskow und seine Crew noch einmal zu sehen, ehe sie in der Weite des Ozeans untertauchten.

Er rief in Hamburg an und meldete: ›Sie sind weg! Das ist völlig rätselhaft. In ihrem Gebiet gab es zwar zwei kleine Unwetter, aber das haut ein Boot wie die *Helu* nicht um! Wir haben ja durchgetestet, was sie aushalten kann. Auf jeden Fall müssen sie die Insel Sal anlaufen. Ich warte auf dem Flugplatz von Pedra Lume auf sie!‹

Aber Losskow segelte nicht nach Sal. Er kam nicht von der Küste, sondern vom offenen Atlantik an die Kapverdischen Inseln heran und warf den Anker bei dem kleinen Fischerort Tarrafal auf der Insel São Tiago. Das war drei Tage später, als er errechnet hatte, und das Meer war nicht schuld daran. Trosky hatte mal wieder alles aus der Bahn geworfen.

Es begann damit, daß er bei der Ablösung am Ruder zu Losskow sagte: »Gib mir eine klare Antwort: Warum haßt du mich?«

Losskow starrte ihn betroffen an. Sie fuhren gerade wie durch ein Meer voller Blut; der Tag starb in einem Farbenrausch, wie ihn Losskow selten gesehen hatte. Bevor am Horizont Meer und Himmel zusammenschmolzen, ließ die zu einem roten Ball gewordene Sonne noch einmal Firmament und Ozean aufleuchten wie in tausend Facetten geschliffene Gläser. Nur ein paar Minuten würde diese Verzauberung der

Natur anhalten, dann würden, wie das Licht, auch alle Farben verblassen.

»Sei still!« sagte Losskow. »Sieh dir diesen Sonnenuntergang an.«

»Ich scheiß' was drauf!« Trosky zog die Mütze tiefer in die Stirn. »Du haßt mich!«

»Fängt das schon wieder an?«

»Es hat nie aufgehört.« Losskow winkte ab, aber Trosky ließ nicht locker. »Du haßt mich, weil du ein Deutscher bist – und ich ein Tscheche!«

»Etwas Idiotischeres habe ich selten gehört!«

»Ich weiß, daß es wahr ist. Bevor du mich in die Crew genommen hast, wurden über mich Erkundigungen eingeholt.«

»Natürlich!«

»Aha! Du gibst es also zu?!«

»Das ist doch selbstverständlich. Da schreibt ein Mann, daß er die Weltumseglung mitmachen will, und er schreibt so vernünftig, daß ich mir sage: Der könnte ein guter Kumpel sein! Aber reicht das? Wer ist dieser Jan Trosky? Jeder, der eine Vertrauensposition zu besetzen hat, wird sich erkundigen. Man muß sich doch ein Bild machen können.«

»Und das Bild war so, daß du dir sagtest: Den nehme ich mit! Den mache ich auf hoher See, wo es keiner sieht, fertig! Dem zahle ich alles heim.«

Losskow sah Trosky fassungslos an. »Was soll ich dir heimzahlen?«

»Den Mai 1945!«

»Da warst du noch gar nicht geboren!«

»Du weißt genau, wann ich geboren bin. Am 23. Juni! Und du weißt auch, du hast dich danach erkundigt, daß mein Vater damals, im Mai 1945, zu der Volksmiliz gehörte, die in Prag gegen die Besatzungsmacht aufstand und die Deutschen vernichtete, wo man sie traf. Du weißt genau, daß mein Vater zu den Patrioten gehörte, die deutsche Soldaten jagten wie tollwütige Hasen!«

»Jetzt weiß ich es!« sagte Losskow rauh. »Und nun halte die Schnauze!«

»Im Gegenteil, ich fange erst an!«

»Du lieber Himmel, willst du hier auf dem Atlantik diesen ganzen verfluchten Mist wieder aufrühren?! Das ist dreißig Jahre her! Wir waren damals beide noch nicht geboren! Wir gehören der Generation an, die diese Zeit überhaupt nicht mehr verstehen kann! Was soll also der Quatsch!«

»Mein Vater wohnte damals etwas außerhalb von Prag«, fuhr Trosky unbeirrt fort. »In einer der Vorstädte. Meine Mutter war hochschwanger, mit mir. Seit Monaten versteckte er sie vor den deutschen Soldaten. Meine Mutter war eine sehr schöne Frau. Viermal drangen die Deutschen beim Rückzug in unser Haus ein. Mein Vater bediente sie mit Brot und Bier und erschoß sie dann auf den Stühlen. Dabei half ihm sein Nachbar. Der war vierundachtzig Jahre alt, humpelte am Stock, aber einen Revolver konnte er noch abdrücken. Meine Mutter hockte in einem Verschlag unter dem Dach, von Todesangst geschüttelt, und immer, wenn sie die Schüsse hörte, betete sie, die Hände über dem dicken Bauch gefaltet. Nach einer Woche lagen bei uns im Keller vierzehn tote Deutsche.« Trosky sah Losskow mit flimmernden Augen an. »Das hast du alles gewußt, als du mich in die Crew nahmst! Das hast du alles in Prag erfahren. Und du hast dir gesagt: Warte nur ab, Jan Trosky! Das zahle ich dir heim! Sippenhaft ist ja eine gute deutsche Einrichtung! Laß uns erst allein sein! – Hast du geglaubt, ich merke das nicht?«

»Leg dich schlafen!« sagte Losskow gepreßt. »Über so viel Idiotie diskutiere ich nicht. Unsere Väter! Weiß ich, was mein Vater damals getan hat?«

»Er war Offizier?«

»Ja.«

»Du hast ihn nie gefragt?«

»Manchmal. Dann sagte er immer: Schwamm drüber!«

»Ein einfaches Verfahren, die Vergangenheit zu vergessen.

Mein Vater hat die vierzehn toten Deutschen nie vergessen! Er wurde als Held gefeiert, bekam einen Orden. Aber er konnte nie mehr richtig lachen. ›Ich habe es wegen deiner Mutter getan‹, sagte er zu mir. ›Ich hatte Angst um sie. Nur deshalb! Angst! Weißt du, was richtige Angst ist? Eure Generation wird diese Angst nie lernen und deshalb auch nie begreifen!‹ – Ich habe später lange darüber nachgedacht, vor allem in diesen Wochen, als ich merkte, daß du mich haßt! Aber vor dir habe ich keine Angst!«

»Du redest völlig irr!« sagte Losskow. Er setzte sich hinter das Ruder, blickte auf den Kreiselkompaß und sah, daß sie den Kurs hielten. Das Glutmeer verblaßte, die Sonne war versunken, das Wasser schimmerte violett, der Himmel wurde in orangene Streifen zerschnitten. Aus dem Salon zog Bratenduft an Deck. Helena hatte eine Schweinelende spendiert. Daran erkannte man, daß heute Sonntag war. »Freu dich auf den Braten und halt endlich die Klappe!«

Trosky knurrte etwas Unverständliches, ging an Losskow vorbei und verschwand nach unten. Wenig später kam Helena an Deck und strich sich die verschwitzten Haare aus der Stirn.

»Was ist los mit ihm?« fragte sie. »Kommt an den Herd, guckt in den Backofen, schnuppert und bellt mich an: ›Freßt euren Dreck alleine!‹ Und geht in seine Koje!«

»Er hat wieder seinen Durchdrehtag. Diesmal politisch eingefärbt.«

»Auch das noch!«

»Jetzt bin ich der häßlichste Deutsche mit der unbewältigten Vergangenheit.«

»Ihm fällt immer was Neues ein. Wann bist du Frankensteins Sohn?«

»Schon vorbei!« Er beugte sich vor, gab Helena einen Kuß und hörte erst jetzt Musik aus der Kajüte nach oben dringen. »Was ist das?«

»Beethoven. Die Pastorale. Zweiter Satz.«

Unter ihren Füßen rumorte es plötzlich. Da lag die Eigner-Koje, und Trosky hämmerte mit einem Gegenstand gegen die Decke.

»Das gilt Beethoven«, sagte Helena ruhig. »Die nächste Platte ist dann für ihn. Böhmische Polka.«

Aber dazu kam es nicht mehr. Trosky rannte die Treppe empor an Deck, nur mit einer kleinen Dreiecksbadehose bekleidet. Über seinem muskulösen Körper lag eine dünne, glänzende Schweißschicht. Der Blick seiner Augen hatte etwas Irres, unstet, flackernd, hervorquellend.

»Wißt ihr, was ein Lustmord ist?!« schrie er, noch ehe Helena ein Wort sagen konnte. »Ich wußte es bis heute nicht! Aber jetzt begreife ich, daß einem der Speichel vor Wonne aus den Mundwinkeln tropft, wenn man vernichtet! Ich werde jetzt morden! Ich werde dieses plärrende, widerwärtige Ding umbringen! Ich werde Beethoven, Chopin, Tschaikowskij, Wagner und Schubert killen! Alle auf einmal! Und wenn dann Ruhe ist, endlich Ruhe, werde ich vor Wonne heulen!« Er ballte die Fäuste und streckte sie Helena entgegen. »Jetzt morde ich das Mistding! Ich nehm' es bis auf die letzte Schraube auseinander!«

Er warf sich herum und rannte wieder nach unten.

»Lauf ihm nach!« sagte Losskow. »Er tut es wirklich!«

»Dann zertrümmere ich seine kleine klimatologische Meßstation!« Sie sagte es völlig gleichgültig. Losskow starrte sie entsetzt an.

»Seid ihr verrückt geworden?! Wann bringt ihr euch alle gegenseitig um?«

Von unten erscholl Lärm und Fluchen, dann ein dumpfes Brüllen. Dazwischen das helle, wütende Gekläff von Mr. Plump. Dann polterte Trosky wieder an Deck und streckte Helena seine gespreizte linke Hand entgegen.

»Er hat mich gebissen!« brüllte er. »Das Mistvieh hat mich gebissen!«

»Um Gottes willen!« sagte Helena und schlug die Hände

zusammen. »Ich muß sofort nachsehen. Der Kleine kann ja an Blutvergiftung sterben!«

»Dem Kleinen schlitze ich bei nächster Gelegenheit den Bauch auf! Er hat mich gebissen!«

»Er hat meinen Plattenspieler verteidigt.«

»Das Vieh haßt mich!«

»Ein äußerst kluger, einfühlsamer Hund.«

»Ihr alle haßt mich!« Er stierte zu Losskow hinüber. »Da hast du den Beweis! Nur, weil ich ausspreche, was ich denke, weil ich tue, was ich fühle, weil ich kein so ekelhafter Heuchler bin wie ihr, könnt ihr's gar nicht erwarten, daß mich ein Hai erwischt!«

»Hier sind Haie selten«, sagte Helena in ihrer aufregend kühlen Art. »Es müßte schon ein großer Zufall sein, daß dich ein Hai riecht!« Sie fragte Losskow: »Wie ist das eigentlich, Peer? Ich bin darüber nicht informiert. Sind Haie denn Aasfresser?«

»Blondie!« sagte Losskow warnend. Er schluckte. Es war unsinnig, Trosky bis zur Weißglut zu reizen.

»Wir hätten uns nie begegnen dürfen!« knurrte Trosky und betrachtete seine linke Hand. Mr. Plump hatte nicht fest zugebissen, wohl mehr zugeschnappt; man sah keine Bißwunde, und es blutete auch nicht. Trotzdem tat Trosky so, als hinge die Hand nur noch an einer Sehne. »Welcher Teufel hat dich damals eigentlich geritten, ausgerechnet uns zusammenzubringen?! Dieses arrogante nordische Frauenzimmer und diese potenzierte Geilheit aus Italien ...«

»... und diesen an seinem Jähzorn nächstens erstickenden Nepomuk von der Moldau«, ergänzte Helena ohne eine Spur von Ironie. Trosky zog die Schultern hoch, drehte sich um und ging unter Deck.

Eine halbe Stunde später war er wie ausgewechselt. Er kroch aus seiner Koje, setzte sich an den Tisch, grinste verlegen in die Runde und duldete sogar den Plattenspieler, auf dem sich eine Scheibe mit Wiener Walzern drehte. Mr. Plump, der an der Seite von Helena hockte, glotzte ihn böse und mit hochgezogenen Lefzen an.

»Habt ihr für einen armen Irren noch ein Süppchen übrig?« fragte Trosky.

Da man nie wußte, wie er reagieren würde, verzichtete man auf eine Antwort und schob ihm einen Teller mit Braten und in heißer Soße warmgehaltenen Kartoffeln zu. Er aß stumm, mit zusammengezogenen Brauen, trank eine Büchse Bier und sagte am Schluß:

»Ich bedanke mich untertänigst für das Gnadenbrot!«

Losskow ignorierte das. Er stieg wieder an Deck und übernahm das Ruder. Lucrezia, die bisher mit angezogenen nackten Beinen auf der Polsterbank gesessen hatte, nahm Dekkung hinter einem amerikanischen Magazin, das sie in Santa Cruz gekauft hatte. Es enthielt erotische Geschichten, illustriert mit sehr freizügigen Zeichnungen. Helena ließ Wasser in das Spülbecken laufen.

»In São Tiago mustere ich ab!« sagte Trosky. »Ihr könnt allein um Feuerland segeln. Das Ganze war ein Irrtum! Wir halten das nicht durch. Was nutzt ein unsinkbares Schiff, wenn sich die Mannschaft haßt.«

Er wartete, sah Helena und Lucrezia herausfordernd an, aber die Mädchen reagierten nicht.

»Wir gehen uns auf die Nerven!« sagte Trosky lauter. »Schon nach so kurzer Zeit! Und Monate liegen noch vor uns! Unmöglich! Undenkbar! Noch sind wir zu retten!«

Er wartete wieder, aber weder Lucrezia noch Helena zeigten Lust, mit ihm ins Gespräch zu kommen. Trosky wölbte die Unterlippe vor, stülpte die Mütze auf seinen Kopf und verließ den Salon. »Dumme Kühe!« knurrte er, aber auch davon ließ Helena sich nicht aus der Reserve locken.

In der Plicht saß Losskow auf der halbrunden Kunststoffbank, hatte das Steuerrad auf Kurs eingehakt und alle Segel bis auf das Fock gerefft. Mit sanfter Fahrt glitt die *Helu* durch das kaum bewegte Meer. Die Nacht war hell und mäßig warm; die Sichel des abnehmenden Mondes lag auf dem Rücken, was jeden Fremden in südlichen Breiten zunächst fasziniert. Trosky setzte sich Losskow gegenüber, breitete die Arme über der Reling aus und blickte mit zurückgelegtem Kopf in den fahlschwarzen Himmel.

»Ich habe mich immer gefragt«, sagte er nach einer Zeit des Schweigens, »warum die großen Seefahrer nebenberuflich fast immer auch Seeräuber waren. Zum Beispiel Francis Drake, den die englische Königin sogar geadelt hat. Und auch die großen Helden, deine Vorbilder – Vasco da Gama, Magellan, Cook, John Cabot, Pedro Albares Cabral, Almeida, Da Cunha, Quiros oder wie sie alle heißen – auch die erforschten die Meere durchaus nicht zimperlich. Wer hat zuerst die australische Küste erreicht? Der englische Seeräuber William Dampier. Und wie war das mit dem berühmten Captain Bligh und seiner ›Bounty‹? Idealisieren wir doch nichts! Wo die großen Herren auftauchten, knallten die Büchsen, bluteten die Eingeborenen, schleppte man die fremden Weiber in die Betten, sammelte man Gold und Edelsteine ein und hinterließ als Gegengabe die Bibel und das Kreuz! Und wer das nicht tat, wer seinen Leuten eine solche Abwechslung nicht gönnte, den wollte man an den Mast hängen! Warum wurde auf diesen Expeditionen gemeutert? Warum mußte Columbus zu dem Trick mit dem stehenden Ei greifen? Um seine Leute in Ruhe zu halten, weil sie sonst durchgedreht hätten. Wochenlang nur Meer, Wind oder Flaute, schimmeliges Wasser, steinharter Keks, Salzfleisch, Fisch oder madiges Mehl. Und kein Weib an Bord! Das war schlimmer als alle echten oder eingebildeten Meerungeheuer! Der Mensch zerbricht in der Eintönigkeit!«

»Aber sie hielten durch!« sagte Losskow ruhig. »Sie entdeckten alle afrikanischen Küsten, sie kamen nach Westindien, nach Australien, in die Südsee, sie umsegelten Südamerika, sie landeten in Indien und Ceylon, sie drangen bis in die Eismeere vor. Trotzdem! *Das* machte sie so groß! Sie hielten durch!«

»Weil sie zwischendurch anderen Menschen die Schädel einschlugen und deren Frauen vergewaltigten?« fragte Helena.

Und Losskow spottete: »Was willst du eigentlich? Sollen wir Tanker und Frachtschiffe überfallen, damit du für Feuerland richtig in Stimmung kommst?«

»Ich will dir nur anhand der Historie beweisen, daß ich kein Ungeheuer bin! Damals war es ganz natürlich, wenn aufgestaute Aggressionen sich entluden. Nur du verlangst von uns allen, daß wir wie Engel um die Erde schweben!«

»Ist das deine Entschuldigung?«

»Ich brauche mich nicht zu entschuldigen!« Trosky atmete tief durch. »Ich suche bei dir nur Verständnis.«

»Das wirst du kaum finden. Du siehst ja in allen nur den Gegner.« Losskow streckte den Arm weit aus und zeigte über das Wasser. »Dabei haben wir nur einen einzigen Gegner. Das Meer!«

»Mit dem werde ich fertig!« sagte Trosky laut.

»Aber nicht mit dir!«

»Wir sollten in São Tiago etwas an Bord nehmen, was man zerstören kann«, sagte Trosky dumpf.

Losskow sah ihn forschend an. »Auch das noch! Aber bitte! Was darf es sein?!«

»Ich weiß es nicht! Wie kann ich das jetzt sagen?! Aber ich werde schon etwas finden. Ich habe gelesen, daß sie damals auf den Schiffen mit Stroh gefüllte Säcke mitnahmen, an denen sie Messerwerfen übten. Und was macht man heute auf den schwimmenden Städten, den Flugzeugträgern? Allein auf der amerikanischen ›Nimitz‹ leben fünftausend Mann! Was ist die Hauptsache an Bord aller Schiffe, wo man monatelang auf engstem Raum miteinander leben muß? Sport! Sich austoben im Sport! Warum die Festessen auf den Luxuslinern, die Bordbälle, das Maskenfest, die Spieldecks, Kino, Theater, Vorträge, Tanz? Man würde schon nach einer Woche nur noch Verrückte ausladen, wenn man nichts weiter zu bieten hätte als nur Natur! Himmel und Meer, Sonne und Wind ... Dichter mögen das besingen. Einen normalen Menschen bringt das um! Und wir sollen nach Monaten auf dem Wasser so engelrein aus dem Boot steigen, wie wir abgesegelt sind?! Da hätte ich Rom vorher benachrichtigt: Paßt auf! Irgendwo, vielleicht in Huwa Siwa, kommen vier Heilige an Land!«

»Was soll das alles, Jan?« fragte Losskow. »Willst du in São Tiago aussteigen?«

»Das wäre ein Triumph für dich, was?«

»Es wäre besser für uns alle.«

»Und du fährst mit den beiden Mädchen allein weiter?«

»Ja.«

»Du bist um Grade verrückter als ich!«

»Ich würde auch mit Helena allein die Umseglung wagen.«

»Ein Selbstmord auf Raten.«

»Das ist mein Problem.«

»Ich glaube wirklich«, sagte Trosky und erhob sich, »Helden der Sinnlosigkeit wie dich muß man opfern! Ich weiß, was du denkst. Du willst auf dieser Fahrt ausprobieren, wie weit die Belastbarkeit des Menschen geht! Die Antwort kannst du schon jetzt haben: Bis man dir den Schädel eingeschlagen hat!«

Er ging unter Deck, legte sich in seine Koje und stopfte sich Watte in die Ohren, weil Helenas Plattenspieler noch immer dudelte. Aber als er hinter sich die Tür zuwarf, stellte sie ihn ab, doch das nahm Trosky mit seinen Wattepfropfen schon nicht mehr wahr.

Vier Stunden später, pünktlich wie immer, stand er wieder in der Plicht, um Losskow abzulösen. Obwohl sie abseits des viel befahrenen Seeweges fuhren, hatten sie beschlossen, nachts das Boot nicht einfach treiben zu lassen.

»Ich glaube, Blondie hat geweint!« sagte Trosky rauh.

»Wieso?« Losskow blickte auf das ruhige Meer. »Helena und weinen? Warum?«

»Sie schläft, den widerlichen Köter am Rücken. Aber ihr Gesicht ist naß.«

»Deinetwegen!« sagte Losskow kurz.

»Aha! Warum spreche ich Idiot überhaupt darüber? Ich hätte es mir denken können. Immer dieser Trosky!«

»Sie hätte sonst keinen Grund zu weinen.«

»Vielleicht hat sie Angst? Helena ist ein kluges Mädchen. São Tiago ist die letzte Station vor der großen Einsamkeit. Bis Brasilien muß sie in der Hölle leben.«

»Ihr könnt alle von Bord gehen!« sagte Losskow leise. »Alle! Ich schaffe es auch allein! Vielleicht sogar am besten und sichersten. Küßt die Erde, wenn ihr sie unter den Füßen habt, und verlaßt sie nicht mehr!«

Trosky wartete, bis Losskow unter Deck war, dann setzte er das Genua II zusätzlich zum Fock, drehte den Kurs etwas nach Südost und machte es sich auf der Bank bequem.

Ich werde mir auf São Tiago ein Schachspiel kaufen, dachte er. Oder – noch besser – Bogen und Pfeile und eine Rundscheibe. Natürlich bleibe ich an Bord. Man kann Peer doch nicht allein lassen. Soll man von mir sagen, ich sei ein Feigling?!

Das würde ich nicht ertragen.

Während Dieter Randler, von Senegal kommend, mit der kleinen Sportmaschine auf dem Flugplatz von Sal wartete und täglich mehrmals über dem Meer kreiste und nach Losskow Ausschau hielt, fuhr die *Helu* an einem strahlenden Morgen langsam in den Hafen von Tarrafal im Norden der Insel São Tiago ein.

Sie standen alle an Deck, hatten die Segel voll gesetzt, denn der Wind war äußerst leicht, und blickten hinüber auf das letzte Stückchen Land vor der großen Wasserweite, die sie bezwingen wollten. Es war kein erfreulicher Anblick. Die Insel war karg, braungelb verbrannt, hügelig, vom Wetter ausgelaugt. Ein Erdenfleck im weiten Meer, einstmals reich an Bodenfrüchten, jetzt ausgetrocknet, verarmt, ein Inselstaat, zu elend, um ohne Hilfe zu existieren, und doch zu wichtig als Horchposten zwischen Afrika und Amerika, um ihn aufzugeben. Die Anwesenheit amerikanischer und sowjetischer Schiffe im Hafen von Praia bewies das jeden Tag. Sie kreuzten hier als Fangmutterschiffe herum und waren in Wahrheit mit Elektronik vollgestopft, um den Äther nach neuen und unbekannten Funkimpulsen abzuhören. Vor allem die Bewegungen der U-Boote im Atlantik wurden von ihnen überwacht; die feinsten Sonargeräte tasteten den Meeresboden nach dem unsichtbaren Gegner ab.

In Tarrafal war von alldem nichts zu spüren. Das kleine Städtchen lag wie verlassen unter der Sonne, ein paar alte Kähne tuckerten herum, die Hafenmeisterei nahm von dem Segelboot keine Notiz, die Häuser sahen aus, als habe man vergessen, sie fertigzubauen, die Hafenmole zerbröckelte an manchen Stellen. Ein trostloser Anblick.

»Wer hier lebt, begreift vielleicht den Sinn seines Lebens!« sagte Trosky sarkastisch. »Aber trotz aller guten Absichten: Hier lass' ich mich nicht an Land setzen!«

»Ein paar Kilometer weiter liegt Praia, die Hauptstadt. Und die Nebeninsel Sal hat sogar einen internationalen Flughafen.« Losskow ließ das Boot in den kleinen Hafen laufen und steuerte einen Steg an, dessen verfaulte Stützen und Planken bewiesen, daß er nicht mehr benutzt wurde. Die Fischerboote lagen nebeneinander hinter der Mole an einem schmalen Kai. Buntbemalte Rümpfe. Lackfarben, die das Alter gnädig überdeckten.

Im Hafen lungerten ein paar Männer herum und starrten die Unbekannten neugierig an. An niedrigen Stangen hingen Netze zum Trocknen. Vier alte Frauen hockten vor einem verfallenen Schuppen und flickten an anderen die Löcher aus. Kinder spielten zwischen an Land gezogenen Kähnen und umgestülpten Flechtkörben. Aus einer Garage erklang lautes Knattern, ein halbnackter, schwitzender Mann reparierte sein Motorrad.

Plötzlich, als sei er herbeigezaubert, stand ein Polizist vor ihnen. Er war einer der kapverdischen Kreolen, die siebzig Prozent der Bevölkerung ausmachen. Er trug eine saubere Uniform und sogar zwei Ordensbändchen an der linken Brust. Ausgerechnet Trosky hielt er am Ärmel fest und fragte ihn etwas.

»Loslassen!« sagte Trosky milde. »Sonst spucke ich dir aufs schwarze Auge!«

Da keiner den anderen verstand, grinsten sie sich an. Der Polizist sprach weiter, in einem afrikanischen Portugiesisch, das man Crioulo nennt.

»Zeigen Sie Ihren Paß!« sagte der Polizist. »Auch wenn Sie mit einem Boot kommen, reisen Sie ein. Haben Sie ein Visum? Wo ist Ihr Impfzeugnis? Ihre Flagge ist deutsch. Kommen Sie aus Deutschland?«

›Alemanha‹ – das war das einzige, was auch Losskow verstand. Er nickte, holte seine Schiffspapiere aus der Umhängetasche und reichte sie dem Polizisten. »Sprechen Sie englisch?« fragte er. »Oder französisch?«

Der Polizist schüttelte den Kopf und blickte in die Papiere. Es war offensichtlich, daß er damit nichts anzufangen wußte. Er wußte nur eins: Das war kein Paß. Das war kein Visum. Deutsche waren an Land gekommen und wollten einfach herumbummeln. Als wenn man ein Urwaldstaat wäre! Der Nationalstolz der neuen Kapverdischen Republik regte sich. Der Polizist steckte die Papiere ein und winkte. Das war ein internationales Zeichen und hieß: Mitkommen!

»Wie sich die Menschen in aller Welt doch gleichen, wenn sie ein bißchen Macht ausüben dürfen!« sagte Trosky fröhlich. »Paßt mal auf, was gleich passiert! Da wird an irgendeinem Schreibtisch ein Dicker mit Nickelbrille sitzen und uns aufklären, daß wir ganz armselige Würstchen sind.«

»Was sollen die Frauen dabei? Die können doch schon einkaufen!« sagte Losskow und blieb stehen.

»Mach ihm das mal klar!« sagte Trosky. »Für den ist das Widerstand gegen die Staatsgewalt!«

»Das ist ganz einfach!« Lucrezia schob sich an die Seite des Polizisten, wölbte ihren Brustkorb heraus und lachte ihn an. Der Polizist grinste, blickte ungeniert auf Lucrezias Brust und nickte.

»So ein Ferkel!« sagte Trosky. »Ich weiß genau, was er jetzt denkt!«

»Wir wollen etwas zu essen holen!« sagte Lucrezia in einem grauenhaften Spanisch. Und dann zählte sie auf, was sie kaufen wollte: Wasser, Wein, Fleisch, Mais, Maniok, Kartoffeln, Kaffee, Bohnen, Erbsen, Käse und Konserven. Dabei unterstrich sie gestenreich jedes Wort; es war fast unmöglich, sie nicht zu verstehen.

Der Polizist nickte, blickte noch einmal auf Lucrezias Busen und zögerte.

»Nun entschließe dich, Knabe!« sagte Trosky drohend. »Du hast schon mehr gesehen, als du an Gegenleistung erbringen kannst!«

Der Polizist hob die Hand. Trosky zog das Kinn an.

»Wenn er sie jetzt angrapscht, kleb' ich ihm eine! Auch wenn das diplomatische Verwicklungen zwischen Prag und Praia zur Folge hat!«

»Sie können gehen!« sagte der Polizist großzügig. »Kaufen Sie ein!«

Er machte eine Handbewegung, die wohl bedeuten sollte: Bitte sehr, Tarrafal steht zu Ihrer Verfügung.

»O danke!« sagte Lucrezia mit betörendem Augenaufschlag. Dann beugte sie sich schnell vor und gab dem Polizisten einen Kuß auf die Backe.

»Eins zu null für dich!« knurrte Trosky. »Ihr Lieben, vergeßt nicht, auch Schnaps einzukaufen! Wir haben nur noch drei Flaschen Whisky an Bord!«

Während die Männer mit dem Polizisten weitergingen, bummelten Helena und Lucrezia die Hafenstraße hinunter. Trosky stieß Losskow mit dem Ellenbogen an.

»Womit bezahlen wir eigentlich? Haben wir Escudos?«

»Nein. Dollars.«

»Und die nehmen Dollars an?«

»Aber sicher.«

»Auch die Polizei?«

»Wieso die Polizei?«

»Ich nehme an, daß wir gleich einen langen Fragebogen ausfüllen müssen. Und je nachdem, was unter dem Fragebogen liegt, wenn wir ihn zurückschieben, wird er sofort oder erst nach zwei Tagen bearbeitet. Deshalb meine Frage.«

»Wir werden sehen. Noch wissen wir überhaupt nicht, weshalb wir abgeführt werden. Die Schiffspapiere sind in Ordnung.«

»Aber es lag keine Banknote dabei! Also fehlte etwas.«

Das Gebäude der Polizei war daran zu erkennen, daß vor der Tür eine Landesfahne schlaff an einem weißgestrichenen Mast hing. Im Inneren, in einem großen Büro, in dem zwei Ventilatoren die heiße Luft auseinanderwirbelten, saß ein schmales Männchen hinter einem viel zu breiten Schreibtisch und blickte den Eintretenden mit einem herrischen Blick entgegen. Der Polizist salutierte an der Tür und stand stramm.

»Fehlanzeige!« sagte Losskow fröhlich. »Kein Dicker mit Nickelbrille.«

»Dafür ein gallenkranker Napoleon. Viel schlimmer!«

Der Polizist ratterte seine Meldung herunter. Wieder einmal verstand Losskow nur das Wort ›Alemanha‹. Das Männchen blickte Trosky und Losskow interessiert an, zeigte auf zwei Stühle vor dem Schreibtisch und wartete, bis sie saßen. Der Polizist blieb an der Tür stehen, gewissermaßen als Bewachung des einzigen Ausgangs.

»Alemanha!« sagte der Polizeichef und lächelte. »Särr

schönn! Nationalhymne: Heut blau un morrgen blau ... Särr schönn!«

»O Gott!« Losskow faltete die Hände im Schoß. Er schwitzte plötzlich besonders stark. »Wer ihm das nur beigebracht hat! Wenn der Kleine eines Tages entdeckt, wie man ihn verschaukelt hat, haben Deutsche hier nichts mehr zu lachen!«

Es wurde eine mühsame, aber fruchtbare Unterhaltung. Sie dauerte drei Stunden. Der Polizist servierte Ananassaft mit einem starken, weißen Schnaps gemischt, den man aus Zuckerrohr brannte. Man redete mit Händen und Füßen, füllte natürlich auch den Fragebogen aus, der zum Glück zweisprachig – portugiesisch/englisch – war, er bekam zwei Stempel, eine schwungvolle Unterschrift und wanderte in einen Karton zu anderen Schriftstücken.

»Alemanha schönn«, sagte der Polizeichef stolz. »Drecknest!« Er sah Losskow beifallheischend an. Man mußte ihm gesagt haben, dieses Wort drücke höchste Anerkennung aus.

»Bravo!« rief Losskow. Er stieß den Kleinen an; zeigte dann nach draußen, formte mit den Händen ein Schiff und machte ein Segel nach. »Wir müssen wieder zu unserem Boot. Weitersegeln. Fort! Grande mare!«

Der Kleine verstand. Er sprang auf, kam um den gewaltigen Tisch herum, umarmte Losskow und Trosky und schnauzte dann den Polizisten an. Der riß die Tür auf und stand stramm. Es war selbstverständlich, daß er die Deutschen zurück zum Hafen brachte.

»Wir sollten jetzt erst mal die Mädchen suchen!« sagte Trosky. »Die können doch nicht alles schleppen, was sie eingekauft haben!«

Sie traten auf den Hafenkai und blickten hinüber zu dem alten Steg. Trosky stieß einen dumpfen Laut aus und riß sich das Hemd vor der Brust auf. Losskow blieb so abrupt stehen, als habe man ihn mit der Faust zurückgestoßen.

Der Steg war leer. Die *Helu* war weg. Nichts deutete an, daß dort jemals ein weißes Segelboot geankert hatte.

»Die Helden der Weltumseglung lassen sich ihr Schiff klauen!« sagte Trosky bitter. »Ein Glück nur, daß wir die Mädchen noch haben!«

Es war ein kurzes Glück. Nach einer halben Stunde wußte man, daß Helena und Lucrezia, schwer mit Tüten beladen, an Bord gegangen waren. Dann waren plötzlich die Segel gesetzt worden, und das Schiff war aus dem Hafen geglitten.

Die beiden Kaufleute, die mit Karren voll Konserven, Wein, Bier und zwei Säcken mit Mehl und Reis zum Hafen gekommen waren, hatten umgedreht, als sie das Boot wegfahren sahen. Sie hatten wüste Flüche ausgestoßen, obwohl die Ware bezahlt worden war.

Einer von ihnen sprach ein miserables Englisch, aber es reichte, um sich verständlich zu machen.

»Sie hatten es verdammt eilig!« sagte er. »Sie setzten volle Segel!«

»Die zwei muß doch wohl ein tollwütiger Hund gebissen haben! Mr. Plump vermutlich, ich habe es kommen sehen!« sagte Trosky wütend. »Hast *du* eine Erklärung dafür, Peer?«

»Mit dem Schiff ist irgend etwas geschehen!«

»Natürlich. Es ist weg!«

»Helena und Luzi sind nicht allein gefahren.«

»Dann war ein Klabautermann an Bord!«

»So ähnlich! Unser Boot ist gekapert worden! Jetzt hast du deine Abwechslung! Seeräuberei!«

»Am hellichten Tag? Im Hafen?«

Die Polizei von Tarrafal gab Großalarm nach Praia. Zwei Motorboote liefen zur Suche aus. Ein Hubschrauber wurde nach Tarrafal beordert.

»Wir werden sie finden!« ließ der kleine Polizeichef übersetzen. »Aber das kann etwas dauern. Die Felsenküste ist voller Buchten und großer Höhlen! Vulkangestein. Da kann man sich hervorragend verstecken. Wir müssen Meter um Meter absuchen. Aber wir finden sie, señores ... Nur Geduld! So ein Schiff kann nicht verschwinden!«

»Das Schiff ist jetzt nicht so wichtig!« sagte Losskow. »Es geht vor allem um die Frauen.«

»Das Schiff kann ich Ihnen fast garantieren!« Der kleine Polizeichef sah Losskow und Trosky aus traurigen Augen an. »Aber ob wir die Frauen wiedersehen werden? Das weiß Gott allein!«

»Und der gibt keine Antwort!« sagte Trosky dumpf.

Sie kamen nach zwei Stunden, schwer bepackt, zum Boot zurück.

So trostlos dieser Fischerort Tarrafal inmitten der vulkanischen Landschaft auch war, er besaß drei markante Punkte: eine Kirche aus der portugiesischen Kolonialzeit, eine Bar und einen Supermarkt. Er gehörte einem Mann, der sogar leidlich französisch sprechen konnte. Er empfing Helena und Lucrezia wie zwei Königinnen, die einen Staatsbesuch absolvieren: »Mein Geschäft gehört Ihnen, mesdames!« Das war weniger ein Angebot als die Hoffnung, nun mehr Escudos einzunehmen als sonst in einem ganzen Monat. Er täuschte sich nicht. Helena und Lucrezia kauften alles von ihrer Liste herunter: vom Frischwasser in vakuumverschraubten Plastikflaschen bis zu Instantsuppen aus Erbsmehl und Linsenmus. Für Trosky ließen sie einen Karton mit zwölf Flaschen Whisky einpacken, und Helena, praktisch wie immer denkend, kaufte sogar zwei Tönnchen Waschmittel.

»Wenn Trosky das sieht, fliegt es über Bord!« sagte Luzi ahnungsvoll. »Waschpulver! Der rechnet aus, daß man für dieses Gewicht noch weitere sechs Flaschen Whisky hätte einpacken können! Wir haben sowieso zuviel eingekauft!«

»Ich kann nicht in stinkender Wäsche herumlaufen!« sagte Helena stur. »Aber auf Alkohol kann ich verzichten!«

»Großer Waschtag auf dem Atlantik, wie? Wäscheflattern vor Feuerland.«

»Warum nicht?«

»Wir werden andere Sorgen haben als einen verschmutzten Hemdkragen.« Lucrezia hob resignierend die Schultern. »Aber bitte! Du bist die Chefin ...«

Helena, die gerade die Inschrift einer Konservenbüchse entzifferte, drehte sich schnell herum. Sie sah noch, wie Luzis Augen funkelten. Aber sie veränderten sich sofort, wurden wieder groß und rund, erfüllt von kindlichem Staunen, Lucrezias Spezialität, mit der sie bei allen Männern den Beschützerinstinkt weckte.

»Was soll das heißen?« fragte Helena hart. Luzi hob die schmalen Schultern und lächelte kindhaft.

»Das wissen wir doch alle.«

»Was wißt ihr?«

»Wir sind doch nicht blind!«

»Aber selten dämlich.«

»Mag sein.« Jetzt grinste Lucrezia frech. »Aber nicht dämlich genug, um nicht zu sehen, daß ihr euch liebt.«

»Blödsinn!«

»Ihr seht euch an wie Verhungerte, die vor einer Sahnetorte stehen.«

»Barer Unsinn!«

»Unsinn ist es, daß ihr noch getrennt in den Kojen liegt. Ich würde schon lange bei Peer schlafen wollen, schon seit der ersten Nacht an Bord! Aber er will mich nicht, er will dich! Du lieber Himmel, ist das eine Schande? Wenn ihr so tut, als sei die Welt ein Kloster – ihr macht euch doch nur lächerlich! Tut endlich das, wovon ihr jede Nacht träumt!«

»Damit du mit gutem Gewissen zu Jan kriechen kannst.«

»Der?? Der ist nicht mein Typ! Ich liebe zärtliche Männer, nicht solche, die nur ihre Muskeln zeigen wollen.« Ihre kindlichen Kulleraugen wurden verträumt. Es war erstaunlich, was sie mit ihrem Gesicht anstellte, es konnte die Stimmung wechseln wie ein Chamäleon seine Farben. »Nur – wenn ich darüber nachdenke, daß jetzt über viele Wochen nirgendwo ein zärtlicher Bär aufzutreiben ist ...?«

»Wenn das deine ganze Sorge ist!«

»Sie ist jedenfalls ernster zu nehmen als deine Waschprobleme.« Lucrezia ging mit wiegenden Hüften an den Regalen entlang, blieb vor einer ›Kosmetikabteilung‹ stehen, die billigste Parfüms und Make-ups enthielt, und kaufte eine große Flasche Maiglöckchenparfüm, dazu drei grellrote Lippenstifte, Wangenrouge und Wimperntusche. »Jedem das Seine«, sagte sie und lachte. »Du schrubbst die Wäsche, ich male mich an! O Gott, wird das eine verrückte Fahrt werden! Ein menschenhassender Säufer, ein Wikinger mit Mönchsmoral, eine unbefleckte Hausfrau mit Reinlichkeitswahn und ein männertolles Flittchen. Das bin ich doch in deinen Augen, nicht wahr?«

Der Supermarktbesitzer bekam rote Ohren vor Begeisterung, als er Kasse machte. Da Helena mit Dollars zahlte, schlug er auf den Umwechselkurs noch eine schöne Summe drauf und schenkte den beiden je ein Seidentuch, auf dem die Kapverdischen Inseln in einem schrecklich bunten Schmierdruck verewigt waren. Die Tücher stammten noch aus der portugiesischen Zeit, als der Fremdenverkehr noch eine Einnahmequelle war. Seit die Inseln selbständig geworden waren, also seit 1975, kam kaum noch jemand nach Tarrafal, und das Reiseandenkengeschäft setzte dicken Staub an.

»Ich gebe Ihnen meinen Lehrling mit, mesdames«, sagte der Kaufmann. »Er wird mit einer Karre alles zum Hafen bringen. Gute Fahrt! Viel Glück! Wollen Sie hinüber nach Guinea Bissau?«

»Nein, nach Feuerland«, sagte Luzi fröhlich.

»Wohin bitte?« Der Kaufmann starrte die beiden Mädchen entgeistert an.

»Rund um Kap Horn.«

»Mit einem kleinen Segelboot?«

»Ja.«

»Das ist doch ein Witz!«

»Uns macht es auch Spaß!«

Als sie die Straße hinuntergingen, hinter ihnen der kleine schmächtige Lehrjunge, der nicht älter als zehn sein konnte, blickte ihnen der Kaufmann nach. Es gibt viele Verrückte auf der Welt, dachte er und betrachtete fast traurig Lucrezias schwingende Hüften. Aber gleich nach Feuerland segeln, mit einer Nußschale? Wir werden die appetitlichen Mädchen nie wiedersehen. Schade drum. Er seufzte, betrachtete die Dollarschecks in seiner Hand und beschloß, noch heute in die Hauptstadt Praia zu fahren und sie bei der Bank einzulösen.

Der Rückweg führte die Ahnungslosen bei der Polizei vorbei, wo Trosky und Losskow ihre wortreichen Verhandlungen mit dem Polizeichef zu einem guten Ende führten.

Die *Helu* dümpelte verlassen an ihren Nylonseilen am Kai. Die wenigen Fischerboote waren an Land gezogen worden, zwei größere Kutter schienen verlassen zu sein, kein Mensch war zu sehen, die Hitze war bestialisch, staubtrocken, durchsetzt von feinstem Sand, den der Wind, der gefürchtete Nordostpassat, aus der Sahara herübertrieb. Dieser Sand war rötlich, wie Mehl so fein, fast schon Staub, und setzte sich überall fest. Er überzog Häuser und Felder, Straßen und Dächer, die Boote und die Bäume, er knirschte zwischen den Zähnen, setzte sich in die Nasenlöcher und verdichtete sich dort zu Pfropfen.

Als Helena und Lucrezia ihr Boot erreichten, fiel ihnen nichts auf. Aber der kleine Junge mit seiner vollbeladenen Karre blieb ruckartig stehen, starrte auf das Schiffchen, kippte dann mit einer schnellen Bewegung der Arme die Karre herum, ließ die Kartons auf den Kai poltern, riß die Karre weg und lief wortlos davon. Entgeistert starrte Helena auf den Haufen und auf den davonrennenden Jungen.

»Mit dieser Höflichkeit wird er nie Filialleiter!« sagte Luzi trocken. »Erst die Polizei, jetzt der! Wir sind hier nicht willkommen, ich weiß nicht, warum. Also gut, schleppen wir das Zeug selber an Bord!«

Sie nahm den Whiskykarton, wuchtete ihn auf ihre Schulter und rückte ihn zurecht. Helena griff in die Kunststoffhenkel ihrer beiden Waschpulvertonnen. Auch jetzt war sie wieder erstaunt über die Kraft und Zähigkeit, die in Lucrezias schönem, so zerbrechlich wirkenden Körper verborgen lag. Zwölf Flaschen Whisky wiegen einiges, aber sie schritt über die Gangway, als trage sie einen leeren Karton. Ein zähes Luder, dachte Helena. Wenn wir in die verdammten Stürme kommen, kann man mit ihr rechnen – im Gegensatz zu mir. Ich habe Angst, wenn ich an Kap Horn denke und an die Drehwinde von Feuerland.

Sie betraten das Deck, setzten ihre Kisten ab und blickten zurück zu dem Haufen Lebensmittel, der noch auf dem Kai lag.

»Unser Stauraum ist nicht aus Gummi«, sagte Lucrezia. »Ich ahne einen Riesenkrach mit Peer! Wir sind überladen.«

»In vierzehn Tagen hat Trosky die Hälfte weggefressen.«

»Mach du das mit Peer, deinem Liebling, aus!«

Sie ging zum Abgang und blieb erstaunt stehen. Die Tür zum Salon stand offen. Sie konnte sich aber erinnern, daß Peer sie zugeschlossen hatte. Einen zweiten Schlüssel besaß Helena.

»Die sind schon da!« sagte Luzi.

»Wieso?« Helena, die gerade wieder an Land wollte, um die nächsten Kartons zu holen, blieb stehen.

»Die Tür ist offen!«

»Und sie hören uns nicht?«

»Das haben wir gleich.« Lucrezia hieb mit der Faust auf das Salondach und beugte sich nach vorn zur Treppe. »Kommt rauf, ihr faulen Hunde!« schrie sie. »Laßt uns nicht alles alleine schleppen!«

Nichts rührte sich unter Deck. Lucrezia sah zu Helena hinüber, hob die Schultern und schüttelte den Kopf. »Die mache ich jetzt flott!« rief sie.

Sie stieg die Treppe hinab, trat in den Salon und wurde von zwei Händen gepackt, die ihr die Augen zuhielten. Zwei andere Hände rissen ihr die Arme nach hinten. Gleichzeitig fiel die Tür zu. Einen Moment war Lucrezia wie gelähmt, dann spannten sich ihre Muskeln wie die einer Raubkatze. Aber sie wehrte sich nicht. Es war unmöglich, sich aus den Griffen zu befreien. So blieb sie wie erstarrt stehen und wartete ab. Ekel überfiel sie. Die Hände, die ihr die Augen zuhielten, stanken nach Fisch oder Tran.

Eine leise Stimme sprach auf sie ein. Die Worte verstand sie nicht; es war Crioulo, das afrikanisierte Portugiesisch, das siebzig Prozent der Kapverden sprechen.

»Sprechen Sie französisch?« fragte eine dunkle Stimme hinter ihr. Lucrezia atmete auf.

»Ja!« sagte sie böse. »Ihr seid Idioten!«

»Das wird sich zeigen. Rufen Sie Ihre Kollegin!«

»Und wenn ich es nicht tue?«

»Drücken wir Ihnen den Hals zu und holen sie uns mit einem Trick. Es wäre schade, ich will keinen Mord! Ich verabscheue Gewalttaten.«

»Ein schöner Zug von Ihnen. Man spürt's!«

»Ein Überfall ist keine Gewalttat.«

»Das muß man erst einmal wissen! Es gibt da feine Unterschiede, was?«

»Rufen Sie nun – oder nicht?« fragte die dunkle Stimme hinter ihr.

»Um weiterzuleben, tue ich alles!«

»Aber ohne Unterton!«

»Ich werde mir Mühe geben.« Man drehte Luzi herum zur Treppe, sie hörte, wie die Tür wieder aufschwang und gegen die Wand schlug.

»Rufen Sie!«

Lucrezia holte tief Luft. »Blondie!« schrie sie. »Komm mal her! Hier ist was los!« In diesem Moment erst fiel ihr ein, daß die Männer, die sie festhielten, vermutlich kein Deutsch verstanden; sie hätte schreien können, was sie wollte. Aber zu einem neuen Ruf kam sie nicht. Eine Hand legte sich schwer auf ihren Mund. Ich könnte reinbeißen, dachte sie. Er wird aufschreien, die Hand zurückziehen, ganz aus dem Reflex heraus, und dann kann ich schreien: Lauf! Lauf! Überfall! – Aber was bringt es ein? Sie werden mich umbringen. Heldentum ist in den seltensten Fällen sinnvoll.

»Sie kommt!« sagte die dunkle Stimme hinter ihrem Ohr. »Jetzt keine Bewegung!«

Sie wurde zur Seite gezerrt, an die Salonwand gedrückt, die Tür klappte wieder zu. Auch für Helena mußte die Überraschung vollkommen sein, wenn sie beim Betreten der Kajüte gepackt wurde.

Es geschah alles mit einer unheimlichen Präzision. Helena kam die Treppe herunter, ziemlich eilig und voll Sorge, denn wenn Luzi rief: »Hier ist was los!«, dann konnte das nur bedeuten, daß es zwischen Peer und Trosky wieder eine Explosion gegeben hatte – und wer weiß, mit welchen Folgen?

In Sekundenschnelle war auch Helena überwältigt. Man hielt ihr nicht die Augen zu, sie wurde von der untersten Treppenstufe in den Salon gerissen und gegen die Wand geworfen. Noch beim Fallen sah sie, wie Lucrezia von einem kleinen dicklichen Mann mit Glatze festgehalten wurde. Und sie sah auch ihren Gegner, einen großen, schlanken Burschen mit schmalem Schnurrbart und schwarzem Lockenhaar. Dann fiel sie hin, blieb auf den Knien liegen und wartete ab. Die Arme hatte sie schützend über ihren Kopf gelegt.

»Ich nehme an, Sie sprechen auch französisch?« sagte die dunkle Stimme.

»Ja«, antwortete Helena. Sie drehte sich um. Die Tür zum Deck war wieder geschlossen, Lucrezia stand allein ihr gegenüber an der Wand. Die beiden Männer, der Schwarzgelockte und der Glatzkopf, lehnten nebeneinander an der Kochecke. Lucrezia hob bedauernd die Hände.

»Ich mußte rufen!« sagte sie auf französisch. »Sie hätten mich sonst erwürgt.«

Es war der große Gelockte, der jetzt sprach. Seine Stimme war angenehm, aber kalt. »Wir haben ein Problem«, sagte er. »Und wir sind der Ansicht, daß Ihr Boot genau das ist, was uns dieses Problem lösen hilft. Sie können segeln?«

»Nein!« warf Luzi schnell ein.

»Lügen Sie nicht! Es hat keinen Zweck. Ich will Ihnen eine kleine Geschichte erzählen. Haben Sie schon mal etwas vom Tschad gehört? Ein entsetzlich armes Land mitten in Zentralafrika. Wer kennt es schon! Man weiß allenfalls, daß dort Tausende verhungern, daß es Revolutionen gibt, daß sich die Stämme langsam, aber gründlich abschlachten und daß Frankreich die Hand darüber hält, allein aus strategischen Gründen. Ich war Fremdenlegionär. Sie wissen, was das ist? Man hat mich mit zweihundert anderen sogenannten Freiwilligen in den Tschad geflogen, um dort Ordnung zu schaffen. Es war ein Auftrag, den man auch nennen könnte: Nun verdorrt mal schön, zum Wohle Frankreichs! – Da bin ich desertiert. Ich brauche nicht zu sagen, was man mit desertierten Fremdenlegionären macht, wenn man sie wieder eingefangen hat! Ich habe mich durchgeschlagen, vom Tschad quer durch Afrika bis hier auf die Insel. Ist das eine Leistung? Sie können sich das später mal auf der Karte ansehen. Und jetzt habe ich den Coup gestartet, der mir ein neues Leben garantiert. Ausgerechnet in Tarrafal gelingt mir das! Verrückt, was?! Aber nun muß ich weg, nicht weit, nur nach Maio. Aber das geht nicht mit einem amtlichen Motorboot! Deshalb werden Sie uns hinübersegeln.«

»Total verrückt!« sagte Lucrezia und setzte sich auf einen Hocker. »Da ist selbst Schwimmen für Sie sicherer! Was glauben Sie, welchen Rummel es hier geben wird, wenn unser Boot verschwunden ist. Wir sind ja nicht allein.«

»Ich weiß.« Der Gelockte winkte ab. »Wir werden jetzt an Bord holen, was Sie eingekauft haben, und dann sofort ablegen. Die Felsenküste ist voller Buchten und Bimshöhlen. So eine Lavalandschaft bietet großartige Verstecke. Dort warten wir ab, bis es Nacht ist, und segeln dann voll hinüber nach Maio. Wo sehen Sie da Schwierigkeiten?«

»Sie kennen unsere Männer nicht!« sagte Helena laut.

»Ich unterschätze keinen. Aber mich auch nicht.« Der Gelockte riß die Tür auf. Der kleine, dickliche Glatzkopf, der bisher kein Wort gesprochen hatte, rannte die Treppe hinauf. »Hoffen Sie nicht auf die Zeit!« sagte der Große. »Die Herren kommen so schnell nicht zurück. Der Polizeichef ist ein Schwätzer und immer glücklich, wenn er jemanden verhören kann. Je unschuldiger der Delinquent, um so besser; um so länger kann man fragen! Das ersetzt dem guten Mann das Fernsehen und den gesellschaftlichen Kontakt, den es hier praktisch nicht gibt. Es kann noch lange dauern, bis Ihre Männer kommen, meine Damen!«

»Man wird uns beobachten!«

»Nicht um diese Zeit.« Der Gelockte lächelte behaglich.

»Der Kaufmannslehrling! Er wird alles erzählen! Er ist weggelaufen. Er muß Sie gesehen haben!«

»Nichts wird er sagen! Ich habe ihm durch das Fenster meine Pistole gezeigt. Solche Zeichen versteht hier jeder.«

Der Glatzkopf kam zurück, schwer beladen, und warf die Kartons in die Kabine. »Das ist übrigens Jorge Silva«, sagte der Große. »Ich heiße Maurice Depallier – was nicht heißen soll, daß die Namen richtig sind. Aber wir hören darauf.« Silva rannte wieder nach oben. Ohne Murren verrichtete er die Schwerarbeit, offenbar erkannte er Maurice als Chef an und schien glücklich zu sein, in seinem Schatten leben zu dürfen. »Wie wäre es, wenn wir die Segel hißten?«

Helena und Lucrezia wechselten einen schnellen Blick. Depallier sah ihn und grinste.

»Wie macht man das?« fragte Helena ruhig.

»Genauso habe ich mir das gedacht, meine Damen. Darf ich Ihnen helfen?« Er machte zwei Schritte nach vorn, riß Helena an der Bluse hoch und bog ihr den linken Arm nach hinten, bis sie aufstöhnte. Noch hielt sie den Schmerz aus, aber er durfte den Arm keinen Millimeter weiter ziehen. »Frauen sind gegen Schreie empfindlich. Stimmt das?«

»Ich bin es nicht.« Lucrezia schlug die langen Beine übereinander.

Silva kam wieder zurück, schwitzend, keuchend und warf die Kiste mit dem Frischwasser in eine Ecke. Aber er gönnte sich keine Verschnaufpause, er hetzte sofort wieder an Deck. Die Zeit begann nun doch, knapp zu werden. »Ich bin mit Schreien aufgewachsen. Wir wohnten neben einer Großschlächterei. Als Kind schlich ich mich oft in die Hallen, wenn die Tiere getötet wurden. Schweine in Todesnot können schrecklich schreien, sie wittern das Blut, sie ahnen ihr Ende, sie sind nicht so dumm, wie man sagt. Schreien – das trifft mich nicht. Darauf bin ich trainiert.«

Maurice starrte sie entgeistert an, lockerte den Griff bei Helena und fuhr sich mit der freien Hand durch die Locken. »Warum wollen Sie Komplikationen, meine Damen? Sie segeln uns nach Maio, und ich verspreche Ihnen, daß Sie dann frei sind und ungehindert zurückfahren können. Es sind 60 Kilometer hin, 60 Kilometer zurück, dazwischen die Wartezeiten.«

»Was heißt Wartezeit?« fragte Helena.

»Wir werden uns ein paar Tage verstecken müssen, bis die Suche nach Ihnen langweilig wird. Wenn wir Glück haben, kommt ein Sturm auf. Dann wird man sagen: Da ist nichts mehr zu machen; das Schiff ist verloren. Unter uns sind 4000 Meter Meerestiefe ... Meine Damen, warum wollen Sie Schmerzen erleiden und müssen dann doch segeln, weil Ihnen nichts anderes übrigbleibt? Ist es nicht besser, gleich vernünftig zu sein und freiwillig die Segel zu setzen?«

Jorge Silva kam zurück, lud ab und holte schnaufend Atem. »Noch eine Partie«, sagte er auf Crioulo. »Dann ist alles an Bord. Wollen sie?« Er blickte zu den Mädchen hinüber.

»Natürlich wollen sie.« Maurice ließ Helena los. »Er fragt, der gute Jorge«, sagte er, nun wieder auf französisch, »ob er einer von Ihnen mit dem Messer die Backe aufschlitzen soll. Jorge sieht so gütig aus, so freundlich mit seiner Glatze, so väterlich, aber er ist ein Satan. Ein gefühlloses Tier. Und ein Künstler mit dem Messer.« Er machte vor Helena eine höfliche Verbeugung und zeigte zur Treppe. »Wir können ablegen, Madame. Ich werde von hier aus alles beobachten. Wenn Sie Zeichen geben oder sonst etwas sabotieren, schieße ich sofort. Bedenken Sie eins: Wir haben nichts mehr zu verlieren, wir sind es gewöhnt, va banque zu spielen. Aber ich nehme an, daß Sie viel zu gern leben, als daß Sie dieses schöne Leben durch Leichtsinn aufs Spiel setzen wollten.«

»Also gut, fahren wir!« sagte Lucrezia. »Für mein Gesicht tue ich alles. Aber Sie werden Pech haben, Maurice. Zwei Karren mit Mehl und Reis, Kartoffeln und Nudeln, Bier und Konserven sind noch unterwegs.«

»Sie bluffen schlecht. Sie haben nicht mehr gekauft als das, was draußen lag.«

»Irrtum! Der Supermarktbesitzer will mit seinem Teilhaber selbst kommen, um das Schiff anzusehen. Sie haben *keine* Zeit mehr!«

Silva kam zurück, sehr schnell, mit dem letzten Sack.

»Wir müssen weg!« keuchte er und wischte sich den Schweiß von der Glatze. »Der Hafen wird wieder lebendig.«

»An Deck!« Maurices Stimme war hart und schloß jede weitere Diskussion aus. »Volle Segel! Und denken Sie daran: Ich schieße sofort!«

An dem schwer atmenden Silva vorbei rannten Helena und Lucrezia an Deck. Sie warfen die Leinen los, nachdem sie die schmale Gangway eingezogen hatten, und nahmen die Plätze ein, die sie beim Training und zeitweilig auch auf der Fahrt besetzt hatten. Der Hafen belebte sich tatsächlich wieder, der Wind war gut und würde die *Helu* unter vollen Segeln pfeilschnell ins offene Meer tragen. Und dort, weit hinten, sahen sie auch schon den Supermarktbesitzer mit seinem Kompagnon und zwei Karren.

»Uns fehlen fünfzehn Minuten!« schrie Lucrezia vom Mast. Sie machte das Großsegel klar. »Sollen wir es darauf ankommen lassen?«

»Und wenn er wirklich schießt?«

»Das ist unser Risiko!«

»Wenn wir gehorchen, kommen wir heil zurück.«

»Das glaubst du?«

»Na gut!« Das Großsegel rauschte in den Leinen hoch und entfaltete sich. Die *Helu* drehte sich mit einem Ruck vom Kai weg und legte mit einem abenteuerlichen Satz ab. Lucrezia hastete nach vorn, löste die Seile und zog den Spinnaker hoch. Durch das Boot lief ein Zittern, es schoß mit rauschendem Kiel aus dem kleinen Hafen, schwankte bedrohlich, weil Helena genug gepackt hatte. Aber dann hatte sie das Boot voll im Wind und starrte hinüber zum Treppenabgang. Dort lag Maurice Depallier auf der obersten Stufe, die Pistole im Anschlag. Das Gesicht war verzerrt und hatte seine Schönheit verloren.

Der Supermarktbesitzer hatte mit seinem Kompagnon inzwischen das Hafenbecken erreicht und blickte ungläubig auf das davonfliegende Boot. Er hieb mit der Faust auf einen Sack Mehl und verstand die Welt nicht mehr.

»So eine Scheiße!« schrie er. »Sie fahren ab, und die Ware lassen sie zurück!«

»Immerhin haben sie bezahlt«, sagte der Kompagnon gelassen. »Das war doch ein gutes Geschäft für uns! Die kommen bestimmt nicht zurück. Von Feuerland! Darauf können wir gleich einen trinken.«

»Da stimmt etwas nicht!« schrie der Supermarktbesitzer.

»Geht es dich an? Alle Fremden sind verrückt.«

»Die Mädchen sahen nicht wie Irre aus! Da ist etwas faul!«

»Willst du zur Polizei?«

»Ja!«

»Und das Geschäft ist hin!« Der Kompagnon stellte sich vor seinen Karren und hob die Griffe. »Los, zurück! Was gehen uns die Probleme von Fremden an! Wir haben selber genug.« Er legte die Hand über die Augen, blickte hinüber zu der davonfliegenden *Helu* und schüttelte den Kopf. »Aber was Alvaro hingebracht hat, haben sie mitgenommen. Hat Alvaro nichts gesagt?«

»Nein. Er ist sofort ins Lager und stapelt Konserven. Er scheint keinen Escudo Trinkgeld bekommen zu haben. ›Na, wie gefällt dir das Boot?‹ habe ich ihn noch gefragt. Und was tut er? Er spuckt wortlos aus! Beweis: Kein Escudo!«

Sie blieben an ihrem Karren stehen und sahen dem Schiff nach, bis es nur noch ein weißer Punkt vor dem Horizont war. Dann schoben sie ihre Karren wieder zurück zum Geschäft und wurden erst munter, als der Sergeant der Polizei bei ihnen erschien und durch den Supermarkt brüllte: »Wo sind die Halunken? Mitkommen zum Chef! Sofort!«

»Ich ahnte es!« seufzte der Supermarktbesitzer und setzte seinen großen Strohhut auf. »So einfach kann man hier keine Dollars verdienen.«

Sie fuhren nur unter vollen Segeln, solange sie in Sichtweite der Küste waren. In einem Bogen kehrten sie dann zur Ostküste zurück, refften die Segel bis auf die Fock und glitten nahe der Lavaküste durch das tiefblaue Wasser, immer im Schatten der wild zerklüfteten Vulkanfelsen und um die bizarren Halbinseln herum, die erstarrte Lavaströme im Wasser gebildet hatten. Hier war das Land unbewohnt, feindlich, unbebaubar, vom Feuer ausgelaugt vor Jahrtausenden, von Stürmen zerhackt, vom Meer angefressen: Bimsgestein, porös wie ein Schwamm, leblose Schlacke aus dem tiefen Inneren der Erde. An der Steilküste boten Hunderte großer, vom Ozean ausgewaschener Höhlen Unterschlupf für das kleine Boot. Es konnte sich dort verstecken hinter überhängenden Felsen und engen, in den Berg hineingefrästen Wassergassen.

»Jetzt müssen sie längst Alarm gegeben haben«, sagte Helena, die noch immer am Ruder saß und die *Helu* sicher durch die Lavaklippen steuerte. Das Wasser war glasklar, man sah jede Untiefe. Es hätte auch keinen Sinn gehabt, bewußt aufzufahren. Es wäre das Ende der ganzen Expedition gewesen. Der Spezialrumpf mit den aufgeschäumten Kammern, die das Boot unkenterbar machten, vertrug keine Reparatur. Ging er zu Bruch, konnte man das Boot wegwerfen. Maurice Depallier hockte neben Helena auf der Bank und benahm sich, als sei er auf einem Vergnügungsdampfer. Silva saß auf dem Kajütendach und beobachtete mit gierigen Augen Lucrezia, die nach dem Reffen aller Segel unter der Fock lag und mit den schlanken Beinen durch die Luft strampelte.

»Ein großes Bravo, Madame«, sagte Maurice Depallier, als sie in einer weiten Höhle aus dem Wind kamen. Lautlos glitt die *Helu* tiefer in die Schlucht hinein und wurde so von See aus unsichtbar. Auch aus der Luft war es unmöglich, sie auszumachen; das Bimsgestein bildete ein kunstvolles Dach. »Hier werden wir abwarten. Zwei, drei Tage oder auch länger. Jetzt haben wir Zeit.«

»Ich nehme an, die Einheimischen kennen hier jede Höhle.«

»Es gibt an der Küste Tausende. Und gesucht wird hier nur am Tag! Wir haben eine reelle Chance.«

Vom Bug kam Lucrezia hinüber und lehnte sich an die Reling. »Dieser Glatzkopf frißt mich mit den Augen auf«, sagte sie und blinzelte Maurice an. »Ist es erlaubt, unter Deck zu gehen?«

»Sie können jetzt alles machen, was Sie wollen.«

»Danke.« Sie drehte sich ab, stieg die Treppe zur Kajüte hinunter und pfiff dabei ein Lied. Depallier schob die Unterlippe vor.

»Ein Luder, was?«

»Machen Sie sich keine Illusionen!« sagte Helena.

»Ich würde ihr nicht nachlaufen, keiner Frau. Nicht mehr.«

»Und warum nicht?«

»Wollen Sie meine Geschichte hören, Madame? Wie heißen Sie überhaupt?«

»Helena Sydgriff.«

»Klingt nach Germanen.«

»Schweden.«

»Na also.« Depallier lachte. Jetzt sah er wieder aus, als habe er sich von St.-Tropez verirrt und sei hier in der Einsamkeit gelandet. Ein schöner Mann – bis auf die Augen, die eiskalt blicken konnten. Braune Bärenaugen ohne einen Funken Gefühl.

»Und das Luder?«

»Wollen Sie sie bitte Lucrezia Panarotti nennen! Sie kommt aus Italien.«

»Sie ist schön.« Er lehnte sich zurück, breitete die Arme auf der Lehne aus und sah Helena forschend an. »Auch Sie sind schön. Sie würden mir unter normalen Umständen besser gefallen als diese Lucrezia.«

»Danke.«

»Ihr blondes Haar, Ihr Busen, Ihre Hüften, Ihre kräftigen Beine – da steckt Energie drin. Auch Energie in der Liebe. Wir Franzosen haben dafür einen Blick, Helena.«

»Sie sollten aufhören, meine Vorzüge zu analysieren. Es führt zu nichts, Maurice.«

»Ich weiß. Ihr Mann ...«

»Er ist nicht mein Mann.«

»Oh là là, Helena!« Depallier lachte wieder. »Wiederholt sich auf diesem Boot die Weltgeschichte? Die schöne Helena, von Paris geraubt, und die gefährliche, giftige Lucrezia aus Italien? Welch ein Abenteuer am Rande ...«

Er beugte sich vor und schüttelte den Kopf.

»Keine Sorge. Sie bleiben unberührt. Ich habe andere Probleme. Wollen Sie meine Geschichte nun hören?«

»Warum? Ändert sie etwas daran, daß Sie uns gekapert haben?«

»Sie würden die Motive kennenlernen.« Depallier klatschte in die Hände. »Voilà, da ist sie. Wie ich's mir gedacht habe: Atemberaubend!«

Lucrezia war die Treppe heraufgekommen. Sie trug einen goldfarbenen Bikini, der so knapp war, daß man sich wunderte, weshalb er nicht bei der geringsten Bewegung zerriß.

Sie stolzierte an Helena und Maurice vorbei, legte sich dekorativ auf die Planken und zog die Knie an. Der Glatzkopf Silva glotzte fassungslos, bis ein Wink von Depallier ihn zum Bug scheuchte.

»Ich schlage vor«, sagte Maurice, »wir gehen an Ihren Weinvorrat und suchen uns eine gute Flasche aus. Sie haben einen vorzüglichen Bordeaux an Bord.«

»Ihre Nerven möchte ich haben!« Helena fuhr sich mit beiden Händen durch das zerzauste Haar. »Wissen Sie, was jetzt auf der Insel los ist?«

»Hören oder sehen Sie etwas?«

»Es wird nicht lange dauern!«

»Und es wird sich wieder entfernen. Ob Boote oder Flugzeuge – gefährlich wird es erst, wenn wir uns wieder herauswagen, um nach Maio zu segeln.«

»Was wollen Sie in Maio?«

»Dort kann ich mich besser verstecken und komme ungehindert mit einer kleinen Maschine der Transportes Aèreos de Cabo Verde zum internationalen Flughafen von Sal. Das klingt komisch, ist aber so. In Maio habe ich viele Freunde. Aber nach dem, was ich hinter mir habe – und dazu rechne ich auch die Tage mit Ihnen – kann ich Freunde nicht gebrauchen. *So* gute Freunde gibt es hier nicht. Überhaupt Freundschaft! Gibt es die noch? Wirkliche Freundschaft habe ich nur in der Legion kennengelernt. Freundschaft bis in den Tod. Aber gerade von da bin ich desertiert.«

»Mein Gott, werden Sie jetzt nicht sentimental. Bloß das nicht!«

»Wir sollten etwas trinken, Helena.«

»Bringt mir einen mit!« sagte Lucrezia. Sie hatte vorzügliche Ohren. »Und bleibt nicht unter Deck. Der Glatzkopf steht schon auf dem Sprung.«

»Ich hole eine Flasche.« Helena stand auf. Fast im selben Augenblick ertönte von fern Motorengebrumm, das in ein Knattern überging. Depallier zeigte mit dem Daumen nach oben und nickte lächelnd.

»Ein Hubschrauber. Alle Achtung! Sie lassen sich die Suche was kosten. Hätte ich nicht gedacht. Meine Damen, es tut mir leid, aber wir werden wohl einige Tage zusammenbleiben müssen. Bis sich die große Aufregung in Tarrafal gelegt hat.«

Sie lauschten nach oben, der Hubschrauber mußte sehr niedrig fliegen, denn man hörte deutlich das Schnattern der Rotorflügel, aber dann entfernte er sich wieder, nachdem er anscheinend einige Kreise gezogen hatte.

»Dieses Planquadrat ist für ihn abgehakt«, sagte Maurice zufrieden. »Nach aller Logik sind wir jetzt sicher. Mein Plan geht voll auf.«

»Es gibt immer Überraschungen, Maurice!« Lucrezia rekelte sich. Aus dem Blickwinkel von Depallier mußte sie unwiderstehlich einladend aussehen. »Wenn ich nun nachts durch die Felsen klettere?«

»So dumm werden Sie nicht sein!«

»Sie sind sehr gutgläubig, Maurice. Für Ihren Beruf ist das nachteilig, finden Sie nicht auch?«

»Ihre Reden könnten mich zwingen, Sie die Nacht über mit Jorge Silva einzuschließen.«

Lucrezia hob den Kopf und blitzte ihn an. »Dazu wären Sie fähig?«

»Ja. Von mir aus können Sie sich wieder anziehen. Ihren Körper kenne ich jetzt.«

»Und so etwas nennt sich Franzose?«

Helena kam zurück. Auf einem Tablett brachte sie vier Plastikgläser und eine Flasche Bordeauxwein, bereits entkorkt. Sie setzte das Tablett auf einen Klapptisch und winkte ab, als Depallier etwas sagen wollte.

»Nun protestieren Sie nicht gleich, Maurice! Ich weiß, daß einem Franzosen ein Schauer über den Rücken läuft, wenn er Bordeaux aus Plastikbechern trinken soll. Aber als wir absegelten, konnten wir nicht ahnen, daß wir einen Gourmet an Bord bekommen.« Sie goß den glutroten Wein ein und reichte Lucrezia zwei Becher. »Einen für Silva.«

»Der wird unter seinem heißen Blick verdunsten!«

»Das liegt an dir.«

Sie wartete, bis Lucrezia zum Bug gegangen war. Dann setzte sie sich neben Depallier. Er nahm seinen Becher, stieß mit Helena an und trank einen langen Schluck. »Köstlich!« sagte er beim Absetzen. »Trotz Plastik! Wissen Sie, wann ich meinen letzten Bordeaux getrunken habe? Vor sieben Monaten in einer Bar in Lagos. Ich kam gerade als Deserteur aus dem Tschad und sah verwegen aus. Eine amerikanische Touristin gabelte mich auf der Straße auf, nahm mich mit ins Hotel und in ihr Bett und hielt mich zehn Tage lang als Liebesmaschine. Dafür konnte ich fressen und saufen, was ich wollte. Und nach zehn Tagen gab sie mir auch noch tausend Dollar! Tausend Dollar! Begreifen Sie, was das damals für mich, den gehetzten, hundearmen Deserteur, bedeutete? Überleben, Helena! Die wirkliche Freiheit! Denn das hatte ich begriffen: Wirklich frei ist nicht der Arme, sondern der, der in die volle Tasche greifen kann.«

Depallier nahm einen neuen langen Schluck Wein. »So war ich damals, meine Dame. Ein streunender Schakal. Erst langsam wurde ich wieder ein Mensch und erinnerte mich daran, daß mein Vater Jérôme Depallier hieß. Die Herrenanzüge von Depallier: das sind wir. Die renommierte Anzugfabrik. Einen Depallier-Anzug erkennt man sofort am Schnitt, am Stoff, an der zeitlosen Eleganz.«

»Und der Sohn ist Legionär.«

»War! Jetzt ist er Einbrecher und Dieb. Aber auch das ist vorbei. Dank Ihrer Hilfe, Helena, werde ich nach diesen vielen Intermezzi als reicher und guter Mensch in die Zivilisation zurückkehren. Nicht in den Schoß der Familie Depallier; für die bin ich tot! Ich werde mich auch anders nennen. Wie? Das geht Sie nichts an! Ich will meine Ruhe haben in diesem neuen Leben. Ich bin durch Höllen gegangen, nun will ich ein kleines Eckchen im Paradies bewohnen.« Er beugte sich vor. »Wollen Sie nun meine Geschichte hören?«

»Ja!« sagte Helena und nickte. »Nach diesem Vorspiel, ja.«

»Bitte, Madame!« Depallier hielt den Becher hoch. »Noch einmal vollgießen!« Dann lehnte er sich zurück, betrachtete Lucrezia, die zurückgekehrt war und jetzt zu seinen Füßen lag, und winkte ihr mit dem Becher zu.

»Es begann mit einer Frau«, sagte er. »Womit sonst? Mit einer Frau, die so schön war wie unsere Lucrezia. Ich liebte sie und wurde, wie man so sagt – ich wurde wahnsinnig vor Liebe.«

Die Lebensbeichte eines Mannes soll man nicht unterbrechen. Es ist wie bei einem Nervenkranken, auch hier gilt als oberstes medizinisches Gebot: Reden lassen. Zuhören. Geduld haben. Nur ab und zu nicken und nicht mit Worten eingreifen. Sagt man aber doch ein Wort, dann soll es aufmuntern, weitertreiben, seelische Schleusen öffnen, das Gefühl vermitteln, hier hört einer wirklich zu und fühlt mit. Nur eines sollte man nicht: Nach dem Warum fragen, nach einem Sinn suchen. Oder gar eine Barriere der Abwehr aufbauen durch Neugier oder Kritik. Ein Mensch, der seine Seele aufreißt, ist wie ein Verblutender, nur mit dem allerdings gewichtigen Unterschied, daß er nicht an diesem Ausbluten stirbt, sondern sich befreit und erleichtert fühlt, am Ende glücklich erschöpft, in einer seligen Leere. Denn das wollte er ja: das Gift der Vergangenheit ausspucken, sich reinigen für einen neuen Anfang.

Maurice Depallier trank mit zurückgeworfenem Kopf seinen Plastikbecher Bordeaux leer und schwieg. Er machte den Eindruck, als sei er plötzlich im Schlaf erstarrt, nur das Sichheben und -senken der Brust bewies, daß er noch atmete. Lucrezia wollte etwas sagen, aber Helena winkte energisch ab. Sie starrte Maurice an, als sei dieses Stadium der Erstarrung die Vorstufe zu einer Explosion.

»Sie hieß Lilliane ...«, sagte er plötzlich. Es kam so unvermittelt, daß Helena zusammenzuckte. »Ich sehe sie vor mir: groß, schlank, mit hüftlangen hellblonden Haaren – nein, Haare wie gesponnenes Gold. Das klingt verdammt kitschig, aber sie waren so, man kann es nicht anders beschreiben. Es waren die schönsten Haare, die ich je gesehen habe; es war auch der schönste Körper, den man sich denken kann. Wo dieses Mädchen erschien, leuchtete die Sonne heller, funkelten die Sterne geheimnisvoller, wurde das Meer blauer, blühten Blumen unter ihren Füßen auf. Lilliane – sie war damals neunzehn Jahre jung. Ihr Vater arbeitete im Schlachthaus und karrte die Abfälle weg, die Eingeweide, die blutigen Felle, die abgehackten Hufe und Hörner. Er stank immer nach Blut. Ihre Mutter begann mit dreiundzwanzig Jahren zu trinken – warum, das weiß keiner. Vielleicht, weil ihr Mann immer nach Blut roch? Als Lilliane in mein Leben trat, war ihre Mutter bereits eine unheilbare Säuferin mit zerstörter Leber und angeknacksten Sehnerven.« Depallier rutschte noch weiter nach vorn auf der Sitzbank, so daß sein Kopf noch mehr nach hinten sank. Seine Mundwinkel zogen sich nach unten – war es ein dumpfes Lächeln oder der Ausdruck von Ekel?

Er schwieg, aber Helena hütete sich, etwas zu sagen. Stumm füllte sie den Becher mit Wein. Maurice mußte das leise Gluckern hören, aber er rührte sich nicht. Mit geschlossenen Augen spulte er gleichsam noch einmal den Film seines Lebens ab.

»Man muß die Familie Depallier kennen, um zu verstehen, was noch alles kommt. Die Depalliers waren und sind eine reiche Familie, aber irgendwo, in einer geheimen Ecke ihres Ichs, sind sie irre. Die Umwelt erkennt es nicht, und wenn sich die Leute gelegentlich wundern, dann sagen sie nachsichtig: Na ja, so sind eben die da oben! Können sich's ja leisten. Die Reichen sind alle verrückt. Wovon soll schließlich die Boulevardpresse leben? Aber in Wirklichkeit spielen sich da Tragödien ab, glauben Sie mir, Helena. Auch mit Lilliane kam es zur Tragödie. Meine Mutter leistete sich einen Geliebten, einen Grafen, dessen Leistung darin bestand, daß er seinen Hut aus drei Meter Entfernung an die Garderobe warf und immer den Haken traf. Das machte er immer wieder und bei allen Leuten, man nannte ihn deshalb auch Comte de Chapeau. Seine zweite Qualität mußte sich wohl auf der Matratze erweisen; ich habe meine Mutter nie danach gefragt. Meine ältere Schwester züchtete Schlangen. Sie hören richtig! An unsere Villa wurde extra ein Schlangenhaus angebaut. Dort saß Tag und Nacht meine Schwester vor den gläsernen Becken und beobachtete diese Viecher mit verzückten Augen. Mein Bruder Raymond fuhr Rallyes, aber nur mit einem rosa lackierten Wagen und einem Schwulen als Beifahrer. Seine Siegesfeiern waren berüchtigt, ich möchte jetzt nicht davon erzählen. Heute ist er durch einen Unfall gelähmt, lebt in Marokko in einem kleinen maurischen Palast und hält sich ein Nacktballett, natürlich nur Jünglinge! Meine jüngere Schwester ist mit einem Rockmusiker durchgebrannt. Seitdem ist sie verschollen. Und Papa Jérôme Depallier, der große Patriarch? Der hat natürlich auch seine Geliebte, obwohl er zur Stütze schon einen Stock braucht. In diesem Irrenhaus meiner Familie lernte ich durch Zufall Lilliane kennen. Sie war die Geliebte meines Vaters! – Cheerio!«

Depallier beugte sich vor und trank den Becher wiederum in einem Zug aus. Dabei sah er Helena und Lucrezia an, wie ein Schauspieler, der den Applaus erwartet. »Langweilt's euch?«

»Jetzt wird's interessant«, sagte Lucrezia und rekelte sich wohlig. »Papa klopft mit dem Stock dem Söhnchen auf den Kopf.«

»Ich war nach der ersten Begegnung mit Lilliane wie betrunken ...«

»Auch ich sehe sie vor mir ...«, sagte Helena leise. »Ein Teufel mit sonnengoldenen Haaren.«

Maurice lehnte sich wieder weit zurück.

»Ein Teufel? Sie übertreiben! Lilliane wurde von dem Reichtum geblendet, in den sie plötzlich hineingeriet. Erst kleine Näherin in der Hosenabteilung von Depallier, zu Hause den nach Blut stinkenden Vater, die immer besoffene Mutter, und dann, buchstäblich über Nacht, der Glanz einer Traumwelt. So mußte unser Leben in den Augen dieses Mädchens ja erscheinen. Eine herrliche Wohnung auf dem Boulevard Hausmann, ein Sportwagen aus Italien, Schmuck, Pelze, Modellkleider, handgemachte Schuhe – mein Papa hatte offene Taschen bei so schönen offenen Schenkeln! Voilà, das war nun Lilliane. Ich lernte sie bei einem Rennen in Longchamps kennen, wirklich zufällig, ohne zu wissen, daß mein Patriarch derjenige war, der diese Schönheit mit Gold überpuderte. Drei Tage später, genau um die Mittagszeit, wurde Lilliane meine Geliebte. Auch ich hatte offene Taschen, ich war ja zu einem Wahnsinnigen in ihren Armen geworden, und der blonde Engel kassierte doppelt. Die Hälfte der Familie Depallier gehörte jetzt ihr. Aber ich wußte das nicht! Sie teilte ihre Zeit immer so ökonomisch ein, daß Vater und Sohn nie in Bedrängnis kamen. Bis zu jenem 23. September! Ich hatte mir einen neuen Wagen gekauft und wollte ihn Lilliane stolz vorführen, ohne Verabredung, zu ungewohnter Zeit. Wen treffe ich in der Wohnung? Mit hellblauen Unterhosen, sonst nackt, auf seinen Stock gestützt, eine fürchterliche Karikatur von Mann, zum Weinen komisch? Meinen Vater. ›Ich habe es geahnt, daß hier noch ein anderer Kerl ist!‹ schrie er sofort. ›Mein eigener Sohn! Das übertrifft alles! Du erbärmlicher Scheißkerl!‹ – Er wollte mich mit seinem Stock schlagen, aber ich verließ sofort die Wohnung. Lilliane hörte ich schreien: ›Bleib, Maurice, bleib!‹ – Aber ich rannte fort, raste durch die Straßen, nun wirklich irre geworden. Mein Engel und mein Vater – allein der Gedanke, die Vorstellung, sie zusammen im Bett zu sehen, vielleicht am gleichen Tag – erst der Papa, dann der Sohn oder umgekehrt ... Das war eine Vision, die geradewegs in die Hölle führte!« – Depallier atmete tief auf und ballte die Fäuste. Helena hielt den Atem an.

»Am Abend«, sagte er langsam, aber betont, »kam ich doch zu Lilliane zurück. Ich *mußte* einfach kommen und sie sehen. Ich habe sie mit einem Jagdmesser erstochen. – Die ganze Nacht fuhr ich dann durch, bis Marseille. Morgens um sieben saß ich in der Annahmestelle der Fremdenlegion und unterschrieb den Verpflichtungsschein. Jetzt war ich sicher, ich war ungreifbar, ich lebte weiter. Und war doch tot!«

Er streckte die Beine von sich, griff nach der Flasche, setzte sie an die Lippen, trank sie aus und warf sie dann über Bord. »Das ist meine Geschichte! Nun wissen Sie, mit wem Sie es zu tun haben, meine Damen! Um hier wegzukommen, kenne ich keine Rücksichten! Ihr Glück ist, daß Sie Frauen sind. Ich kann keine Frau mehr töten. Wären Ihre Männer zuerst gekommen, dann hätten eben *sie* uns wegbringen müssen – nur: Sie wären nicht wieder zurückgekehrt. Männer zu töten, habe ich gelernt. Das ist mein Beruf geworden. Verstehen wir uns jetzt?«

»Nein.« Lucrezia setzte sich auf die Planken und sah Maurice mit einem sonnigen Lächeln an.

»Natürlich. Alles ist klar!« sagte Helena.

»Und wenn ich mich weigere, Ihnen zu helfen, Maurice?« Lucrezia schlang die Arme um die angezogenen Beine und blickte zu Depallier empor mit jener kindlichen Verworfenheit, die Männer ratlos macht. »Was wollen Sie tun? Sie haben selbst zugegeben, daß Sie uns nicht töten können ...«

»Man braucht nicht zu töten«, sagte Depallier dumpf und sah Lucrezia mit gesenktem Kopf an. »Wir haben in Afrika gelernt, wie man seinen Willen durchsetzen kann. Sie würden nie die Kraft haben, das zu überstehen. Ihre Phantasie reicht nicht aus, sich vorzustellen –«

»Dann sind Sie doch ein Satan!«

»Vielleicht. Oder ganz sicher! Ist das von Bedeutung? Sie bringen uns von hier weg. Alles andere können Sie vergessen.«

Er sprang auf, ging zum Kabinenabgang und stieg die Treppe hinunter. Dort begegnete er Mr. Plump, der an Deck wollte, um sich faul auf die Planken zu legen. Entgegen aller Erwartung regte sich Mr. Plump nicht auf, fuhr Depallier nicht an die Hosenbeine oder fletschte die Zähne. Im Gegenteil, er wedelte stumm mit dem Schwanz, sah zu ihm hoch mit seinen treuen Augen und machte sogar auf der Treppe Platz, indem er sich an die Wand stellte. Ungläubig verfolgte Helena diese harmonische Begegnung.

»Du Verräter«, sagte sie, als Mr. Plump vor ihr stand und gekrault werden wollte. »An dich habe ich wirklich nicht gedacht in dieser Situation! Natürlich – du hättest ja das Boot verteidigen müssen! Und was hast du getan? Geschwänzelt! Hast die Herren Einbrecher wahrscheinlich schon freudig begrüßt, als sie an Bord kamen! Benimmt sich so ein richtiger Bordhund? Geh weg, du Feigling! Du Judas! Pfui!«

Mr. Plump glotzte erst Helena und dann Lucrezia an und schien nicht das geringste Verständnis für die Schelte zu haben. Denn für ihn war nur der Geruch maßgebend, und für seine Nase roch Maurice Depallier gut, das Pfui war also unberechtigt und entehrend. Beleidigt wandte er sich ab und legte sich auf das Kabinendach neben den Rettungsring.

»Wenn wir in einer der nächsten Nächte lossegeln«, sagte Lucrezia leise, »werde ich rote Farbe auslaufen lassen. Ölfarbe, die schwimmt lange auf der Oberfläche. Der Hubschrauber oder die Suchboote können sie nicht übersehen. Dann haben sie eine Spur!«

»*Wenn* man uns noch sucht, Luzi!«

»Peer und Jan werden nicht lockerlassen! Das ist doch klar!«

»Es kommt immer darauf an, wie die Behörden entscheiden«, sagte Helena ahnungsvoll. »Vielleicht sind Peter und Jan in ein paar Tagen nur noch Rufer in der Wüste.«

Die Polizeistation von Tarrafal war zum Hauptquartier geworden. Aus Praia, der Hauptstadt, war eine Kommission mit dem Hubschrauber gekommen: ein Kommissar, zwei Unterkommissare und ein Hauptmann der Armee, der sich an Ort und Stelle überzeugen wollte, ob es ratsam sei, auch Armee-Einheiten zur Suche einzusetzen. Das war nur in Sonderfällen und nur auf höchsten Befehl möglich.

Trosky konnte die Dringlichkeit bezeugen. Er holte aus der Tasche ein Farbfoto, von dessen Existenz Losskow bisher keine Ahnung gehabt hatte. Zum ersten Mal, und sicherlich aus seiner Not heraus, gab Trosky sein Geheimnis preis.

Es war ein Foto, das er beim Training mit der Rettungsinsel gemacht hatte. Es zeigte Lucrezia in bezaubernder Nacktheit, auf dem Wulst der Gummiinsel sitzend und winkend.

»Ich werde sofort zum Hauptquartier berichten!« sagte der Hauptmann, nachdem er das Foto eingehend betrachtet hatte. »Das ist wirklich ein äußerst dringender und wichtiger Fall!«

Der Polizeichef von Tarrafal entfaltete eine für diese Stadt ungewöhnliche, ja noch niemals praktizierte Aktivität. Er war sichtlich stolz, endlich außer alltäglichen Gaunereien, Schlägereien in den Wirtschaften und Betrug beim Wiegen der Waren einen richtigen großen Fall in den Händen zu haben. So gebärdete er sich denn auch wie ein Kriminalkommissar im Film, verhörte alles, was in Hafennähe wohnte oder am Hafen arbeitete, und ließ alle Leute, mit denen die beiden Frauen beim Einkaufen in Berührung gekommen sein konnten, im Polizeigebäude aufmarschieren. So erfuhr man von den Supermarktbesitzern, daß sie die Yacht hatten wegsegeln sehen. Ein Arbeiter hatte von weitem beobachtet, daß tatsächlich zwei Frauen allein die Segel gesetzt hatten. Die einzigen, die alles mitbekommen haben mußten, waren drei halb verwilderte Hunde, die am Kai herumstrolchten, aber die konnte man nicht befragen. Den Lehrjungen des Supermarktes verhörte man nicht; an ihn dachte in der Aufregung keiner.

»Es bleibt ein Rätsel«, sagte Trosky, als man alle verhört hatte.

»Was will man mit dem Boot? Wohin damit? Es ist so auffällig, daß es in jedem Hafen sofort erkannt wird. Man klaut doch kein Segelboot, um es zu verstecken und verrotten zu lassen.«

»Eins ist sicher«, sagte der Hauptmann selbstbewußt. »Jetzt, wo Alarm gegeben worden ist, können sie von den Kapverdischen Inseln nicht wieder weg! Man wird sie sehen!«

»Und wie lange werden Sie suchen?« fragte Losskow besorgt.

»Bis wir sie haben!« sagte der Hauptmann stolz.

»Die Banditen werden genauso denken und auf Zeit spielen. Denn in längstens einer Woche überlaßt ihr die Suche wahrscheinlich dem Zufall.« Trosky sah Peter kurz an und wandte sich ab. Losskows Verzweiflung griff selbst ihm ans Herz. »Willst du nach Hamburg melden, daß alles vorbei ist?«

»Nein. Noch nicht. Ich gebe die Hoffnung nicht auf.«

Am Abend wußten sie mit Sicherheit, daß der erste Tag verloren war. Die planmäßige Suche rund um Santiago mit Polizeibooten aus Praia und zwei Hubschraubern des Militärs wurde bei Dunkelheit abgebrochen. Nur zwei Polizeiboote kreuzten zwischen Santiago und Fogo und Santiago und Maio, den unmittelbar benachbarten Inseln, um jedes Schiff, das nachts auf See angetroffen wurde, zu kontrollieren. Aber das war eher ein Beweis des guten Willens als eine wirksame Kontrolle. Denn mit nur zwei Booten das ganze Inselgebiet zu überwachen war nahezu unmöglich.

Im Polizeigebäude von Tarrafal hielt der Polizeichef eine Art Generalstabsbesprechung ab. Attraktiv hatte er eine große Karte an die Wand geheftet und mit Buntstiften die Gebiete umrandet, die man zu Wasser und aus der Luft bereits kontrolliert hatte. Trosky betrachtete die Karte mit schiefem Mund. Losskow rauchte nervös eine Zigarette nach der anderen und trank den höllischen Zuckerschnaps, den man ihm hinstellte. Es war abzusehen, wann er vom Stuhl fallen würde.

»Diese Küste ist felsig und voller Höhlen!« sagte der Polizeichef mit Pathos. Er war in seine große Aufgabe hineingewachsen und zeigte Anzeichen von Feldherrnwürde. »Aber für ein Versteck eignet sie sich nicht. Die Brandung ist groß, die Unterströmungen sind unberechenbar, bei Flut haut das Meer gewaltig in die Höhlen. Da kann sich nur einer verstecken, der ein Künstler im Bootfahren ist. Sind die Damen so perfekte Kapitäne?«

Der Hauptmann aus der Hauptstadt dolmetschte. Peter von Losskow schüttelte den Kopf.

»Nein!«

»Aha!«

»Sie verstehen etwas vom Segeln, natürlich. Wir haben lange trainiert, aber vor allem für den Ernstfall. Für eine Havarie. Aber so extreme Küstenverhältnisse – durch schmale Durchlässe in Höhlen segeln –, das würde selbst mir Schwierigkeiten machen.«

»Also sind sie irgendwo in einer Bucht!« rief der Polizeichef triumphierend.

»Vorausgesetzt, daß die Banditen, die das Boot gekapert haben, nicht selbst vorzügliche Seeleute sind.«

»Wie kommen Sie darauf?«

»Wer klaut solch ein Boot, wenn er keine Ahnung hat?«

»Aha! Ich weiß, worauf Sie anspielen!« schrie der Polizeichef. »Einer unserer Fischer soll der Dieb sein!«

»Es können auch zwei oder drei sein.«

»Hier leben nur ehrliche, freundliche, friedliche Menschen! Was soll einer von uns mit solch einem Schiff anfangen?!«

»Verkaufen!!«

»Wo denn?« bellte der Polizeichef. »Auf dem Markt in Praia? So ein Boot ist unverkäuflich! Es wurde ja schon gesagt: Damit fällt jeder auf!«

»Man könnte es drüben in Gambia oder Senegal verkaufen.«

»Da muß man erst hinkommen!« Der Hauptmann der Armee winkte ab. »Glauben Sie, daß man hier solch ein auffälliges Schiff stiehlt und das Risiko auf sich nimmt, heil mit ihm zum Festland zu kommen, um es dort zu verkaufen?«

»Für zwei oder drei arme Fischer wäre der Erlös ein Riesenvermögen.«

»Es ist alles sinnlos!« sagte Losskow und umklammerte das Schnapsglas. »Wir reden, reden und reden. Und keiner denkt daran, was die Mädchen jetzt machen oder – was aus ihnen geworden ist.«

»Gut, daß Sie darauf kommen.« Der Polizeichef, tief beleidigt, weil man, wenn auch indirekt, einen Kapverden der Piraterie bezichtigt hatte, hob demonstrativ den Zeigefinger. »Wir haben Zeugen, die aussagen, daß die beiden Damen selbst die Segel hißten!«

»Unter Zwang!« rief Losskow.

»Das nehmen wir an. Aber wer kann das beweisen? Keiner hat Männer an Bord gesehen.«

»Sie wollen uns doch nicht einreden, daß die Mädchen von sich aus ...?« schrie Trosky.

»Ich zähle nur die verschiedenen Möglichkeiten auf!« schrie der Polizeichef zurück. »Vielleicht ist dieser angebliche Bootsdiebstahl nur ein schlechter Witz!?«

»Wer uns das einreden will, den schlage ich nieder!« sagte Losskow und ballte die Faust.

Dann verlor er das Gleichgewicht, worauf Trosky schon lange gewartet hatte, und rutschte vom Stuhl. Man ließ ihn auf der Erde sitzen, mit dem Rücken an die Wand gelehnt. Man zeigte Verständnis für seine Trunkenheit. Nicht jeder hat die Nerven, den Verlust eines Segelbootes und einer schönen Frau standhaft zu ertragen.

Sie blieben vier Tage und vier Nächte in ihrer Höhle. Das Boot schaukelte ruhig auf dem fast unbewegten Wasser. Wenn die Flut kam, stieg es in der Höhle an, die See drückte in den Raum, aber die großen, schäumenden, weißstäubenden Brecher brachen sich draußen vor den Klippen und vor den Lavasäulen am Eingang der Wasserrinne. Ein paarmal noch hörten sie, wie Hubschrauber das Gebiet überflogen und kreisten. Von den Suchbooten sahen sie natürlich nichts, aber sie nahmen an, daß sie die Küste entlangfuhren und mit Ferngläsern abtasteten.

Einmal fragte Lucrezia: »Was machen Sie, wenn jetzt ein Polizeiboot in die Höhle läuft?«

Und Maurice antwortete ehrlich: »Ich weiß es nicht. Diese Möglichkeit habe ich verdrängt. Geschieht es, muß ich aus der Situation heraus handeln. Auf jeden Fall wird es heiß hergehen.«

Die langen Tage verbrachten sie mit Dösen, Schwimmen, Kartenspielen, Angeln und Kochen. Maurice erzählte aus der Fremdenlegion, Silva schwieg notgedrungen, denn er konnte ja nur Crioulo sprechen, aber er spielte gut Halma, und das spielte er mit Lucrezia bis zum Müdewerden. Wenn er gewann, freute er sich wie ein Kind, verlor er, fluchte er in seiner Sprache und biß einmal sogar vor Wut in seine Mütze.

Depallier und Helena spielten Schach miteinander, aber für Maurice war es das schönste, wenn er unter Deck im Salon in einem der schmalen Sessel saß und sich von Helena ihre Schallplatten vorspielen ließ: das Klavierkonzert Nr. 1 von Tschaikowskij, Intermezzi aus italienischen Opern, Querschnitte aus Tannhäuser oder Lohengrin, Sinfonien von Beethoven oder Brahms, Nocturnes von Chopin oder Porträts großer Sänger mit den schönsten Opernarien. Dann hatte Maurice die Augen geschlossen, und seine Hände dirigierten verhalten mit. Er war in seine Wunschwelt eingetaucht.

»Die Callas«, sagte er einmal nach einer Arie aus Norma, »die war Privatgast in unserem Haus und sang für unsere Gäste, weil sie Vater gut leiden mochte und Onassis zehn gut sitzende Depallieranzüge besaß. Das war beachtlich – wer hat Onassis jemals in einem gutsitzenden Anzug gesehen?! Selbst seine Smokings waren jammervoll. Und ich werde nie vergessen, wie Mario del Monaco mit mir ein Duett sang, weil ich darum bettelte. Ich habe einen sehr guten Bariton, und Mario sagte damals zu mir: ›Mein Junge, wenn du fleißig Unterricht nimmst, begegnen wir uns vielleicht einmal in den Kulissen. Aber warum will ein Depallier singen? Ich kann mich nicht besinnen, daß Millionärssöhne große Sänger geworden sind. Große Sänger wurden immer nur die hungrigen Sänger. Schade, denn du bist begabt!‹ – Dafür nahm meine Mutter Gesangsunterricht, weil ihr der Lehrer so gut gefiel.« Immer wieder kam Depallier auf sein Elternhaus zurück. Er schien es abgrundtief zu hassen, weil es seine Jugend mit Gold erstickt hatte.

Mr. Plump wurde ein Fall für den Hundepsychiater. Er saß bei Depallier auf dem Schoß, schlief zu seinen Füßen, leckte ihm die Hände und sah Helena so glotzäugig an, daß sie sagte: »Maurice, dieser Hund muß pervers sein. Es heißt immer, Tiere erkennen gute Menschen. Aber wie sich Mr. Plump benimmt, das ist skandalös. Sie sind ein Mörder und Hasardeur!«

»Ich bin das lebenslange Opfer einer Frau.«

»Das ist keine Entschuldigung für das, was Sie auf dem Gewissen haben.«

»Mag sein.« Depallier baute die Schachfiguren auf. »Aber irgendeine Entschuldigung muß auch ein Typ wie ich haben, wenn er weiterleben will. – Helena, was spielen Sie heute?«

»Weiß!«

»Sie haben den ersten Zug. Ich werde den letzten haben – wie es sich gehört.« Er lachte verhalten. »Gewöhnen Sie sich daran, Helena, daß ich letztlich immer gewinne.«

Die nächsten zwei Tage war es dann still. Die Suche schien sich auf einen anderen Teil der Insel verlegt zu haben. Kein Hubschraubergeräusch erweckte Hoffnung, nichts mehr deutete darauf hin, daß die Suche fortgesetzt wurde. Am vierten Tag kam starker Wind auf, die Wellen rollten nun auch in die Höhle, in den zerrissenen Lavafelsen pfiff und heulte der Sturm, meterhohe Brecher donnerten gegen den Eingang, die *Helu* begann gefährlich zu rollen und kam den zerklüfteten Bimswänden bedenklich nahe. Helena warf noch einen Anker, legte alle Fender aus, um einen möglichen Aufprall abzufangen, und hob dann hilflos beide Arme.

»Mehr kann ich nicht tun, Maurice!«

»Dieser Sturm ist Gold wert!« sagte Depallier zufrieden.

»Auch wenn er uns gegen die Felswand schleudert?«

»Das wird er nicht. Silva und ich werden die Nachtwache halten.« Er grinste breit. »Können Sie sich vorstellen, was mit uns passierte, wenn wir jetzt draußen wären? Auf See?«

»Und ob ich das kann!«

»Genauso denken jetzt auch unsere Jäger: Diesen Sturm

haben sie nicht überlebt! Die *Helu* ist abgesoffen! Schluß mit der Suche! Etwas Besseres als dieses Unwetter konnte uns gar nicht passieren. Man wird uns abschreiben.«

»So ist es!« sagte Helena ruhig. Er weiß nicht, daß die *Helu* unsinkbar ist, dachte sie zufrieden. Ein Orkan wirft uns nicht um, da muß schon der ganze Rumpf zerbersten! Alles, was er jetzt tut, wird von der Überzeugung bestimmt sein, daß man uns aufgegeben hat. Und deshalb wird alles falsch sein, was er tut. Er wiegt sich in Sicherheit, man sollte ihn darin bestärken. »Vielleicht kann man uns wirklich abschreiben, wenn der Sturm noch toller wird«, sagte sie.

Die Nacht war dramatisch. Keiner schlief. Sie standen alle an Deck, an den Fendern, Stangen in den Händen, um die gegen die Felswand treibende *Helu* immer wieder abzustoßen. Die Anker nutzten wenig, das Wasser kreiselte in dem Höhlenbecken, mal trieb das Boot nach links, dann nach rechts, dann über die Anker hinaus. Über ihnen, in den zerklüfteten Lavafelsen, in dem durchlöcherten Bimsgestein, das einst in unvorstellbarer Vulkanhitze ausgeglüht, aus dem Erdinneren geschleudert worden und dann im Meer zu bizarren Gebilden erstarrt war, raste und kreischte der Wind. Die Höhle wirkte wie ein Trichter, der die Töne noch verstärkte wie ein Megaphon und sie gleichsam durch den Eingang hinausstieß, wo sie auf die donnernden Wellen trafen, auf einen Ozean, der seine Wassermassen gegen das Land schleuderte, das ihm im Wege war.

Es war eine höllische Nacht, aus der es kein Entrinnen gab, keinen Schutz, nur die Hoffnung, daß es gelingen würde, das Boot vor dem Zerschellen zu bewahren und damit vielleicht sogar das eigene Leben zu retten.

Gegen Morgen ließ der Sturm nach. Erschöpft lagen Lucrezia und Mr. Plump auf ihrem Kojenbett, Helena kochte einen großen Kessel voll Tee, Jorge Silva hockte am Bug und sprach ein Gebet, was bei einem solchen Gauner einigermaßen verwunderlich war; er bekreuzigte sich und hielt sein kleines goldenes Halskreuz dem sich beruhigenden Meer entgegen. Maurice Depallier kontrollierte noch einmal die Anker und die Fender, tappte dann unter Deck, warf sich auf die Polsterbank und beobachtete Helena, wie sie den Tee aufgoß und aus einem Wandschrank eine Flasche Rum holte. Wie Depallier war sie völlig durchnäßt, trotz des Ölzeugs, das sie seit fast vierzig Stunden trugen. Aus ihren blonden Haaren tropfte das Salzwasser.

»Sie sind eine wunderbare Frau, Helena«, sagte Maurice, während er sich die Stiefel auszog; sie waren vollgelaufen. »Ziehen Sie sich erst um. Der Tee rettet uns doch nicht mehr vor einem Schnupfen. Es ist schade, daß ich Ihnen als Gangster begegnen mußte. Ich hätte mich ernsthaft um Sie bemüht.«

»Ich liebe Peter«, sagte Helena ruhig. »Nur ihn.«

»Beneidenswert.« Depallier zog seinen nassen Pullover aus und saß nun mit nacktem Oberkörper da. »Soll ich Ihnen etwas verraten? Wollen Sie nicht erfahren, warum das hier alles geschieht? Sind Sie nicht neugierig?«

»Nein.«

»Es geht um zwei Ledersäcke. Zwei mittelgroße lederne Packsäcke. Darin liegt das ganze künftige Leben des Maurice Depallier.«

Von Deck kam nun auch Jorge Silva zurück. Er troff vor Nässe, zog sich ungeniert völlig aus und wickelte sich in ein großes Handtuch, das Helena ihm zuwarf. Dabei knurrte er wie ein Hund, dessen Freßnapf man zu nahe tritt. Lucrezia, die auf dem Bett lag und ihm zuschaute, schüttelte den Kopf. O Gott, dachte sie, wie hungrig muß eine Frau sein, wenn sie sich mit solch einem Kerl einläßt.

Der Tee mit viel Rum schmeckte köstlich nach diesen harten, meerumtobten Stunden. Silva schlürfte ihn wie ein Ferkel die Milch, Depallier trank ihn in schnellen kleinen Zügen, sogar Mr. Plump kam aus dem Bett und stellte sich schwanzwedelnd an.

»Verräter!« sagte Helena verächtlich. »Aber warte, du sollst deinen Willen haben.«

Sie goß Rumtee in Mr. Plumps Schüssel und goß etwas kaltes Wasser dazu, bis der Tee trinkbar war. Dann tat sie noch einen Schuß Rum extra hinein. Depallier starrte sie verwundert an.

»Ist der Hund Alkoholiker?«

»Nein! Aber ihm soll zur Strafe kotzübel werden!«

»Vielleicht gefällt es ihm? Ein besoffener Hund zeigt menschliche Züge, ich habe das einmal auf Korsika erlebt. Bei der Legion. Da hatten wir eine Bar, und der Patron besaß einen Hund, eine schwarzweiß gefleckte Riesendogge, ein herrliches Tier. Nur – es war ein typischer Alkoholiker. Die Dogge soff mehr als zwei Mann. Und dann tanzte sie, pinkelte, hüpfte auf drei Beinen im Kreis herum und krachte gegen alle Stuhlbeine. Sogar rülpsen konnte sie! Wir liebten sie wie einen Bruder. Sie müßte heute noch leben, wenn sie sich nicht totgesoffen hat.«

Mr. Plump schlürfte den Rumtee mit Wonne, bekam dann einen knackenden Schluckauf, sein wolliger Körper wurde von jedem Hick erschüttert und fast von den Beinen geholt, aber dann rettete er sich ins Bett, rollte sich zusammen und begann umgehend, laut zu schnarchen.

»Das mache ich auch gleich«, sagte Depallier und trank die dritte Tasse Tee. »Wir alle sind am Ende unserer Kräfte. Heute gibt es keine Nachtwache mehr. Deshalb muß ich um Vergebung bitten, wenn ich die Damen für diese eine Nacht festbinde.«

»Das versuche mal!« sagte Lucrezia laut.

»Lucrezia, wir haben uns all die Tage so gut verstanden. Warum jetzt so widerspenstig?«

»Ich lasse mich nicht fesseln!«

»Und ich lasse mir die Freiheit, die jetzt so greifbar vor mir liegt, nicht vernichten! Ich gehe auf Sicherheit!«

»Dann müssen Sie mich überwältigen!« schrie Lucrezia

und sprang auf. Wie ein in die Ecke getriebenes Raubtier stand sie da.

»Ich werde das Jorge Silva überlassen.«

»Sie Schuft, Sie elender!«

Depallier drehte sich zu Helena herum. Sie stand in der kleinen Kombüse und hatte ein Handtuch um ihre nassen Haare gewickelt.

»Wehren Sie sich auch, Helena?«

»Nein. Es hat ja doch keinen Zweck.«

»Könnten Sie das nicht auch Ihrer Freundin erklären?«

»Ich schwimme nicht weg!« schrie Lucrezia böse. »Ehrenwort!«

»Anbinden ist sicherer.« Depallier lächelte schief. »Haben Sie bitte Verständnis dafür, daß ich für mein neues Leben alles tue! Auch wenn ich in Ihren Augen erneute Mißachtung riskiere.«

Er trank noch eine letzte Tasse Tee mit Rum, holte aus einem Materialkasten vier dünne Stricke und knüpfte Schlaufen. Er wartete, bis Helena in ihrer Kajüte trockene Jeans und einen Pullover angezogen hatte, und fesselte sie dann als erste. Er band ihr die Hände hinter dem Rücken zusammen und ließ ihre Beine frei. Lucrezia dagegen, die ihn wie eine Katze anfauchte und mit unschönen Namen belegte, band er auch die Beine zusammen.

»Bei Ihnen, Helena, verzichte ich auf die Beinfesseln«, sagte er. »Sie sind vernünftig genug, um das nicht auszunützen. Gute Nacht.«

Er brachte Lucrezia und Helena in die Doppelkabine und schloß die Tür. Mit einem Hüpfer warf sich Lucrezia auf das schmale Bett.

»Er ist *doch* ein Schwein!« schrie sie wütend. »Und wenn er noch so charmant ist! Wo ist Mr. Plump?«

»Bei ihm!«

»Männer!« Lucrezia verzog angeekelt die Lippen. »Mr. Plump hat bei mir ausgewedelt! Was ist denn das?«

Vor der Tür hörte man ein Schaben und Rücken. Helena klopfte mit den Schuhspitzen gegen die Tür.

»Was ist denn los?« rief sie.

»Jorge Silva wird sich vor Ihre Tür legen, Helena. Wenn Sie sie öffnen, müssen Sie ihn erst beiseite drücken. Davon wacht er bestimmt auf.«

»Ich sage es ja, ein Riesenschwein!« Lucrezia streckte sich aus. Ein paar Minuten später hatte der Rum sie eingeschläfert.

In Tarrafal hatte das Unwetter die Lage gründlich verändert, genau, wie es Depallier vermutet hatte. Die Suchhubschrauber konnten nicht starten, die Polizeiboote suchten Schutz im Hafen; es war bei diesem Seegang unmöglich, draußen auf dem Ozean zu bleiben. Die Brecher stäubten hoch über die Kaimauern und rissen sogar Löcher in den Steinwall. Was an Fischerbooten noch schwamm, war schnell an Land gezurrt worden, zwei kleine Frachtschiffe, die im Hafenbecken lagen, tanzten gefährlich auf den wildgewordenen Wassern und drohten, von den Trossen zu reißen. Ihnen galt die ganze Sorge der Hafenarbeiter: Wurden sie gegen die Mauern oder an Land geworfen, bedeutete das totalen Bruch. Den Vorschlag, gegen den Wind auszulaufen und auf offener See zu warten, lehnten die Kapitäne rundweg ab. Sie wurden nicht bezahlt, um Helden zu sein.

»Damit ist unsere Hoffnung gleich Null«, sagte der Polizeichef ehrlich. Während der Orkan an den Dächern riß und durch die Gassen heulte und das Brüllen des Meeres jeden anderen Laut übertönte und auch die Menschen sich nicht mehr ins Freie wagten, saßen Peter und Trosky, der Hauptmann aus Praia und der Polizeichef, der Kommandant eines Polizeibootes und zwei Hubschrauberpiloten im Polizeihaus zusammen und tranken schweren Portwein. »Diesen Sturm überleben sie nicht auf freier See«, sagte der Polizeichef.

»Und wenn sie an der Küste in einem Versteck liegen, auch nicht. Sie werden an die Felsen geschleudert, und dann bleiben nur noch Splitter übrig!«

»Das Boot ist unsinkbar«, sagte Peter von Losskow. »Auf offener See kann es allenfalls zu einem Mastbruch kommen. Sinken kann das Boot nie!«

»Das gibt es nicht!« Der Polizeichef lächelte mokant. »Jedes Schiff sinkt!«

»Es ist eine Spezialkonstruktion.«

»Der Ozean haut es zusammen.«

»Nicht dieses Kunststoffmaterial. Wir haben das durchgetestet.«

»Aber wenn es gegen die Felsen geschleudert wird –«

»Dann ja«, sagte Peter gedehnt. »Das wollen wir nicht hoffen.«

»Aber damit rechnen müssen wir. So einen Sturm haben wir lange nicht mehr gehabt! So plötzlich! Fällt einfach über uns her! Hören Sie sich das an. Das Meer zerschlägt unsere Hafenmauern! Und da reden Sie von einem unsinkbaren Boot! Ich fürchte, wir können nach dem Sturm die Suche einstellen.«

»Gegen diese bequeme Lösung des Problems protestiere ich!« sagte Trosky scharf. »Es wird weitergesucht. Ein Boot wie die *Helu* kann doch nicht verschwinden! Irgendwo *kommt es an!*« Er ging an das Fenster und blickte hinaus zum Hafen. Haushoch gischteten die Wellen über die Kaimauern. Der Himmel war fahlgelb und mit Wüstensand durchsetzt.

Mein Gott, dachte Trosky. Wenn sie wirklich auf See sind, gibt es nur noch eins für sie: sich festbinden und abwarten. Das Boot kann nicht sinken, aber wer wird in dieser Wasserhölle daran noch glauben?

Er stieß sich vom Fenster ab und ging in den Raum zurück. »Was passiert, wenn wir die Piraten erwischen?« fragte er.

»Sie kommen ins Gefängnis.«

»Das kann man sich sparen.« Trosky hieb die geballten Fäuste gegeneinander. »Laßt mich fünf Minuten mit ihnen allein!« Als die anderen schwiegen, sagte er dumpf: »Wie einfach funktionierte früher das Seemannsgesetz, wenn man einen Piraten erwischt hatte. Da gab es am Großmast, an der Groß-Royalrah, extra ein paar Haken, an denen man ihn aufhängte! Und trotzdem war's eine christliche Seefahrt.«

In der fünften Nacht war es endlich soweit. Das Meer hatte sich weitgehend beruhigt. Lange, hohe Wellen rollten gegen die Küste, der Wind lag bei Stärke vier, der Himmel war klar, übersät mit Sternen, und zeigte einen auf dem Rücken liegenden, zunehmenden Mond.

»Das beste Reisewetter«, sagte Maurice Depallier erfreut. »Mit der Ebbe laufen wir aus.«

Das war auch die einzige Möglichkeit, aus der Höhle wegzukommen. Der Wind, der durch das zerklüftete Dach hineinwehte, war zu schwach, um ihn mit Segeln aufzufangen. Einen Hilfsmotor hatte man nicht, und es zeigte sich jetzt wieder, daß Troskys Protest nicht unüberlegt gewesen war.

»Wir werden auch die langen Stechpaddel nehmen«, sagte Depallier. »In der Fahrrinne haben wir dann mehr Wind und können vorsichtig ins Freie.« Er sah Lucrezia mit einem charmanten Lächeln an. »In spätestens vierundzwanzig Stunden sind Sie von mir befreit.«

»Sie wollten mir die beiden Ledersäcke zeigen, Maurice.« Helena zog ihr Ölzeug wieder an. Bei Windstärke 4 und diesen Wellen kamen bestimmt Brecher über Bord.

»Stimmt!« Depallier nickte. »Das habe ich Ihnen versprochen. Mein neues Leben – zusammengeraubt!« Er stellte die Klappe des linken Stauraums hoch und holte einen abgeschabten Ledersack heraus. Er war mit breiten Lederriemen und dicken Schnallen verschlossen. Als er den Sack auf den Tisch hob, klirrte es metallisch.

»Hier ist der neue Depallier!« sagte er etwas theatralisch. »Ich hoffe wenigstens, daß es ein neuer und besserer wird ...«

Plötzlich war es still in dem kleinen Salon. Lucrezia, die gerade ihre hohen Gummistiefel anzog, unterbrach das Ankleiden und blieb an die Wand gelehnt stehen, ein Bein noch bloß, das andere schon im Stiefel. Nur Jorge Silva sagte etwas in seiner Crioulo-Sprache. Depallier antwortete hart: »Halt's Maul!«

»Was meint er?« fragte Helena.

»Ich sei ein Idiot, daß ich Ihnen das zeige.«

»Vielleicht hat er recht.«

»Sie werden mich verraten? Warum? Ich habe Sie untadelig behandelt, ich habe Sie leben lassen – was gar nicht so selbstverständlich ist! –, und ich werde Sie wieder freilassen. Das wäre doch eine Gegenleistung wert, nicht wahr?« Er setzte sich an den Tisch hinter den Ledersack, klopfte mit der Faust dagegen und nickte Helena zu. »Schnüren Sie ihn auf.«

»Ich? Warum?«

»Haben Sie Angst, sich mitschuldig zu machen?«

»Das wäre eine dumme Angst.« Sie löste die Knoten des Lederriemens, öffnete die Schnalle und zog den Sack auseinander. Nach einem kurzen Blick hinein ließ sie den Lederbeutel los und lehnte sich an die Tischkante.

»Na, was sehen Sie?« fragte Depallier.

»Goldmünzen.«

»Goldmünzen. Sie sagen so lapidar: Goldmünzen! Meine Liebe, so etwas haben Sie noch nicht gesehen! Museumsdirektoren bekämen beim Anblick dieser Münzen einen Herzanfall! Da haben Sie Goldprägungen römischer Kaiser, Privatprägungen unseres Sonnenkönigs Ludwig XIV., byzantinische Goldmünzen, Prägungen aus purem Gold, die von den Konquistadoren stammen, Gold, das den Azteken, Inkas und Mayas gehörte und an dem das Blut dieser vernichteten Völker klebt. Das sind Münzen, von deren Existenz heute kaum noch einer weiß und die der Mann, dem ich sie weggenommen habe, auch nur aus dunklen Kanälen bekommen haben kann. Und Sie sagen: Münzen! – Das ist ein Schatz, der gar nicht abschätzbar ist!«

»Gratuliere, Maurice!« sagte Helena steif.

»Danke, Madame.« Er beugte sich vor, griff mit beiden Händen in den Ledersack, füllte sie mit Münzen, hob sie empor und ließ die Goldstücke klirrend in den Sack fallen. Immer und immer wieder – Kaskaden aus Gold. Seine Augen leuchteten. »Ich kann verstehen«, sagte er mit belegter Stimme«, »daß es Menschen gab, die in Gold baden wollten. Es ist ein unheimliches Gefühl, das rieseln zu sehen, das klingeln zu hören.«

»Aber es wird nicht leicht für Sie sein, damit ein neues Leben zu beginnen, Maurice. Wer soll Ihnen das abkaufen? Sobald bekannt wird, daß diese Münzen aufgetaucht sind, wird man wissen wollen, woher sie kommen. Dann jagt man Sie!«

»Es gibt genug Sammler, die schweigend dafür Millionen zahlen und die Münzen im Tresor verschwinden lassen. Vor allem in Amerika. Fanatische Sammler stehen oft jenseits der Gesetze. Ich möchte nicht wissen, wie viele aus Museen verschwundene Kunstwerke in privaten Räumen stehen, in privaten unterirdischen Galerien, gesichert wie Banktresore.« Depallier klopfte abschätzend gegen den Ledersack. »Raten Sie mal, wieviel Millionen da drinstecken?«

»Keine Ahnung. Zwei?«

»Purer Goldwert, mag sein. Aber ich rechne den Sammlerwert!« Depallier stand auf, verschnürte den Sack wieder und stützte sich auf seinen Schatz. »Im anderen Sack ist mindestens genauso viel. Begreifen Sie nun, daß ich Sie und Ihr Boot brauche? Von Maio komme ich schnell weg. Und dann werde ich eines Tages ganz still und zufrieden irgendwo auf dieser schönen weiten Welt leben und keinen Anlaß geben, irgend jemandem aufzufallen. Nur das will ich noch: in Ruhe leben dürfen.« Er trug den Sack weg, warf ihn wieder in den Stauraum und ließ die Klappe hochschnellen. »So, und jetzt geht's los! Alle Mann an Deck! Silva und ich nehmen die Stechpaddel. Helena, Sie navigieren. Lucrezia, Sie halten sich bereit, sofort ein Segel zu setzen, wenn wir in den kleinsten Wind kommen. Ich nehme an, das wird bereits im Eingangskanal der Fall sein. Und dann: volle Segel über die See!«

»Aye aye, Sir!« Lucrezia ging an ihm vorbei und blieb an der Treppe stehen. »Aber Sie sind ein Geizkragen, Maurice! Sie hätten Helena und mir eine Inkamünze geben können, das gäbe einen schönen Anhänger. So eine Art Talisman, der uns künftig vor solchen Typen wie Sie bewahrt.«

Eine halbe Stunde später lagen sie auf dem Ozean vor dem Wind und hatten das Genua I und den Spinnaker gesetzt. Das Meer war noch bewegt, aber nicht mehr feindlich. Die *Helu* jagte auf den Wellen dahin, fort von der Felsenküste Praias nach Nordwesten. Es schien so, als würde Maurice Depallier vor Tagesanbruch sein Ziel erreichen und das verrückte Abenteuer damit zu Ende gehen.

Mit der Dämmerung liefen sie genau auf Maio zu, sahen im Morgendunst die großen Salinen und segelten dann an der Küste entlang, bis Depallier eine einsame Bucht sah, die von niedrigen eingeschnittenen Felsen gebildet wurde.

»Hier hinein!« sagte er. »Helena, Sie sind eine wunderbare Frau! Ich wiederhole es zum ungezählten Male! Ihr Mann, Ihr Bräutigam oder wie man es nennen soll, ist zu beneiden. Fast gönne ich Sie ihm nicht! Dort drüben gehen wir an Land, und dann sind Sie schnell von mir befreit!«

Sie glitten in die Bucht ein, immer lotend, denn der Meeresboden stieg schnell an und war durch erkaltete Lava zu Klippen geworden, deren Spitzen wie riesige Messer wirkten und einen Schiffsrumpf ohne Mühe aufschlitzen konnten. Dann hatten sie die Küste erreicht, eine Art Plateau, die ins Meer hinausragte und an dem sie die *Helu* vertäuten. Jorge Silva war an Land gesprungen, fing die Taue auf, die Lucrezia ihm zuwarf, und schlang sie mit sicheren Knoten um Felszacken.

Depallier ging unter Deck, kam sehr bald mit seinen Ledersäcken zurück und stellte sie zu seinen Füßen. Um die Schulter trug er eine leinene Reisetasche mit Kleidung, Rasierzeug und einem Paar Ersatzschuhe.

»Die Stunde des Abschieds!« sagte er.

»Machen Sie's nicht so feierlich.« Helena lehnte am Mast. »Gehen Sie!«

»Sie wünschen mir kein Glück?«

»Erwarten Sie das etwa, Maurice?«

»Ich hatte geglaubt, Ihnen menschlich etwas näher gekommen zu sein. Ich war Ihnen gegenüber ehrlicher, als es mir eigentlich guttun könnte.« Depallier trat an die Reling. Jorge Silva stand auf der Felsplattform und hielt ihm eine Holzstange entgegen, an der er sich hochziehen lassen konnte. »Jetzt werde ich nachdenklich.«

»Und es wird immer heller.«

»Sie haben recht! Ich vergaß ein paar Tage lang, daß Sie ein Sicherheitsrisiko sind.« Depallier stieg an Land, stellte die schweren Ledersäcke ab und sprang dann unvermittelt auf das Boot zurück. Wortlos rannte er unter Deck, kam mit einem großen Kappmesser wieder und zerhieb mit schnellen Schlägen das gesamte Tauwerk der Takelage. Jetzt war es für eine längere Zeit unmöglich, noch ein Segel zu setzen. Lucrezia ballte die Fäuste, bückte sich dann und schleuderte einen kleinen, harten Fender auf Depallier. Der wich geschickt aus, zertrennte die letzten Taue und warf dann das Kappmesser über Bord.

»Er ist doch ein Saukerl!« schrie Lucrezia. »Ich habe es ja gesagt, er ist ein Riesenschwein!«

Wortlos ließ sich Depallier wieder auf die Plattform ziehen, Silva warf die Leinen los und gab dann mit der langen Stange dem Boot einen kräftigen Stoß. Die *Helu* schaukelte vom Ufer weg und trieb auf den Wellen, nicht steuerlos, aber ohne Segel völlig unbeweglich. Nun rächte es sich wirklich, daß Peter von Losskow sich geweigert hatte, einen Hilfsmotor einzubauen. Helena rannte zum Ruder, setzte das Boot gut zu den Wellen, und Lucrezia warf den Anker aus. Er faßte sofort, der Lavaboden des Meeres war knapp unter ihnen.

An Land winkte Maurice Depallier noch einmal zu dem Boot herüber, ehe er mit Silva zwischen den zerklüfteten Felsen verschwand. Die Ledersäcke schleppte er auf der Schulter.

»Geh zur Hölle!« schrie Lucrezia hinterher. Dann setzte sie sich auf das Kabinendach und starrte über den Ozean. »Was nun?«

»Wir müssen ein paar Taue flicken und wenigstens ein Segel hissen. Ich schlage vor, wir nehmen das Genua I. Das bringt uns die meiste Fläche und hält uns am besten im Wind.«

»Ich könnte den Kerl erwürgen!« knirschte Lucrezia. »Ehe wir hier wieder wegkommen ... Mit diesem Vorsprung gelingt ihm die Flucht!«

»Erwürge nicht, sondern spar deine Kräfte fürs Spleißen. Die Taue zu knoten hat keinen Sinn, wir müssen eine dauerhafte Verbindung haben! Wir können es uns nicht leisten, daß uns das Segel plötzlich wegfliegt!«

Den ganzen Tag über saßen sie im Schatten einer Plane und spleißten die Taue. Worüber sie bei der monatelangen Ausbildung immer geschimpft hatten und was vor allem Trosky als himmelhohen Unsinn bezeichnet hatte, nämlich das alte Handwerk des Tau- und Segelflickens wieder zu lernen, wurde jetzt zur einzig möglichen Rettung. Das Boot schaukelte in der Dünung, trieb am Anker herum, aber Stunde um Stunde verrann, und an Land zeigte sich kein Mensch. Es mußte eine völlig einsame Gegend sein. Auch Fischerboote tauchten nicht auf. Dreimal opferte Helena eine Notrakete und schoß aus der Signalpistole eine rote Leuchtkugel in den wolkenlosen Himmel. Ohne Erfolg. Niemand reagierte auf dem Land oder von See aus.

Die Arbeit des Spleißens war mühsam, riß Schrammen in die Hände, ließ die Haut aufplatzen, vor allem Lucrezias Fingerkuppen bluteten, trotz des Spleißhakens, den sie benutzte.

Gegen Mittag drehte sie durch. Helena hatte seit zwei Stunden darauf gewartet, hatte das Zucken in ihrem Gesicht beobachtet, die flackernden Augen, das nervöse Scharren der bloßen Füße über Deck, das Beben in dem fast nackten, schönen Körper. Jetzt entlud sich der Stau. Lucrezia warf ihr Tau hin, hieb mit den Fäusten auf die Deckplanen und begann hysterisch zu schreien. Es waren keine Worte oder Sätze, nur sich überschlagende, kreischende Laute, begleitet von einem wilden Zucken des Leibes und einem Pendeln des Kopfes. So kreischte sie ein paar Minuten, bis Helena aufstand, an einer Leine einen Eimer ins Meer ließ und ihn über ihr auskippte.

Der kalte Guß ernüchterte Lucrezia. Ihr Schreien brach sofort ab, der Kopf fiel auf die Brust, das Wasser rann an ihr hinunter, wie knochenlos sank sie in sich zusammen. Helena ging wortlos zu ihrem Tau zurück, setzte sich und nahm das Spleißen wieder auf.

Nach einer Weile Schweigen hob Lucrezia den Kopf.

»Ich habe mich verdammt zickig benommen, nicht wahr?« Ihre Stimme war rauh und hatte den erotischen Reiz verloren.

»Vergessen.« Helena zeigte auf das Tau. »Mach weiter, Luzi!«

»Die Sonne. Diese schwere feuchte Wärme. Die Stille. Ich konnte einfach nicht mehr.«

»Ich weiß.«

»Ich mußte schreien.«

»Ist doch gut, wenn dir jetzt leichter ist.«

»Jetzt fühl' ich mich leer. Mir war, als müßte ich platzen. Kennst du das Gefühl?«

»Ja.«

»Aber du hast nie geschrien, Blondie.«

»Weißt du das so genau?«

»Wann denn?«

»Man kann auch in die Kissen schreien. In ein Hundefell. In einen Segelhaufen, in eine Taurolle. Manchmal habt ihr alle unter Deck geschlafen, wenn ich schrie: bei der Nachtwache.«

»Und ich habe immer gedacht, dich könnte nichts erschüttern. Du wärst ein Eisberg. Ich habe gedacht: Die hat da drinnen kein Herz, sondern einen gutgeölten Motor.«

»Auch den braucht man in bestimmten Situationen, Luzi.«

»Ich werde mich nie so beherrschen können.«

»Das verlangt auch keiner von dir.«

»Aber von dir!«

»Wie kämen wir sonst hier weg?«

Lucrezia beugte sich über ihr Tau und fuhr fort zu spleißen. Ihre Finger zitterten und hatten noch keine Kraft. »Erzähl den anderen nicht, wie ich mich benommen habe«, sagte sie kläglich. »Bitte, Blondie!«

»Es geht keinen etwas an, es bleibt unter uns.« Helena blickte hinauf in den unbarmherzig glutenden Himmel. Kaum vorstellbar, daß er noch vor zwei Tagen grau und geradezu unsichtbar gewesen war, während der Sturm mit unbegreifbarer Wucht über Meer und Land tobte. »Wir werden am Abend das Genua I setzen können und gute Fahrt haben.«

»Bestimmt!« Lucrezia ballte die Hände um ihr halbgespleißtes Tau. »Und wenn ich wieder durchdrehe, wirf mich ins Meer.«

»Bestimmt nicht«, sagte Helena ruhig. »Das nächste Mal haue ich dir rechts und links eine runter. Das wirst du eine Woche lang spüren.«

»Der Eisberg!« Lucrezia grinste. »Du lieber Himmel, muß das ein Mann sein, der dich mal zahm kriegt!«

In der Nacht segelten sie los. An den geflickten Tauen hatten sie das Genua I gesetzt, lagen gut im Wind und durchpflügten die ziemlich ruhige See. Der Wind reichte gerade aus, die *Helu* zu treiben; mehr Segel wären jetzt besser gewesen, um schnellere Fahrt zu machen, aber sie waren glücklich, als endlich ihr einziges Segel im Wind sich blähte, sie klatschten in die Hände, fielen sich um den Hals und küßten sich überschwenglich.

Helenas einziges Mittel, den Kurs zu bestimmen, war der Kompaß. Sie fuhr die *Helu* ganz konsequent nach Südost und korrigierte immer wieder, wenn das Boot abdriftete. Gegen 3 Uhr morgens erschien Lucrezia an Deck und setzte sich neben Helena ins Cockpit. Sie hatte drei Stunden im bleiernen Tiefschlaf gelegen und wollte Helena nun ablösen.

»Bist du sicher, daß wir auch ankommen?« fragte sie.

»Wir sind nach Westen hingefahren, also müssen wir nach Osten zurück.«

»Das ist deine ganze Weisheit?«

»Ja.«

»Na, dann Prost! Und wenn wir tiefer, aber genau Kurs Südost, an São Tiago vorbeirauschen?«

»Dann haben wir den weiten Ozean vor uns bis Amerika.« Helena blickte in Lucrezias entsetzte Augen und lachte laut. »Keine Sorge. Mit jeder Meile kommen wir in belebtere Gegenden und damit auch in das Suchgebiet.«

»Du glaubst wirklich, die suchen uns noch?«

»Ja.«

»Nach sechs Tagen? Die haben längst ein Kreuz hinter

unsere Namen gemacht. Sie werden sagen: Wer bezahlt den Einsatz? Das Gebot der Menschlichkeit? Das ist keine Währung! Davon kann man kein Benzin kaufen! So ein Rummel um zwei Menschen!«

»Du kennst anscheinend Peter schlecht. Und Trosky wird toben, so lange toben, bis man uns gefunden hat.«

»Oder bis man ihn eingesperrt hat.« Sie nahm das Ruder und starrte über das ruhige Meer. Der Wind war zahm, die *Helu* schaukelte mit ihrem kaum gefüllten Segel träge dahin. »Leg dich hin, Blondie. Schlaf etwas.«

»Ich bleibe hier. Ich bin nicht müde.«

»Nach menschlichem Ermessen müßtest du umfallen.«

»Ich lege den Kopf zurück und mach' die Augen zu. Einverstanden?« Helena rutschte auf der Bank tiefer, legte den Kopf auf die Lehne und schloß die Augen. »Weck mich sofort, wenn du irgend etwas siehst.«

Sie faltete die Hände über dem Bauch und holte ein paarmal tief Luft. Ich bin zerschlagen von den Haarspitzen bis zu den Fußsohlen, dachte sie. Ich spüre mich überhaupt nicht mehr. Aber ich kann es nicht laut sagen. Mein Gott, was soll aus uns werden, wenn ich jetzt schlappmache? Lucrezia schafft es nie allein. Nie!

Das träge Schaukeln des Bootes verursachte in ihr das Gefühl einer lähmenden Schwere. Sie wehrte sich dagegen, aber dazu reichte ihre Kraft nicht mehr aus. Wider Willen schlief sie ein und wachte erst auf, als Helligkeit durch ihre Lider in die Augen drang.

Es war ein sonniger Morgen. Die *Helu* trieb steuerlos in einer fast glatten See. Neben dem Ruder lag Lucrezia auf den Planken und schlief fest. Mit einem Satz sprang Helena zum Kompaß.

Kurs genau auf Nord. Wie lange schon?

Sie korrigierte den Kurs, rieb mit beiden Händen über ihr Gesicht, um den Schlaf auszutreiben, und setzte sich dann ins Cockpit. Es hatte keinen Sinn, hinunter zum Kartentisch zu gehen und sich die Seekarten anzusehen. Navigieren war Peters Aufgabe gewesen; die Winkel und Kreise, die er in die Karten gezeichnet hatte, sagten ihr gar nichts. Sie hätte jetzt mit einem Sextanten ihre Position berechnen können, aber sie hatte sich um diese Berechnungen nie gekümmert. Jetzt, wo es darum ging, wieder genau nach Südost zu segeln, konnte nur ihr Gefühl helfen und die Hoffnung, daß man sie von einem Schiff aus, das ihren Kurs kreuzte, entdecken würde. Dann brauchte sie nur noch rote Leuchtkugeln abzuschießen.

Eine halbe Stunde später wachte Lucrezia auf. Sie schnellte hoch wie ein Raubtier, das überrascht worden ist, und blickte entsetzt in die ruhigen Augen von Helena.

»Wo sind wir denn jetzt?«

»Ich weiß es nicht. Irgendwo. Wir hatten Nordkurs, als ich aufwachte.«

»Das ist meine Schuld.«

»Ja.«

»Soll ich ›entschuldige‹ sagen – oder über Bord springen?«

»Beides hilft uns nichts. Wir sind wieder auf dem richtigen Kurs. Nur – wo wir hinkommen, das weiß ich nicht.« Helena blickte über den Ozean. »Irgendwo kommen wir bestimmt an, es fragt sich nur, wann.«

Sie segelten den ganzen Tag, der Himmel glutete, der Wind flaute so weit ab, daß sie über vier Stunden fast nicht von der Stelle kamen. Erst am Nachmittag füllte sich das Segel mit Luft und trieb die *Helu* weiter.

Gegen Abend sahen sie am Horizont Land, Felsen, die sich aus dem Meer hoben. Lucrezia begann wie eine Irre zu tanzen, fiel Helena um den Hals, weinte vor Erleichterung und Freude und faltete sogar die Hände, als sie näher kamen und zu erkennen glaubten, daß es die Nordwestküste von São Tiago war.

»Wir sind wirklich da!« sagte Helena, als sie nahe der Küste nach Norden segelten und das Kap umrundeten, hinter dem das Städtchen Tarrafal liegen mußte. »So viel unverschämtes Glück glaubt uns keiner. Das widerspricht allen Seemannsregeln! Wir haben keine Ahnung von Navigation und kommen trotzdem hin. Luzi, wir müssen einen Schutzengel haben.«

»Zu dem bete ich ja schon«, sagte Lucrezia mit stockender Stimme. »Ich beginne, wieder an Wunder zu glauben.«

Mit einem Sonnenuntergang, der Land und Meer und Himmel in einen Feuerschein tauchte, wie ihn Helena noch nie erlebt hatte, glitten sie in den kleinen Hafen von Tarrafal. Sie legten an der gleichen Stelle am Kai an, wo sie vorher vertäut gewesen waren, und schoben die Gangway an Land. Der Polizist, der gerade um die Ecke der Hafenstraße bog, blieb wie von einem Faustschlag getroffen stehen, starrte auf das Segelboot, warf sich mit einem geradezu artistischen Körperschwung herum und rannte zum Polizeigebäude.

»Sie sind da!« brüllte er. »Sie sind wieder da! Kommen da einfach an, als sei nichts geschehen!«

Das Verhör mußte sein, das war der Polizeichef seiner Position und den Behörden in der Hauptstadt Praia schuldig, denn schließlich hatte man vier Tage lang intensiv gesucht und genug Geld dafür ausgegeben. Der Hauptmann war auch noch da, begrüßte die Damen galant mit Handkuß, nachdem man Peter und Trosky in einem Nebenraum Gelegenheit gegeben hatte, mit ihnen das Wiedersehen zu feiern.

Helena fiel Peter um den Hals und küßte ihn. Zum ersten Mal verbarg sie ihre Gefühle nicht und hing an seinem Hals wie ein kleines Mädchen. Trosky und Lucrezia standen einander gegenüber, Trosky wie immer mit verschlossener, finsterer Miene, einen Zug von Menschenverachtung in den Mundwinkeln.

»Wenn ich dir jetzt auch um den Hals falle, ist das keine Aufforderung, mich ins Bett zu tragen!« sagte Lucrezia mit rauher Stimme. Trosky zog bei diesem fremden Ton die Brauen hoch.

»Ich bin bereit!«

»Blöder Hund!« Sie umarmte ihn, küßte ihn, Trosky benahm sich sehr ungelenk, ließ die Küsse über sich ergehen und legte dann den Arm um Helena, als diese bei Peter den Platz für Lucrezia frei machte.

»Nachdem wir uns weidlich abgeleckt haben«, sagte Trosky schließlich, »wäre es interessant, zu erfahren, wo ihr herkommt.«

»Von Maio!« rief Lucrezia.

»Entzückend! Kleiner Ausflug, wie?«

»So ähnlich.« Helena schob die Haare aus dem Gesicht. »Man hat uns gekapert und gezwungen, nach Maio zu segeln.«

»Also doch! Keiner wollte das glauben!« Peter stieß die Fäuste zusammen.

»Und den Orkan haben sie auch überlebt!« Trosky packte Lucrezia an den langen Haaren, riß ihren Kopf zu sich und küßte sie mit einer wehrlos machenden Brutalität. Erst als sie keine Luft mehr bekam, trat sie ihm gegen das Schienbein. Trosky grunzte und ließ sie los. »So etwas muß doch anerkannt werden!« sagte er grob.

Nach zwei Flaschen Wein, die der Polizeichef spendierte, um damit das Verhör etwas aufzulockern, wußte man, daß Helena und Lucrezia unwahrscheinliches Glück gehabt hatten.

»Mir ist völlig rätselhaft, wieso dieser Depallier so redselig war«, sagte der Hauptmann erstaunt. »Das Geständnis haben wir. Jetzt brauchen wir nur noch ihn selbst!«

»Sein Vorsprung ist zu groß. Sie werden ihn nie bekommen.« Helena lehnte den Kopf an Peters Schulter. »Er hat längst die Kapverdischen Inseln verlassen.«

»Es gibt Funk, Madame.« Der Hauptmann lächelte nachsichtig. »Wir werden sehr bald wissen, mit welcher Maschine zwei unbekannte Männer von Sal abgeflogen sind. Dann haben wir ihre Spur.«

»Viel wichtiger ist«, rief der kleine Polizeichef aufgeregt, »wem er die wertvollen Goldmünzen geklaut hat! Hier! Bei uns! Auf São Tiago! Wer besitzt hier einen solchen Schatz?« Er wischte sich den Schweiß ab, sein rot angelaufenes Gesicht glänzte. »Da lebt hier unter uns ein Kerl, der Millionen im Keller hat, und keiner ahnt etwas davon! Millionen, die ihm gar nicht zustehen! Und läßt sie sich auch noch klauen! Und erstattet nicht einmal Anzeige! Schluckt das einfach runter, daß man ihm einen Riesenschatz davonträgt! Wenn das nicht verdächtig ist! Das muß man nachprüfen!«

»Wo und bei wem?« fragte Peter Losskow. »Das jetzt aufzurollen ist unmöglich. Der Bestohlene dürfte in totale Dekkung gegangen sein.«

»Weil er selbst ein Gauner ist!«

»Wahrscheinlich.«

»Auf meiner Insel!« Der Polizeichef sagte ›meine‹ Insel, und man ließ ihm den Stolz, der geheime Herrscher zu sein, obgleich sein Einfluß nicht weit über Tarrafal hinausreichte. »Das wird mich bis ans Ende meines Lebens belasten!«

Noch an diesem Abend erfuhr man vom Flugplatz Sal, daß mit einer Maschine nach Lissabon vierundfünfzig Passagiere geflogen seien, darunter dreiunddreißig Ausländer, alles Geschäftsreisende. Die Passagierliste wurde durchgegeben, natürlich stand weder ein Maurice Depallier noch ein Jorge Silva darauf. Die Maschine war bereits vor zehn Stunden in Lissabon gelandet. Eine Spur war nicht mehr aufzunehmen.

»Man könnte die Wände hochgehen!« schrie der kleine Polizeichef.

»Genau das werden wir tun.« Trosky stand auf. »Aber am Mast! Wir ziehen sofort neue Taue und verschwinden von hier, ehe noch mehr Überraschungen auftauchen.«

»Sie können sich nicht beklagen! Wir haben Sie vorbildlich behandelt.«

»Bis auf Ihre Bankrotterklärung nach dem Orkan! Sie sehen: Das Schiff und die Mädchen leben!«

»Wer konnte das noch annehmen?« Der Polizeichef hob, wie um Verzeihung bittend, beide Hände. »So etwas ist doch wirklich ungewöhnlich.«

Es war schon Nacht geworden. Trotzdem schellten sie den Händler für Schiffsausrüstungen aus dem Bett, kauften neue Perlontaue und wechselten sie gegen die zerschnittenen aus. Am Morgen erprobten sie die Segel, es klappte alles vorzüglich. Die *Helu* war wieder seeklar.

Der Abschied war kurz. Der Hauptmann, der Polizeichef, der Polizist und ein Offizier vom Polizeiboot standen am Kai und winkten. Verblüfft machten sie einem Handwagen Platz, den ein junger Bursche in großer Eile herankarrte. Trosky, der am noch nicht eingezogenen Steg wartete, atmete auf. »Endlich!« sagte er. »Nun sind wir komplett.«

Auf dem Handkarren lag nichts als ein großer gepreßter Strohballen.

Vom Cockpit kam Losskow herüber. Helena und Lucrezia, die an den Leinen standen, beugten sich vor.

»Hast du das bestellt?« fragte Losskow entgeistert.

»Ja!« antwortete Trosky trotzig. »Was dagegen?«

»Stroh?«

»Ich brauche es dringend.«

»Willst du dir an Bord eine Ziege halten?«

»Warum? Wir haben doch schon zwei ...«

»Ich knall' ihm nachher eine!« sagte Lucrezia laut. »Blondie, erinnere mich daran!«

Losskow trat zur Seite, als Trosky und der junge Bursche den Strohballen an Bord schleppten und achtern auf Deck niederlegten. Dann zog Trosky die Gangway ein und fing die Leinen auf, die man ihm zuwarf. Die *Helu* war frei. Peter lehnte sich neben ihn an die Reling und wartete. Trosky schielte zu ihm hinüber.

»Ist was, Käpt'n?!«

»Ich weiß nicht. Vielleicht kommt auch noch ein Kamel an Bord?«

»Das ist schon da!« Trosky tappte zum Ruder und setzte sich ins Cockpit. »Ich will basteln. Darum geht's.«

»Mit Stroh?«

»Ja!« Er stemmte die Beine gegen die Planken und hob die Hand. »Die Fock in den Wind!« brüllte er. »Verdammt, ich will hier weg!«

Das Boot drehte ab und glitt vor dem Wind zügig aus dem Hafen. Die Männer am Ufer winkten, Losskow und die Mädchen winkten zurück, bis die Gestalten zu klein wurden, um sie noch zu erkennen. Die *Helu* lief nun unter vollen Segeln sehr schnell, hinein in die unfaßbare Weite des Atlantiks, hinüber nach Südamerika, scharf nach Südost, dem großen Ziel entgegen: Feuerland und Kap Horn.

Als nur noch Meer und Horizont zu sehen waren, setzte sich Losskow neben Trosky auf die Bank. Die Mädchen waren unter Deck. Lucrezia hatte Küchendienst, Helena trug im Bordbuch die Abfahrt ein und kümmerte sich um Mr. Plump.

Mr. Plump war nun wirklich ein Fall für den Psychiater geworden. Seit Maurice Depallier sie verlassen hatte, fraß er nichts mehr, lag mit großen, traurigen Augen auf dem Bett, reagierte nicht auf Lockungen und gute Worte und schluckte sogar, daß Trosky zu ihm sagte:

»Oha! Das Mistvieh hat ja auch überlebt! Warum ist nicht wenigstens der Köter über Bord gegangen?!«

Jetzt, nach dem Ablegen, zeigte sich Mr. Plump immerhin geneigt, an einem Fleischstück zu schnuppern, aber er fraß es nicht. Er legte den Kopf auf die Pfoten, seufzte herzerweichend und trauerte weiter um seinen verschwundenen Freund.

Wie kann man einem Hund klarmachen, daß der Kerl ein Gangster gewesen ist? dachte Losskow. Dann sagte er: »Wir müssen uns über eins im klaren sein: Vor uns liegen vier Wochen Einsamkeit. Wenn es Flauten gibt, können es auch sechs oder acht Wochen werden, bis wir wieder Land sehen. Ich will an St. Paul und Fernando Noronha vorbei in möglichst gerader Richtung ins Argentinische Becken hinein.« Er sah Trosky prüfend an und schwieg.

»Von mir aus«, sagte Trosky brummend. »Du bist der Boß!«

»Wir können auch springen, Jan. Von Fernando nach Recife und dann in Küstennähe weiter bis zu den Falklandinseln. Dort überholen wir die *Helu* und machen uns bereit für Feuerland und Kap Horn.«

»Warum nicht den direkten Weg?«

»Dein Strohballen gefällt mir nicht.«

»Er soll ja auch keinen Schönheitspreis gewinnen.«

»Acht oder mehr Wochen Einsamkeit, Jan! Ich will Ruhe an Bord haben!«

»Fängst du schon wieder an? Angst, daß ich durchdrehe, was?!«

»Ganz ehrlich: Ja!«

»Dafür ist das Stroh da!« Trosky grinste. »Laß dich überraschen.«

»Ich mag keine Überraschungen an Bord. Jan, alles, was hinter uns liegt, war ein Spielchen gegen das, was noch auf uns zukommt.«

»Ich weiß es, großer Meister! Und ich scheiß' auf deine Belehrungen. Ich tue, was nötig ist. Und nötig ist jetzt Essen. Ich habe einen Mordshunger.«

Mr. Plump kam an Deck, schielte Trosky an und zog die Lefzen hoch. Das war schon ein großer Fortschritt: Er nahm seinen Feind wieder wahr.

»Den brate ich auch noch mal!« brummte Trosky und zog die Mütze tiefer in die Stirn. »Aber gut, daß es ihn gibt! Wo keine Reibung ist, gibt's auch keinen Funken.«

Nach acht Tagen ruhiger Fahrt, in der sie gut vorankamen, begann Trosky, sich um seinen Strohballen zu kümmern. Er bog aus mitgenommenen Ruten einen großen Reifen, um dann aus Bindfäden ein Geflecht zu spannen, in das er kunstvoll das Stroh verflocht.

Nach drei Tagen wußte Peter, was es werden sollte.

»Er bastelt eine große Schießscheibe«, sagte er unter Deck zu Helena und Lucrezia. »Ich nehme an, er will Bogenschießen. Soll er! Das ist mir lieber, als wenn er hier herumsitzt und uns tyrannisiert.«

Das Leben an Bord hatte sich eingespielt; alle wußten, daß sie jetzt wirklich auf Gedeih und Verderb voneinander abhängig waren. Es gab in den nächsten Wochen keine Möglichkeit mehr, voreinander zu flüchten oder – wenn das Zusammenleben zur unerträglichen Qual werden sollte – irgendwo auszusteigen. Um sie herum war nur noch der Ozean, war der Himmel, auf dessen Gnade sie jetzt angewiesen waren. Was auch kam, sie mußten es hinnehmen, es ertragen, sich beugen: Sonne und Nebel, Windstille oder Sturm, glutende Hitze oder Regen, ruhig schimmernde See oder tobende, haushohe Wellen. Es gab nur ein Ziel: hindurch! Hinunter nach Feuerland. Ans Ende der Welt.

Am 14. Tag – es war ein Sonntag, wie Peter von Losskow auf seinem Kalender feststellte – hatte Trosky seine große Schießscheibe endlich fertig. Er spannte sie mit Seilen vor die Bugreling und pinnte dann auf das Strohgeflecht ein großes Blatt Papier, das er in der Nacht bemalt hatte.

Helena, die gerade an Deck kam, um Peter und Trosky eine Kanne Tee mit Zitrone zu bringen, verschwand sofort wieder im Niedergang und winkte Lucrezia zu sich, die seit drei Tagen an einem Mikroskop saß und ihre wissenschaftliche Arbeit aufgenommen hatte. Sie untersuchte die Mikroben in Tiefsee-Wasserproben.

»Er hat die Scheibe mit einem Gemälde verziert«, sagte Helena. »Das mußt du dir ansehen. Ich frage mich, was in dem Kopf dieses Menschen vorgeht.«

Als sie an Deck stiegen, saß Trosky mit Pfeil und Bogen am Heck und schien voller Freude zu sein. Lucrezia warf einen

Blick auf das ›Gemälde‹ und schob die Unterlippe vor. Vom hellen Sonnenlicht noch in den Konturen verstärkt, leuchteten ihr zwei pralle, sehr naturalistisch gemalte Brüste entgegen. Ohne Zweifel, Trosky stellte sich als eine zeichnerische Naturbegabung vor.

»Na, wie gefällt es dir?« schrie Trosky vom Heck.

»Ich habe immer geahnt, daß du ein perverser Hund bist!« sagte Lucrezia.

»Gib dir keine Mühe und stell dich vor den Spiegel – *du* bist es nicht! Nicht allein. Auch Helena ist drin. Aus euch beiden habe ich die Idealbrust gemacht!« Er zupfte an der Sehne des Bogens. Dann legte er einen Pfeil an, zielte und ließ die Sehne schnellen. Der Pfeil driftete durch den Wind etwas ab und blieb am oberen Rand der Scheibe stecken. Trosky stützte den Bogen auf seine Knie und sah sich nach Peter um.

»Setzen wir Preise aus, Peer! Jeder Treffer in die Brustwarze ist eine Zwölf! Und bei jeder Zwölf ist eine Flasche fällig! Bei sechsmal Zwölf hintereinander ist der Preis Luzi!«

»Es gibt kein Wettschießen!« Losskow kam vom Cockpit und nahm Trosky den Bogen ab, bevor dieser ihn mit beiden Händen umklammern konnte. Ein paar Sekunden lag unheilvolle Stille zwischen ihnen. Dann sagte Trosky leise: »Gib den Bogen her, Peer.«

»Nimm das Bild ab!«

»Nein! Meine Ziele bestimme ich! Morgen hefte ich *deinen* Kopf an!« Trosky streckte die Hand aus. »Den Bogen! – Ich warne dich, Peer! Ich habe mir hier etwas gebaut, was mich befriedigt, und ich lasse mir das nicht wegnehmen, solange mein Kopf noch oben sitzt! Ist das klar?«

»Vollkommen!«

Losskow nahm einen Pfeil, legte ihn auf die Sehne und spannte den Bogen. Er zielte kurz und ließ los. Der Pfeil schnellte weg und stak zitternd in der linken Brustwarze. Keiner klatschte. Keiner sagte ein Wort. Alle starrten sie auf den Pfeil, als habe er wirklich eine weibliche Brust durchbohrt. Helena spürte, wie sich ihre Nackenhaare sträubten.

»Eine Zwölf, Trosky!« sagte Peter laut. »Ich bekomme eine Flasche Bordeaux von dir. Einverstanden! Wir legen ein Schußbuch an. An Land rechnen wir dann später ab.«

Er warf den Bogen Trosky zu, der ihn auffing und dann fallen ließ. »Spielverderber!« sagte er dumpf. »Aber ich werde üben, üben, üben, bis du mir nichts mehr vormachen kannst!«

Am Abend sagte Helena, während sie mit Peter die Segel für die Nachtfahrt reffte: »Mußte das sein mit dem Pfeil, Peer?«

»Ja. Er braucht einen Gegner, sonst kann er nicht leben. Das begreife ich jetzt.«

»Er wird dich jetzt noch mehr hassen.«

»Er haßt nicht mich, er haßt nur sich allein. Ich weiß nicht, warum.«

Am nächsten Morgen übte Trosky wieder mit Pfeil und Bogen. Er hatte seine Drohung wahr gemacht: Auf die Scheibe hatte er Peters gezeichneten Kopf gespannt und traf im Laufe des Tages viermal seine Augen oder die Nasenwurzel.

Sonne und Meer, unendliche Weite, Stille bis auf das Klatschen der Wogen, das Knirschen der Segel, das Rollen des Bootes, das immerwährende monotone Rauschen des Windes. Töne, die schon bald keine Töne mehr waren, die man nicht mehr wahrnahm, die zum Leben gehörten und deren Aussetzen eine Katastrophe signalisiert hätte. Endlos dehnten sich die Stunden, trotz der Arbeit an Bord und den nunmehr aufgenommenen wissenschaftlichen Untersuchungen. Peter von Losskow hatte auch das geplante Buch begonnen, aber sein Bericht verriet schon auf den ersten Seiten immer wieder die Erkenntnis: Wir gehen uns alle gewaltig auf die Nerven.

Es hatte sich längst erwiesen: Das Boot war zu klein für

vier Erwachsene. Es gab nicht genug Plätze, wohin einer sich zurückziehen konnte, wenn er sich der Versuchung erwehren wollte, dem anderen ins Gesicht zu schlagen. Immer hockte man zusammen, immer sah man sich, immer stieß man sich, fühlte sich, roch sich, hörte sich.

Am schlimmsten waren die Abende. Da legte Helena ihre Schallplatten auf. Tschaikowskij und Beethoven, Wagner und Bruckner, ab und zu mal eine Operette. Und wenn Trosky bellte: »Ich will einen Rock hören!« bellte sie zurück: »Musik ist Kultur! Verstehst du überhaupt was davon?!«

Dann verkroch sich Trosky in seine Koje oder saß mit verbissener Miene an Deck, trat nach Mr. Plump, wenn dieser ganz zahm über die Planken spazierte, oder er sagte zu Peter: »Eines Tages, das schwöre ich dir, benutze ich diesen Beethoven als Zielscheibe! Wer hält das aus? Immer bumdadabum ... bumdadabum ...« Himmel und Meer, Sonne und ab und zu ein Regenschauer, Windflauten, in denen sie tagelang fast auf der Stelle blieben, was Trosky Anlaß gab, Peter immer wieder als Idiot zu bezeichnen, weil er keinen Hilfsmotor eingebaut hatte.

Einsamkeit, Hitze. Drückende Schwüle. Ein Ozean wie Blei. Lucrezia lag nackt auf dem Brückendeck unter einem aufgespannten Sonnensegel und döste. Peter schrieb an seinem Buch, Helena las Romane oder hörte ihre Schallplatten. Trosky schoß mit Pfeil und Bogen und wechselte jeden zweiten Tag die Scheiben: Peters Kopf, ein Haimaul, neue Frauenbrüste, das amerikanische Sternenbanner, das besonders viel hergab, weil Trosky jeden Stern einzeln ausschoß.

Dreiundvierzig Tage lang nur vier Menschen und ein paar Segel, nackte Körper und Beethovenmusik. Dreiundvierzig Tage Aufladen mit Haß.

Eines Nachts zog Trosky um. Er richtete sich im Cockpit ein.

»Ich schlafe jetzt hier!« schrie er Losskow an. »Mir kommt der Ekel hoch, wenn ich euch sehe! Außerdem ist es mir unmöglich, noch ruhig zu liegen, wenn es durch die dünne Trennwand nach Weibern riecht! Aber das begreifst du nicht! Bist du eigentlich kastriert? Laß mich allein! Dein blauer Blick ist zum Kotzen!«

Doch trotz der gefährlichen Stimmung an Bord, die wie das Warten auf eine Explosion war, hielt die *Helu* zuverlässig ihren Kurs. Zielstrebig glitt sie in das riesige brasilianische Seebecken hinein, westlich von Fernando Noranha. Jetzt lagen über 5000 Meter Wassertiefe unter ihnen. Peters Navigation war trotz vieler Windflauten und dadurch bedingter Abdriften mit der Strömung ein Meisterwerk, das sogar Trosky anerkannte.

Der monotone Alltag beseitigte auch die letzten Hemmungen. Auch Losskow stellte das an sich selber fest – mit Entsetzen, aber ohne die Kraft, sich dagegen zu stemmen. Er knurrte Helena an, weil die Kartoffeln nicht gar seien, er kippte Gemüse über Bord, weil es ihm zu salzig war, und ließ Trosky triumphieren: »Jetzt sieht er es endlich ein, welch ein Luderpack diese Weiber sind! Sie wollen uns fertigmachen! Versalzenes Fressen, damit wir uns totsaufen!«

»Was hätten wir davon, du Idiot?« schrie Helena zurück. »Wir brauchen euch doch!«

»Das ist mir neu! Peer, rein in die Betten! Aber das wollen sie nicht!«

Am nächsten Tag ließ Losskow den Tee stehen, er war ihm zu stark und zu bitter.

»Er ist wie immer«, sagte Helena.

»Er ist zu bitter! Wenn er immer so war, war er immer zu bitter!«

»Gieß ihm den Tee über die Birne!« schrie Lucrezia von der Bank.

Und Helena sagte laut: »Ab heute weigere ich mich, weiter zu kochen! Jeder kann für sich selbst sorgen.«

»Das ist ja wunderbar!« dröhnte Trosky. »Jetzt wird sogar noch gestreikt!«

Später kam Losskow in die Kajüte und sagte: »Vergiß es, Helena. Ich habe auch nur Nerven. Es tut mir leid. Der Tee war natürlich gut.«

»Er war zu bitter.«

»Fang nicht wieder davon an, bitte.«

»Ich habe ihn probiert. Er war wirklich zu bitter. Heute mittag könnt ihr aus Dosen essen.«

»Du willst also nicht mehr kochen?«

»Kochen? Ist Dosenöffnen kochen? Das könnt ihr auch allein.«

»Aber deine Spaghetti sind einsame Klasse.«

»Frag Luzi, ob sie dir welche macht! Als Italienerin kann sie bestimmt Spaghetti kochen.«

»Du willst also nicht mehr für uns sorgen?«

»Nein!«

»Und was willst du tun?«

»Zusehen, wie ihr euch gegenseitig umbringt!«

Am nächsten Tag aber stand Helena doch wieder in der Kombüse und wärmte grüne Bohnen mit Speck auf und kochte dazu Schokoladenpudding mit Vanillecreme. Als sie um den Tisch saßen, stocherte Trosky in dem Essen herum und sagte laut: »Nun ist gar kein Salz mehr drin! Sollen wir Entzugserscheinungen bekommen?«

»Noch ein Wort, und ich schlage um mich.« Losskow ballte die Fäuste. »Jan, das Essen ist vorzüglich!«

»Für die Fische bestimmt.«

Wie zwei stählerne Greifer fuhren Losskows Hände über den Tisch, packten Trosky am Hemd und rissen ihn zu sich herüber. Betroffen starrte Trosky in Losskows kalte Augen. »Wiederhole!« sagte Losskow leise und gefährlich. »Das Essen ist gut!«

»Wenn deine Seligkeit davon abhängt ... Das Essen ist grandios!« Trosky riß sich aus Peters Griff. »Zufrieden? Du lieber Himmel, ihr stinkt mir aus allen Poren!«

Er warf seinen Hocker um und ging hinauf an Deck.

Dort spannte er über seine Strohscheibe die Zeichnung des amerikanischen Sternenbanners und begann wieder, alle Sterne auszuschießen. Aber jedem Stern rief er seinen Namen zu.

»Das warst du, Potisky!« schrie er. »Erledigt! Und das warst du, Pslelcek! Fahr zur Hölle! Und jetzt du, du Kretin Lombaczy! Mitten ins Auge! Der Satan soll dich braten!«

Als Losskow später an Deck kam, hatte Trosky neunzehn Sterne ausgelöscht. Trosky winkte mit dem Bogen und zeigte auf die Scheibe.

»Ich liquidiere gerade meine Kollegen in Prag!« rief er. »Ist das ein Vergnügen! Jetzt kommt der fette Hadeck dran! Der Abteilungsleiter. Ein widerlicher Mensch! Ein Arschkriecher! Hadeck, jetzt bist du dran!«

Losskow setzte sich ans Ruder und blickte hinauf in den hitzefahlen Himmel.

Der neunzehnte Tag ohne Wind. Er hatte nie geglaubt, daß es so etwas geben könne.

Du machst uns fertig, Himmel, dachte er. Du verbrennst uns das Hirn, Sonne. Du schaukelst uns in den Wahnsinn, Ozean!

Gott da droben, schick uns einen Wind. Einen ganz kleinen Wind.

Wir sind gerettet, wenn wir einen Hauch in unseren Segeln spüren.

In einer Nacht machte Losskow eine alarmierende Entdekkung.

Die heiße Schwüle in der Kajüte trieb ihn an Deck. Im Cockpit, wo er jetzt sein Lager aufgeschlagen hatte, saß Trosky, mit dem Rücken zum Niedergang, und hörte nicht, daß Losskow an ihn herantrat.

Er war beschäftigt. Aus einer flachen Silberdose hatte er sich eine Prise von einem weißen Pulver auf den linken Handrücken geschüttet, betrachtete sie verzückt und schnupfte sie dann in beide Nasenlöcher. Darauf holte er tief Atem, saß ein paar Sekunden wie erstarrt und schien nach innen zu horchen.

»Das war ein kräftiger Zug!« sagte Losskow voll Bitterkeit.

Trosky wirbelte herum, als habe man ihn in den Nacken geschlagen. Seine dunklen Augen glühten. »Du verdammter Schnüffler!« zischte er. »Du verfluchter Leisetreter! Was schleichst du hier herum?«

»Seit wann schnupfst du?«

»Schon immer! Ist das etwa auch verboten?« Trosky zog die Strickjacke enger um sich. Nachts wurde es sehr kühl auf dem Ozean, aber die Luft war herrlich klar, man konnte durchatmen, anders als an den heißen, windstillen Tagen. »Keine Weiber, Alkohol nur dosiert, nun auch kein Tabak mehr?«

»Das war kein Tabak, Jan!«

»Was denn sonst, du Klugscheißer?!«

»Es gibt keinen weißen Tabak.«

»Er ist in der Sonne gebleicht.« Troskys Gesicht war finster und voll Abwehr.

»Und hört auf den schönen chemischen Namen Methylbenzoylecgonin. Oder einfacher: Kokain. Wo hast du das Teufelszeug her?«

»Teufelszeug? Über diese Definition kann man streiten. Es gibt nichts Besseres, um die Gehirntätigkeit zu steigern. Wenn man richtig schnupft, jubiliert das Zentralnervensystem. Und das haben wir verdammt nötig. Sonst jubiliert hier ja nichts mehr.«

»Du bist also ein Kokser!« sagte Losskow.

»So kann man das nicht nennen. Ich möbele mich nur auf.«

»Mit Rauschgift!« schrie Losskow.

»Das so alt ist wie die Menschheit! Die Mayas und Inkas sprachen dem Colastrauch göttliche Eigenschaften zu. Wenn die Aztekenpriester ihre Menschenopfer darbrachten und besonders schönen Jünglingen das Herz aus der Brust schnitten, um es dem Sonnengott zu weihen, dann kauten sie vorher Colablätter, bis der Saft des Breies ihre Hirne in den Himmel hob. Also gut,« – Trosky zog eine Wolldecke über sich und rollte sich im Cockpit zusammen – »ich schnupfe Koks. Und nun schleich dich wieder weg zu den Weibern und schlag Alarm!«

»Im nächsten Hafen verläßt du das Boot!« sagte Losskow hart. Trosky hob den Kopf und blinzelte ihm zu.

»Wo wird das sein, Sir?«

»Ich ändere den Kurs und laufe Brasilien an. Sobald ich Land sehe, fliegst du von Bord! Ganz gleich, wo! Ist das klar?«

»Überleg es dir, Peer!« sagte Trosky ruhig.

»Da gibt es nichts mehr zu überlegen.«

»Überleg es dir genau, Käpt'n!«

»Kannst du überhaupt noch ohne das verfluchte weiße Pulver leben?«

»Ich kann, mein Bester. Ich war schon davon. Als wir uns kennenlernten, war ich sauber wie ein gebrühtes Ferkelchen. Aber dann hatte ich eine so dumpfe Ahnung von dem, was kommen würde und was ja auch eingetroffen ist! Da habe ich mir einen Vorrat mitgenommen, und als ich sah, wie wir anfingen, uns alle anzukotzen, hab' ich wieder geschnupft. Ich fühle mich prächtig.«

»Jetzt wird mir vieles klar, was ich vorher nicht verstanden habe. Es gibt zwei Troskys: Einen, den ich in Hamburg kennenlernte und dem ich vertraute, und den, der jetzt an Bord ist!« Losskow sah auf Trosky hinunter. Er lag auf der Matratze und grinste breit. In seinen Augen flimmerte der Glanz des Giftes, die Pupillen waren geweitet, der Blick war seltsam starr. »Die wievielte Prise war das heute?«

»Die erste. Ehrenwort.«

»Hast du noch eine Ehre?«

Trosky hob den Kopf. »Diese Frage vergiß schnell, mein Junge«, sagte er dumpf. »Da bin ich unheimlich empfindlich, vor allem, wenn das ein Deutscher zu einem Tschechen sagt! Geh endlich unter Deck, du germanischer Clown!«

Losskow wandte sich wortlos ab und stieg die Treppe hinunter. Helena erwartete ihn im Salon, in einem dünnen, durchsichtigen Hemdchen, um die Schultern einen Wollschal. Das Licht der Gaslaterne durchdrang das feine Gewebe: Nacktheit hinter streichelnden Schleiern.

»Ich bin aufgewacht«, sagte sie leise. »Gerade, als du an Deck gingst. Ich hörte euch sprechen. Schon wieder Krach?«

»Nein.« Losskow setzte sich Helena gegenüber und lehnte den Kopf müde zurück gegen die gepolsterte Lehne. »Warum haben die Menschen so dünne Nerven? Die Welt wollen sie beherrschen, das Weltall, das Atom. Aber sich selbst können sie nicht beherrschen.«

»Darüber habt ihr euch unterhalten, nachts um halb eins?«

»Auch. Ich bin klüger geworden. Morgen ändere ich den Kurs.«

»Zur Küste?«

»Ja.«

»Also doch wegen Trosky!«

»Nein. Aus Angst.« Er sah Helena mit müden Augen an. »Ganz tief in mir drinnen habe ich plötzlich Angst. Wir werden uns tatsächlich gegenseitig vernichten.«

»Wir beide – uns?«

»Auch wir, Helena. Wir sind schon mittendrin. Ich liebe dich. Ich möchte mit dir schlafen. Ich möchte mit dir so leben, wie es uns beide zu leben drängt. Und was tun wir? Wir bauen gläserne Wände zwischen uns auf – nur um ein Beispiel für die anderen zu geben! Aber damit zerstören wir uns, Schritt um Schritt.«

»Und wenn wir uns lieben, Peer?«

»Dann fällt Trosky über Lucrezia her.«

»Wäre das der Weltuntergang?«

»Es wäre das Chaos! Jan und Luzi – zwei Raubtiere mit Killerinstinkt!«

»Man entschärft eine Bombe nicht, indem man sie zudeckt. Vielleicht wird alles friedlicher, wenn wir unseren Gefühlen folgen?«

»Ich weiß es nicht«, sagte Losskow müde. »Ich weiß nur eins: Ich muß so schnell wie möglich zur Küste!«

Drei Tage später kam schwacher Wind auf. Die Segel blähten sich, das an den Nerven zerrende Herumschaukeln nahm ein Ende, die *Helu* glitt voran. Trosky schrie Hurra und küßte den Wind. Mit sämtlichen Segeln fing die *Helu* das neue Leben auf und tauchte mit schäumendem Bug in die lang anrollenden Wellen.

Vier Tage und Nächte hielt der Wind. »Das müssen wir ausnützen!« sagte Losskow. »Damit können wir die verlorene Zeit etwas aufholen! Wir fahren jetzt rund um die Uhr. Wie gehabt.«

Die Zeit der Nachtwachen kam also wieder. Jeder vier Stunden am Ruder. Wenn Trosky oder Losskow an der Reihe waren, korrigierten sie den Kurs, den die Mädchen ja nicht berechnen konnten. Aber schon in der zweiten Nacht kam es zu einem neuen Zusammenstoß.

Trosky, der die Wache von Peter übernahm, warf einen Blick auf die Seekarte und den dort eingezeichneten Kurs.

»Was soll denn das?« fragte er.

»Ich habe die Richtung geändert.«

»Das sehe ich. Der Kurs ist doch völlig idiotisch!«

»Im Gegenteil. Ich will auf die internationale Schiffahrtslinie.«

»Genau das wollten wir doch nicht.«

»Jetzt muß es sein. Ich will an irgendein Schiff heran, damit es dich übernimmt. Ich will dich von Bord haben!«

»Aha! So ist das«, sagte Trosky.

»Ja, so ist das!«

»Es wird Schwierigkeiten geben.« Trosky sah Losskow aus

melancholischen Augen an. Aber das täuschte. Dieser Blick verbarg wilde Entschlossenheit. »Du willst ein Held sein und bist doch nur ein Rindvieh.«

Nach acht Stunden, als Losskow wieder das Ruder übernahm, an dem zuvor Lucrezia gewacht hatte, erkannte er sofort, daß der Kurs anders lief. Der Sextant bestätigte seinen Verdacht: Sie segelten den alten Kurs, gerade Richtung Feuerland.

»Ich hab mich an das gehalten, was Trosky mir gesagt hat«, maulte Lucrezia, als Peter fluchend die *Helu* auf den neuen Kurs brachte. »Ich habe genau aufgepaßt.«

»An dir liegt es auch nicht.« Er setzte sich ins Cockpit und wartete, bis Helena mit dem Frühstück kam und sich neben ihn hockte. Die *Helu* lief voll im Wind und machte eine vorzügliche Fahrt.

»Wir holen auf, nicht wahr?« fragte Helena.

»Trosky hat in der Nacht den Kurs geändert.«

Entsetzt starrte Helena übers Meer und dann auf Losskow.

»Das ist doch nicht wahr ...« stotterte sie.

»Ich wollte auf die internationale Straße. Er hat wieder auf Feuerland gedreht.«

»Mein Gott! Wer von euch wird wen umbringen?!«

»Wir müssen die Nerven behalten, bis wir Land oder ein Schiff sehen. Dann wird sich zeigen, wer der Stärkere ist.«

Kurz darauf kam Trosky an Deck. Er hatte knapp fünf Stunden geschlafen, schien aber bester Laune zu sein. Er begrüßte Mr. Plump, der auf dem Bugdeck sein morgendliches Geschäft verrichtet hatte, mit dem Wurf einer ausgelutschten halben Zitrone und lachte dröhnend, als Mr. Plump mit fletschenden Zähnen über die Treppe nach unten verschwand.

»Ein Tag zum Hemdhochheben!« sagte Trosky fröhlich und lehnte sich gegen das Kajütendach. »Und dazu Spiegeleier mit Speck zum Frühstück. Und eine Lucrezia, die nackt auf dem Bett liegt, bei offener Tür!« Er blickte auf den Kompaß und nickte. »Habe ich mir gedacht. Wieder der neue

Kurs. Du bist ein sturer Hund, Peer! Wenn das so weitergeht, kommen wir nie nach Feuerland.«

»Ich werde das Ruder jetzt nicht mehr aus der Hand geben!«

»Für immer?« fragte Trosky voller Spott.

»Ja.«

»Das hältst du achtundvierzig Stunden aus! Dann kippst du um! Superman gibt's nur im Kino!«

»In achtundvierzig Stunden bin ich auf der Schiffahrtslinie.«

»Möglich.« Trosky setzte sich auf eine Taurolle neben dem Kunststoffkasten mit der Rettungsinsel. Er zog seinen Pullover aus und dehnte den muskulösen Oberkörper in der Sonne. Ohne Zweifel, er ist stärker als ich, dachte Losskow. Deshalb muß ich warten, bis andere mir helfen können. Allein bekomme ich ihn nie von Bord. »Wir sollten einen Kompromiß finden, Käpt'n.«

»Bei Kokain gibt es keinen Kompromiß mehr.«

»Ich bin kein Süchtiger!«

»Warum nimmst du es dann?«

»Das ist wieder eine Geschichte, die nach Prag geht. Ich war Student, als 1968 die Russen unser Land überfielen und unter den Augen der übrigen Welt unseren Drang nach Freiheit mit Panzern und Maschinengewehren zusammenschossen. Damals gehörte ich einer Widerstandsgruppe an, die in den böhmischen Wäldern lag und den sowjetischen Nachschub sabotierte. Mehr konnten wir ja nicht machen, die Welt hatte uns ja allein gelassen. Sie waren ja alle wie die Kaninchen, wie gelähmt vor der russischen Riesenschlange. Nur wir Studenten gaben nicht auf, kleine versprengte Gruppen. Wir hausten in Erdhöhlen und Felsspalten und praktizierten das, was die Sowjets immer als große Heldentat hinstellten, wenn sie es selbst taten: Wir waren Partisanen! Kannst du dir das vorstellen, dieses Leben in den Wäldern? Freiwild für jeden. Abschußobjekte. Da flattern die Nerven bei jedem Geräusch. Und da brachte eines Tages jemand aus Prag einen Lederbeutel mit weißem Pulver mit. Kokain. Woher er das hatte? Wir haben nie gefragt. Und keiner wollte es. Bis ich, als erster, eine Prise nahm. Es war ungeheuerlich. Ich wurde mutig wie ein Tiger. Aber ich wußte auch ganz genau: Wenn du an diesem Gift hängenbleibst, gehst du jämmerlich vor die Hunde. Du wirst sein Sklave, keiner rettet dich mehr, dein Gehirn wird paralysiert. Das kurze Hochgefühl bezahlst du teuer: mit schleichendem Zerfall.« Trosky spuckte über Bord, als habe er noch das komische Gefühl von damals im Hals. »Ich hatte die Kraft, davon loszukommen. Als unsere Gruppe sich auflöste und wir als brave Studiker nach Prag zurückkehrten, weil unser Land durch uns nicht mehr zu retten war, habe ich den Schnee in den Lokus gespült. Ich habe ihn nicht vermißt – bis ich zu euch kam. Da wußte ich, ich würde ihn wieder brauchen. In Hamburg war es kein Problem, an das Zeug zu kommen.« Trosky grinste schief. »Ich sehe massiver aus, als ich bin. Und ich verspreche dir, daß ich die Hände davonlasse, wenn wir am Ziel sind. Das ist der Kompromiß.«

»Bis wir Kap Horn umrundet haben und in Ushuaia an Land gehen, hast du hier die Hölle mobil gemacht! Das will ich verhindern.«

»Gebt mir was zu tun!« sagte Trosky. Seine Stimme klang plötzlich brüchig. »Irgend etwas Nützliches. Die klimatologischen Untersuchungen sind doch ein Witz, genau wie Luzis Tiefsee-Mikroben! Ich will etwas Handfestes haben, ich will etwas angreifen können. Hier gibt es doch Haie?«

»Ich glaube, ja. Hier noch. Später kommen wir in Wal-Gebiete.«

»Dann laß uns einen Wal schlachten. Einen Riesenwal! Ich will ihn zerstückeln, zu Gulasch machen. Das wäre eine gute Aufgabe!«

»Fang dir einen!« sagte Losskow heiser. Troskys mit diesem Satz enthüllte Mordlust schnürte ihm die Kehle zu. Ich muß an Land oder ein Schiff finden, dachte er. So schnell wie möglich. Wieviel Meilen machen wir bei diesem guten Wind? Er ist aufgefrischt auf 35 Knoten. Er kann bald auf 40 Knoten kommen. Das können gut 1000 Meilen in sieben Tagen werden.

Du lieber Himmel, was sind 1000 Meilen? Wenn der Wind so anhält, liegen noch vier Wochen vor uns. Aber er wird nicht anhalten. Er wird abflauen oder zum Sturm werden. In beiden Fällen verlieren wir Zeit, werden abgetrieben. Man muß mit sechs Wochen rechnen.

Sechs Wochen noch mit Trosky zusammen? Sechs Wochen nur Wasser um uns. In einer kleinen Kajüte leben müssen mit einem Menschen, der sich nach dem Zerstückeln eines Wals sehnt?

Als könne Trosky Gedanken lesen, sagte er ruhig: »Wir machen gerade 9 Knoten Fahrt. Gut, was? Man muß auch für Kleinigkeiten dankbar sein.«

Losskow antwortete nicht. Er hielt die *Helu* voll in den Wind, mit geblähten Segeln schoß das Boot durch die kräftige Dünung.

»Also keinen Kompromiß?« fragte Trosky laut.

»Nein!«

»Auch gut.« Er stand auf, ging zum Bug, aber als er an Peter vorbeiging, sagte er drohend: »Das macht euch Deutsche so unsympathisch: Ihr wollt immer recht haben!«

An diesem Tag sprach Trosky mit keinem ein Wort, selbst mit Mr. Plump nicht mehr, der ihn anknurrte. Erst als er seine Nachtwache antreten wollte, brach er sein gefährliches Schweigen. Von Helena hatte Losskow wieder das Ruder übernommen.

»Ich werde also ausgesperrt?« Trosky drückte das Kinn an. »Kein Nachtdienst?«

»Nein! Wir schaffen das allein.«

»Ich weiß nicht, warum ich dich nicht umbringe.«

»Es gäbe Schwierigkeiten.« Losskow öffnete die Öljacke. In seinem breiten Gürtel trug er offen und schußbereit eine Pistole.

»Soweit sind wir also schon?« sagte Trosky und schluckte mehrmals, als ersticke er.

»Ja. Soweit sind wir!«

Trosky sah Losskow lange schweigend an, ging dann zum Bug und setzte sich auf die Ankerwinde. Unbeweglich starrte er über das Meer, das in der Abenddämmerung grün und dann schwarz wurde, abstoßend und feindlich, mit seinen Wellen in den Himmel hineinschwappend.

Nicht nur Trosky veränderte sich von Tag zu Tag, auch Lucrezia erlag der zermürbenden Eintönigkeit.

Es fing damit an, daß sie jetzt nur noch nackt auf dem Boot herumlief und plötzlich zu Helena sagte: »Wie lange hält dein Heiliger das aus? Soll ich ihn anfallen?«

»Ich schlage dich grün und blau!« antwortete Helena. Aber das war nur der Anfang. Lucrezias neue Art war es, aufsässig zu werden und Losskow patzig zu entgegnen, wenn er ihr etwas zurief: »Zieh die kleine Fock gerader!«

»Nein! Ich habe keine Lust! Komm her und tu's selbst!«

Dann stellte sie sich aufreizend, in einer geradezu gemeinen Pose, an den Mast und wartete darauf, daß Peter zu ihr kam. Er tat es nicht. Helena besorgte dann den Segeldienst, von Troskys dröhnendem Lachen begleitet.

»Der Kampf der Grazien!« schrie er. »Welche Wonne, das anzusehen!«

Das Leben an Bord wurde immer mehr zur Qual, der Ton immer gereizter, das Benehmen immer rüder. Es kam zu unerwarteten Explosionen, ausgelöst durch lächerliche Bagatellen, etwa, wenn Trosky nach einem Mittagessen aus Bratkartoffeln, Rührei und Zwiebelgemüse laut rülpste und ebenso kräftig furzte.

»Du Sau!« schrie ihn Losskow an und ballte die Fäuste.

Und Trosky antwortete: »Über meinen Darm verfüge ich!«

Auch Losskow erlag seinen Aggressionen. Mit Schrecken

bemerkte er, daß er anfing, Trosky zu verstehen, wenn dieser mit Pfeil und Bogen auf Köpfe oder Brüste schoß. Ein paarmal wollte Losskow sagen: »Gib mir auch mal den Bogen!«, aber dann zwang er sich, etwas anderes zu tun, zum Beispiel aus Holzscheiten bizarre Figuren zu schnitzen. Wenn er angelte, verwendete er die kleinen Fische wieder als Köder und freute sich, wenn er sah, wie größere Fische die kleinen schluckten. Die großen, die er herausholte, erschlug er mit einem Knüppel und empfand dabei tiefe Befriedigung.

Dramatisch wurde es, wenn Helena ihren Plattenspieler anstellte. Dann rannte Trosky über Deck, beide Hände gegen die Ohren gepreßt, und brüllte heiser: »Hilfe! Hilfe! Bumdadabum! Bumdadabum! Bringt denn keiner diesen verdammten Beethoven um?!«

Die *Helu* durchpflügte den Atlantik mit allen Segeln. Der Wind hatte gute 40 Knoten, die See war unruhig, aber nicht gefährlich. Ein paarmal lief das Cockpit voll, wenn hohe Wellenkämme über Bord brachen und die *Helu* gewaltig durchschüttelten. Trosky schlug vor, das Genua-Segel zu reffen und nur mit der Fock zu fahren, aber Losskow lehnte ab.

»Ich muß diesen Wind ausnützen!« schrie er über Deck. »Wir haben das Boot doch fest in der Hand!«

Es waren nun fünf Tage vergangen, seit Trosky eigenmächtig den Kurs geändert hatte. Drei Nächte hielt Losskow durch, dann fiel er um und schlief neunzehn Stunden. In diesen Stunden brachte Trosky die *Helu* wieder auf Feuerland-Kurs, natürlich gegen Helenas Protest.

»Mädchen, bleib vom Steuer!« sagte er böse, als sie ins Cockpit kam. »Ich schlage zu, das schwör' ich dir, auch wenn du ein noch so schönes Gesicht hast. Du kannst deinen Liebling rufen und um Hilfe bitten, aber der kommt in den nächsten Stunden nicht mehr auf die Beine. Jetzt habe *ich* das Kommando!«

So war es. Vergeblich rüttelte Helena den schlafenden Losskow, schrie ihm ins Ohr. Der schlief wie narkotisiert. Als er endlich wieder an Deck kam, war es ein heller ruhiger Morgen mit einem gelassenen Wind und einem lang rollenden Ozean. Trosky winkte ihm erfreut zu.

»Willkommen, Sir! Das Boot ist okay. An Bord keine besonderen Vorkommnisse. Steht auch im Logbuch.«

»Auch die neue Kursänderung?« Losskow setzte sich neben Trosky.

»Natürlich. Auch die. Später wird man sich wundern, warum wir immer kreuz und quer gewandert sind. Die müssen damals eine Macke gehabt haben, wird man denken. Oder sie waren total besoffen.« Trosky stand auf und gab das Ruder frei. Sie hatten ja absichtlich keine modernen Hilfsmittel an Bord genommen, keinen Kursabweichungsanzeiger, keine Selbststeueranlage; man mußte alles von Hand steuern. »Jetzt kannst du wieder einen Halbmond fahren.«

»Wir sind weit ab vom Kurs, nicht wahr?« fragte Losskow ruhig.

»Nach Feuerland sind wir genau richtig! Direkter geht es kaum noch. Wenn schon Irrsinn, dann richtig!«

Peter schoß die Sonne, errechnete ihre Position und trug sie mit Datum in die Seekarte ein. Es stimmte, was Trosky sagte. Sie segelten genau Südost, zwischen der Küste Brasiliens und dem Bromley-Plateau, hinein in das Argentinische Becken mit über 7000 Meter Tiefe. Behielten sie den Kurs, würden steuerbords die Falklandinseln auftauchen und backbords Süd-Georgien mit seinem Schottischen Rücken. Zwischen beiden hindurch stießen sie dann zum Kap Horn vor.

In zwanzig, in dreißig Tagen?

»Na, wie sieht es aus?« fragte Trosky ironisch, als Peter seine Eintragungen beendet hatte.

»Wir bleiben dabei!« Losskow sah Trosky verbissen an. »Nicht, weil ich kapituliere, sondern weil ich schnell zum Ziel will. Aber an Land, das garantiere ich dir, rechnen wir ab.«

Am Nachmittag schrie Trosky, der an der Reling hockte und angelte, plötzlich auf. Seine starke Angel bog sich durch, er wurde fast über Bord gezogen und stemmte die Beine gegen die Relingstangen.

»Ich habe ihn!« brüllte er. »Ich habe ihn! Einen Hai! Ich habe ihn!«

»Hier gibt es keine Haie mehr!« schrie Losskow vom Cockpit zurück.

»Es ist aber einer dran, du Arschloch! Hilf mir doch endlich!«

Peter band das Ruder fest und rannte zu Trosky. Auch Helena und Lucrezia erschienen an Deck, Lucrezia, wie immer bei Sonnenschein, nackt. Sie griff sofort an die Angel. Gemeinsam mit Trosky hielt sie den Stock fest. Zum Glück war die Leine stark genug.

Peter blickte über Bord. Es war wirklich ein Hai. Er schlug um sich und tobte, die helle Bauchseite schnellte nach oben aus dem Wasser, dann tauchte er wieder weg, seine Kraft war ungeheuer, auch Helena faßte die Angel an, zu dritt klammerten sie sich fest und stemmten sich gegen den Zug.

»Das ist nun völlig verrückt«, sagte Losskow. »Weit und breit kein Land, aber ein Hai. Was macht der hier?«

»Er wollte mir einen Gruß von Tante Vasca aus Karlsbad bringen!« keuchte Trosky. »Wo hast du die Harpune? Stich ihn ab! Das Aas schafft uns noch!«

Losskow rannte weg, holte die Harpune und beobachtete den Hai, der verzweifelt um seine Befreiung kämpfte. Aber je mehr er tobte, um so tiefer trieb sich der vielzackige Haken in seinen Gaumen.

»Stoß zu!« brüllte Trosky. »Mir zittern die Arme.«

Losskow beugte sich weit vor, die Harpune in der rechten Hand. Er wog sie, legte alle Kraft in die rechte Schulter und wartete, bis der Haileib wieder aus dem Wasser schnellte und dann in die aufspritzende See zurückfiel. In diesem Augenblick, in dem der Riesenfisch fast waagerecht vor ihm lag, warf er das tödliche Eisen.

»Getroffen!« schrie Trosky. »Fantastisch! Die Harpune sitzt. Jetzt Leine geben!«

Mit dem Kapermesser durchtrennte er die starke Angelschnur, der Hai schoß davon, die Harpunenleine spulte sich in rasender Geschwindigkeit ab, aber dann, als der Hai sich schon befreit glaubte, kam der große, seinen Körper fast zerreißende Ruck. Die Leine, mehrfach um einen Kreuzpoller geschlungen, knirschte und wurde straff wie eine Saite.

Der Hai schnellte wieder aus dem Wasser, die Harpune unlösbar in seinem Rücken. Trosky stand weit vorgebeugt an der Reling und starrte auf den kämpfenden Fisch.

»Du kommst zu mir«, sagte er heiser. »Mein Junge, du gehörst mir. Auf dich habe ich gewartet. Die ganze Zeit gewartet ...«

Über zwei Stunden dauerte der Kampf des Hais gegen seinen Tod, dann ließen seine Kräfte nach. Keuchend zog Trosky die Harpunenleine ein, warf, als der Hai nahe an der Bordwand schwamm und ihn aus seinen kleinen, kalten Augen voll Mordlust anstarrte, einen Haken an einem Stahlseil hinein in den Nacken und zog den Fisch mit der kleinen Handwinde an Bord. Der schwere Leib schnellte hoch, die Schwanzflossen schlugen um sich.

»Paß auf!« rief Losskow. »Er kriegt dich auch so. Ich steche ihn ab.«

Aber Trosky wartete nicht. Mit einem langen Messer in der Hand kam er näher, sein Gesicht glänzte vom Schweiß, aber das Lächeln war unnatürlich und starr, eine verzerrte Maske. Mit beiden Beinen stellte er sich auf die Harpune. Der Hai, nun auf der Seite liegend, zuckte wild und wollte sich aufbäumen.

»Nicht bei mir!« sagte Trosky mit seltsam monotoner Stimme. Er bückte sich und stieß mit dem Messer zu – zuerst in die Augen des Hais, dann in den Nacken, dann immer und immer wieder in den Hals, den Körper, die Bauchseite. Blut überspritzte ihn, bis zu den Oberarmen wurde er rot, aber er hörte nicht auf zuzustechen, und als der Hai nur noch in seinen Nerven zuckte und endlich getötet war, setzte er das Messer mit Schwung an, trieb es in den Bauch des Tieres und schlitzte ihn mit einem mächtigen Ruck auf. Helena würgte und schlug die Hände vor den Mund. Lucrezia flüchtete unter Deck. Vor dem Hai kniend, in einer großen Lache von Blut und zerfetztem Fischfleisch, mit röchelndem Atem, blickte Trosky hoch zu Losskow.

»Er gehört mir«, stammelte er heiser.

»Es nimmt ihn dir keiner weg.«

»Ich habe ihn besiegt. Er ist über drei Meter.«

»Steh auf und wasch dich!« sagte Losskow.

Trosky schüttelte den Kopf. »Mein Hai!«

»Ich passe auf ihn auf, Jan.«

Trosky nickte. Er erhob sich aus dem Blut, stieg über den toten Hai hinweg, ließ das lange Messer fallen und tappte zum Bug. Dort holte er an einer Leine mit einem Eimer Wasser aus dem Meer, fünfmal, goß das Wasser über sich, spülte das Blut ab und stieg dann unter Deck, um sich umzuziehen. Die Nerven des Fisches zuckten noch immer. Aus dem aufgeschlitzten Leib quollen die Därme.

»Ich habe Angst«, stammelte Helena und würgte noch immer. »Peer, ich habe wahnsinnige Angst ...«

Am Abend hing der Hai anstelle der Zielscheibe aus Stroh an dem Balken auf dem Vorderdeck, und Trosky warf mit Messern nach dem Kadaver.

Fast jeder Wurf blieb in dem festen Fleisch stecken.

Trosky war sehr zufrieden. Man sah es ihm an.

Und noch mal zweiundzwanzig Tage.

Nur Ozean, nur Himmel, nur Sonne oder Regen, feuchtwarme Tage und klammkalte Nächte, nur hin und her wogende Einsamkeit, ein Meer, das im Sturm weiß schäumte und bei Windstille einem blauen, zähen Brei glich. Haß auf alles, was um einen war, blinde Wut beim Anblick der anderen ... Auf ein paar Quadratmetern Kunststoff und Holz, Aluminium und Isolierglas vollzog sich der Zerfall von vier Menschen.

Der Hai war von den Messerwürfen mittlerweile zerfetzt, aber er hing noch immer am Bug. In der Sonne verweste er schnell. Da es eine feuchte Wärme war, trocknete er nicht aus und wurde ledern, sondern er zersetzte sich. Der Gestank, dieser herbsüße Verwesungsgeruch, konnte auch vom Wind nicht weggetragen werden, er lag über dem Boot, kroch in die Kajüte, setzte sich wie klebriges Gas an den Wänden fest.

Ein paarmal versuchten Helena und Lucrezia, den Kadaver abzuschneiden, aber Trosky stieß sie weg, schlug sogar nach Luzi und brüllte: »Das ist *mein* Fisch!«

Losskow gelang es endlich, den Hai fast zu halbieren, indem er ein Beil gegen den faulenden Körper warf. Trosky schrie auf, stürzte sich auf Losskow und drückte ihn gegen den Kabinenaufbau.

»Du Hund!« stammelte er. »Du neidischer Hund! Nur weil du keinen Fisch hast, zerstörst du meinen. Aber das sage ich dir: Finger weg! Ab sofort! Wer meinen Hai anfaßt, der hat das Messer im Leib!«

»Der Gestank bringt uns um!« schrie Losskow.

»Mich nicht! Ihr stinkt mir viel mehr!«

Jeden Tag mehrmals berechnete Peter die Position. Sie mußten in die Nähe der Falklandinseln kommen, die Temperatur sank merklich, auch wenn die Sonne voll herunterschien. Das Meer wurde kälter, man merkte die Nähe des Südpols, auch wenn er noch Tausende von Meilen entfernt war. Vor allem die Nächte wurden unangenehm. Unter das Ölzeug, das sie jetzt oft wegen des plötzlich wechselnden Wellengangs trugen, zogen sie dicke Pullover und warme

Wollmützen, um alles wieder abzustreifen, wenn ein warmer Tag das Thermometer hochtrieb.

An einem dieser Tage gelang es Lucrezia, während Trosky unter Deck eine dicke Nudelsuppe schlürfte, den Hai-Kadaver abzuschneiden und in den Ozean fallen zu lassen. Er war so verwest, daß er beim Aufprall auf den Wellen zerplatzte. Lucrezia würgte der Ekel, sie stellte sich in den Wind und atmete kräftig durch, bis sie die Übelkeit vertrieben hatte.

An Troskys Brüllen hatte man sich gewöhnt, aber was jetzt geschah, war neu. Trosky kam an Deck, satt und faul, und sein erster Blick galt dem Hai. Aber der Platz, an dem er gehangen hatte, war leer. Nur der Pfahl war noch da und ein paar durchtrennte Seile.

Troskys Aufschrei hatte nichts Menschliches mehr an sich. Sein Gesicht, seit drei Wochen unrasiert und von einem wilden Bart umwuchert, verzerrte sich schrecklich. Er stürzte an den Bug, starrte in das Meer und begann dann, wie ein Wolf zu heulen.

Unter Deck verkroch sich Lucrezia in ihrer Koje und verriegelte von innen die Tür.

Losskow legte seine Pistole auf den Tisch und warf Helena, die voll Entsetzen starr auf der Bank saß, einen Revolver zu.

»Auch das überstehen wir!« sagte er hart. »Bei Gott, ich erschieße ihn!«

»Das wäre Mord!«

»Notwehr, Helena.«

»Wie willst du das später erklären?«

»Später? Wer denkt denn daran?« Er lachte bitter. »Ein Brecher hat ihn über Bord gespült, ganz einfach. Er war unvorsichtig, hatte sich mit seinem Sicherheitsgurt nicht eingehakt, der Wind hatte 45 Knoten, die Wellen schlugen voll über uns hinweg. Wer will uns das Gegenteil beweisen?! Ich würde es sogar ins Logbuch eintragen.«

»Du kannst keinen Menschen töten. Du nicht! Das weißt du ganz genau.«

An Deck heulte noch immer Trosky. Dann polterte er den Niedergang herunter und stürzte in die Kajüte. Sein Blick fiel sofort auf Peters Pistole und Helena, die nach dem Revolver auf dem Tisch griff.

»Wer war es?« brüllte Trosky heiser. »Das geile Luder! Nur sie kann es gewesen sein! Sie war allein oben! Wir haben hier alle Suppe gefressen!« Er blieb an der Treppe stehen, ballte die Fäuste und starrte auf die verschlossene Kojentür. »Komm heraus, du Aas! Die Tür nützt dir gar nichts! Ein Fußtritt, und sie ist Kleinholz!«

»Erst mußt du sie erreichen!« sagte Losskow kalt.

»Und ihr wollt mich mit euren Knallern daran hindern?« Trosky lachte dröhnend. Aber der irre Unterton erzeugte ein Frieren auf Peters Haut. »Ihr wollt wirklich auf mich schießen?«

Trosky machte einen Schritt vorwärts. Losskow hob die Pistole und zielte auf Troskys linke Brustseite. Über Troskys Gesicht lief ein Zucken.

»Ich verfluche euch!« sagte er heiser. »Der Himmel möge es hören: Ich verfluche euch! Verrecken sollt ihr! Um mich ist es nicht schade, aber ihr – ihr sollt zugrunde gehen, wie noch nie Menschen verreckt sind!«

Plötzlich weinte er. Er ließ sich neben Helena auf die Polsterbank fallen, legte den Kopf weit zurück, sein Mund riß auf, und dann schluchzte er wie ein Kind, sein Körper wurde wie von Krämpfen geschüttelt, Speichel troff aus den Mundwinkeln in den wild wuchernden Bart.

Es war ein fürchterlicher Anblick, der hätte Mitleid erwecken müssen, wenn es eben nicht Trosky gewesen wäre.

»Wir werden wieder einen Fisch fangen«, sagte Losskow. »Bei Feuerland kommen wir in fischreiche Gebiete. Und Robben gibt es da. Tausende von Robben. Sie bevölkern ganze

Inseln. Und vielleicht einen kleinen Wal. Wir kommen bald in Wal-Reviere.«

»Es war mein erster Hai«, schluchzte Trosky. »Drei Stunden habe ich mit ihm gekämpft. Er gehörte mir.«

»Er fiel ja schon auseinander!«

»Ist das ein Grund, ihn wegzuschmeißen? Wir fallen ja auch auseinander. Wer wirft uns ins Meer?«

»Darüber werden wir noch zu entscheiden haben«, sagte Losskow gepreßt. »Wenn unser Frischwasser zu Ende ist. Ich muß den Kurs ändern. Wir müssen zu den Falklandinseln. Die Flauten haben uns fast drei Wochen gekostet. Es reicht nicht mehr zum Nonstop um Kap Horn.«

»Aber deine dämlichen Wikinger konnten es, was?« schrie Trosky. »Haben die ihre Pisse getrunken?«

»Sie hatten vielleicht mehr Glück und besseren Wind, Jan. Einen Whisky?«

»Leck mich am Arsch!«

»Wenn du dadurch vernünftiger wirst?«

Trosky sah Losskow aus blutunterlaufenen Augen an. Dann stemmte er sich von der Bank hoch, warf noch einen Blick auf die verschlossene Kojentür, hinter der Lucrezia zitternd auf ihrem Bett hockte, und stieg dann wieder an Deck. Mit einem Seufzer ließ sich Helena zurücksinken. Der Revolver polterte aus ihrer Hand auf den Kajütenboden.

»Ich habe gebetet«, sagte sie tonlos. »Hättest du wirklich geschossen?«

»Nein.« Losskow senkte den Kopf. »Ich weiß es nicht.«

»Aber ich weiß es: Ich hätte geschossen!« Helena schloß die Augen und begann am ganzen Körper zu zittern. »Wirklich, ich hätte es getan. Deshalb habe ich gebetet.«

Am nächsten Tag nahm Trosky Rache für seinen Hai.

Es geschah ganz plötzlich, ohne ein warnendes Anzeichen, ohne Worte oder große Aufregung.

Plötzlich stand Trosky neben der sich sonnenden Lucrezia, hielt nun seinerseits eine Pistole in der Hand und schoß wortlos auf Losskow, der vom Cockpit zum Bug rannte. Die Kugel pfiff vorbei, bewußt ungezielt, aber sie machte deutlich, daß die nächste treffen würde. Mit unheimlicher Kraft riß Trosky Lucrezia herum, sie kreischte grell, schlug und trat um sich, aber mit einer Hand gelang es ihm, ihren Körper auf Deck zu drücken und ihren Kopf an den langen Haaren zu packen. Dann fiel er über sie, trieb seine Knie wie einen Keil zwischen ihre Beine, spreizte ihre Schenkel und legte einen Moment die Pistole auf die Planken, um die Hose zu öffnen.

Lucrezias Schreie wurden schrill und unmenschlich. Losskow näherte sich, aber Trosky hatte wieder die Waffe in der Hand, preßte mit seinem Gewicht Lucrezia nieder und schoß sofort. Die Kugel traf nur deshalb nicht, weil Losskow stolperte und seitwärts taumelte. Am Niedergang erschien Helena, auch sie ging sofort in Deckung, als Trosky einen Schuß auf das Kajütdach feuerte.

»Man muß für alles im Leben bezahlen!« schrie Trosky außer sich. »Und jetzt kassiere ich für meinen Hai!«

Die Pistole in der Hand, mit der anderen Lucrezias Kopf niederdrückend, nahm er Besitz von dem nackten Körper mit einer geradezu tierischen Wildheit. Lucrezias Schreien ging in ein helles Wimmern über, dann gab sie den Widerstand auf, streckte sich, warf die Arme zur Seite und ließ Trosky toben.

Als er von ihr abstieg, lag sie wie geschlachtet; eine wunderschöne Puppe, der man die Gliedmaßen aus den Gelenken gerissen hat.

Trosky blickte auf sie herunter, kniete sich plötzlich hin, küßte zärtlich ihre geschlossenen Augen, den Mund, den Hals, die Brüste und den Leib. Dann gab er ihr eine schallende Ohrfeige.

»So, das war es!« sagte er mit erschreckend gleichgültiger Stimme. Er knöpfte seine Hose zu und warf Losskow die Pistole vor die Füße. »Und nun erschieß mich, mein Freund. Ich lauf nicht weg.«

Losskow bückte sich, hob die Waffe auf, aber er ließ sie in seiner Hand hängen.

»Hau ab!« sagte er tonlos.

»Was ist denn?« Trosky stellte sich breitbeinig vor die regungslose Lucrezia. »Nun schieß doch endlich! Hast du Skrupel, weil ich waffenlos bin? Jedes wilde Tier ist dem Jäger gegenüber waffenlos, und er schießt doch! Ich bin ein wildes Tier, du darfst mit bestem Gewissen abdrücken, Peer!«

»Hau ab!« sagte Losskow noch einmal.

Trosky zögerte einen Moment, dann ging er langsam an Losskow vorbei, als erwarte er einen plötzlichen Angriff, etwa einen kräftigen Stoß, der ihn über Bord schleuderte. Das war Losskows große Chance, sich ohne Aufsehen aus der Affäre zu ziehen. Er brauchte bloß nicht beizudrehen, sondern nur unter vollen Segeln weiterzufahren. Schwimmend war das Boot nie zu erreichen, es machte eine gute Fahrt.

Als Trosky am Niedergang war, blieb er stehen. »Ich weiß nicht, worauf du wartest«, sagte er. »So eine gute Gelegenheit bekommst du nie wieder!«

Kaum war Trosky unter Deck verschwunden, sprang Lucrezia auf, rannte zum Heck, kletterte die Badeleiter hinunter, hing sich an eine Sprosse und ließ ihren Körper durch die Wellen ziehen. Nach zehn Minuten zog sie sich wieder auf Deck, schüttelte sich wie ein Hund und wrang ihre langen Haare aus.

»Das muß man abspülen«, sagte sie zu Losskow, der ihr ein Badetuch zuwarf. »Jetzt ist mir wohler. Diese Bestie!«

In der Nacht wachte Helena auf. Jemand stieß an den hochgeklappten Tisch. Sie hob den Kopf und sah in der Dunkelheit undeutlich, wie Lucrezia an ihr vorbeischlich zur Achternkoje. Ein heller Schatten ...

Helena wartete ein paar Sekunden, dann rannte sie auf Zehenspitzen an Deck. Peter Losskow saß im Cockpit, hatte das Ruder festgebunden und las im Schein einer Batterielampe.

»Luzi ist zu Jan geschlichen!« sagte sie atemlos. »Vor wenigen Sekunden.«

»Du hast nichts gesehen!« Losskow starrte auf den Kajütenaufbau. »Soll sie ihn umbringen!«

»Das wird sie kaum tun«, sagte Helena sarkastisch. »Sie war nackt ...«

Von dieser Nacht an wohnten Lucrezia und Trosky zusammen in der Achternkoje.

»Nun sind die Fronten klar«, sagte Trosky wenig später zu Losskow. »Das Gleichgewicht stimmt. Nun genier dich nicht und spiel weiter den Moralischen. Kriech zu deiner Helena und gönn dir ein paar frohe Stunden, ehe wir alle in diesem verfluchten Ozean krepieren!«

Drei Tage später kam Sturm auf. Nur mit der kleinen Sturmfock tanzte die *Helu* auf den Wellenbergen, stürzte in brüllende Wassertäler und schoß wieder hinauf in den grauen Himmel. Sie schlug von einer Seite auf die andere, der Mast tauchte ins tobende Meer, aber sie kenterte nicht, das Kielgewicht hielt sie aufrecht, die aufgeschäumten Kammern im zweischaligen Rumpf machten sie unsinkbar. Erbarmungslos schlug der Ozean auf sie ein, riesige Brecher fegten über sie hinweg. Im Cockpit standen Trosky und Losskow nebeneinander, festgehakt mit ihren Sicherheitsgurten, mit Laufleinen verbunden, an denen sie im Notfall über das ganze Boot rennen konnten. Sie stemmten sich gegen das Ruder, zogen die Köpfe ein, wenn ein Wellenberg vor ihnen auftauchte und das Boot fast senkrecht hochstieg, hinaufgeschleudert wurde in ein graues, heulendes Nichts, um dann abzustürzen in eine gurgelnde, schäumende, verschlingende Tiefe.

»Dieses Schwein von Ozean kriegt uns nicht!« schrie Trosky triumphierend Losskow ins Ohr. »Wir zeigen es ihm!«

Er sah Losskow an, aus strahlenden Augen, vom Salzwasser triefend: ein vom Bart überwuchertes Gesicht, das Kraft und Mut ausstrahlte. Er war ein Kerl, der mit jeder Riesenwelle stärker wurde. Er konnte lachen, wo andere das Entsetzen packte.

Er ist wirklich ein Irrer, dachte Losskow und duckte sich unter einem neuen Brecherschlag. Aber er war froh, daß es ihn jetzt gab und daß er an seiner Seite stand.

Kann ein Mensch sieben Tage und sieben Nächte einen Orkan aushalten?

Kann sein Herz, kann sein Hirn es verkraften, in einem tobenden, weißschäumenden Meer herumgeschleudert zu werden, willenloser Spielball entfesselter Urgewalten, umtost vom Brüllen der Wogen, dem Heulen des Sturmes – ausgeliefert dem einzigen, kläglichen Trost: Wir überleben! Wir können nicht sinken! Das Meer kann uns die Knochen brechen – aber wir bleiben oben!

Hält ein Mensch das aus? Sieben Tage und sieben Nächte?

Sie hielten es aus. Helena und Lucrezia festgehakt unter Deck, Trosky und Losskow in der Plicht, zwischen den Seilen hängend, sich unter den Wellenschlägen duckend, zusammenkriechend, um möglichst keine große Angriffsfläche zu bieten, und dann wieder aufspringend und todesmutig versuchend, das Boot von Hand genau auf den Wogen zu halten.

Der Windmesser versagte. Er zeigte nur bis 65 Knoten an, aber es mußten mindestens 80 Knoten sein. Eine Windgeschwindigkeit von über 100 Meilen! An Navigieren oder Positionsbestimmung war nicht zu denken. Es gab keine Sonne mehr, nur noch einen heulenden, grauen Himmel, ab und zu durchrast von wilden Wolkenfetzen, in die der Ozean hineinbrüllte.

Sieben Tage und sieben Nächte.

Vom dritten Tage an lösten sich Trosky und Losskow ab; jeder schlief fünf Stunden. So absurd es klingt – aber sie schliefen wirklich. Sie banden sich auf ihrem Bett fest und versanken in Bewußtlosigkeit, sobald sie lagen. Helena oder Lucrezia mußten sie wecken. Dann stiegen sie taumelnd wieder an Deck, empfangen von niederdonnernden Brechern, die einen Wasserschwall in die Kajüte schleuderten.

Am sechsten Tag sagte Losskow: »Wir müssen längst an den Falklandinseln vorbei sein. Der Sturm steht genau nach Südost. Wir rasen auf Feuerland zu!«

»Da wollen wir ja auch hin!« brüllte Trosky gegen den Wind. Sein Lachen war nicht mehr zu hören, nur sein Gesicht drückte es aus. »Das ist für Kap Horn der zünftige Empfang. Der Klotz weiß, was er einem Seemann schuldig ist!«

»Wissen das auch die Eisberge?« schrie Peter ihm ins Ohr. Trosky sah ihn erstaunt an.

»Wieso Eis?«

»Bei diesem Wind kann Treibeis bis hierher kommen. Selbst um diese Jahreszeit!«

»Der Wind steht doch dagegen!«

»Aber wir liegen davor und jagen auf das Treibeis zu.«

Sie zogen eine Ölplane über sich und duckten sich in der Plicht. Die See ergoß sich über sie und schlug auf sie ein wie mit Riesenfäusten. Die Lenzpumpen schafften den Wassereinbruch kaum noch. Bis zu den Knien standen Trosky und Losskow im Wasser.

»Was sagt der Wetterbericht?« rief Trosky.

»Weiter Sturm. Und es wird kälter. Das macht mir Sorge.«

»Wann hast du eigentlich zum letzten Mal Funkkontakt gehabt?« Trosky starrte Losskow an, als habe er eine entsetzliche Entdeckung gemacht. »Mein Gott, das fällt mir erst jetzt auf. Weiß man denn überhaupt, wo wir sind?«

»Nein. Seit Teneriffa schweigen wir.«

»Seit Teneriffa ...?« Trosky schluckte an einem dicken Kloß. »Bist du total verrückt?«

»Der Funkkontakt ist nur für den Notfall, und den hatten wir noch nicht! Die Wikinger hatten auch keinen Funk.«

»O Gott! Du Riesenarschloch!« Trosky duckte sich tief. Ein

neuer Brecher hämmerte auf sie ein. »Dann sind wir doch für die gesamte Welt schon längst nicht mehr vorhanden! Peer, du lieber Himmel, begreifst du das: Wir sind seit Wochen verschollen! Tot! Vom Atlantik verschlungen! Es gibt uns nicht mehr!« In Troskys Augen erschien wieder das gefährliche Flackern. »Man hat uns längst gestrichen.«

»In Ushuaia wartet Dieter Randler auf uns.«

»Da kommen wir doch nie an!«

»Wer sagt das?« Losskow zog die Ölplane enger um sich. »Nach diesem Sturm wird die Sonne wieder scheinen, das ist ein Naturgesetz, das auch am Kap Horn nicht gebrochen wird. Und sobald die Sonne scheint, wissen wir, wo wir sind. Und dann haben wir es geschafft. Wir sind nicht mehr weit entfernt, Jan. Wir müßten auf Kap Horn zutreiben.«

»Er hat seit Teneriffa keinen Kontakt mehr«, sagte Trosky dumpf. »Wer soll das begreifen? Die Wikinger hatten auch keinen Funk. Oh lieber Himmel ...«

Er lachte hysterisch, stieß Losskow die Faust in den Magen, kroch unter der Plane heraus und hangelte sich an der Laufleine hinüber zum Niedergang. Dort hakte er sich aus und stürzte die Treppe hinunter in die Kajüte.

»Wißt ihr, daß wir ›Fliegende Holländer‹ geworden sind?« schrie er die entsetzten Mädchen an. »Jawohl! Geister sind wir! Peer hat uns wesenlos gemacht!«

Er warf sein Ölzeug ab, setzte sich in die Funkecke und schaltete die Batterie ein. Die Kontrollzeiger pendelten. Das Gerät war voll funktionsfähig.

»Jetzt werde ich Nachricht aus dem Jenseits geben. Ob's dem Wikinger da oben gefällt oder nicht!«

Er stellte die Frequenz des Seenotrufes ein, aber niemand antwortete ihm. Immer und immer wieder rief er. Es war, als schlucke der Sturm jedes Signal.

»Das habe ich nicht gewußt«, sagte Trosky. Er gab resigniert auf. »Ich habe die böse Ahnung, daß wir uns selbst umgebracht haben.«

In der achten Nacht, genau in dieser Nacht, wo niemand mehr in der Plicht hockte, sondern das Ruder festgezurrt war, die *Helu* einfach auf der See tanzte und die Wellenberge mit ihr spielten, als alle in ihren Kojen lagen und schliefen, weil über Radio die Meldung gekommen war, daß der Orkan sich beruhige und das Zentrum sich ins Schottische Meer verlagere, in dieser Nacht, in der sie alle glauben durften, die größte Prüfung überstanden zu haben, erschütterte ein harter Stoß das Boot.

Trosky, der neben Lucrezia lag und selig schlief, seine breite Hand auf ihrer Brust, schrak hoch und setzte sich. Lucrezia wälzte sich schlaftrunken auf die Seite.

»Was ist?« murmelte sie. »Das kennst du doch ...«

»Das war kein Brecher!« Trosky war hellwach. Die *Helu* rollte unruhig, anders als sonst. Trosky hatte dafür ein feines Gefühl. »Das war ein Zusammenstoß!«

»Wieder ein Hai?«

»Du dusseliges Luder!« Er rutschte über Lucrezias nackten Körper auf die Planken und griff nach seiner Hose. Im gleichen Moment hämmerten Fäuste an die Tür.

»Raus!« schrie Losskow. »Wasser im Boot!«

»Ich habe es geahnt«, sagte Trosky. »Mein Gott, ich hatte das im Gefühl.«

Er riß die Tür auf und sah, wie Helena im Ölzeug zum Bugraum rannte. Das wasserdichte Schott war bereits zugeschlagen. Losskow stand auf der Treppe des Niedergangs und streifte einen Pullover über.

»So eine Scheiße!« schrie er, als er Trosky sah.

»Wo?«

»Im Bugraum! Ich weiß noch nicht, was draußen los ist! Auf jeden Fall sind wir leck.«

»Aber unsinkbar!« sagte Trosky mit bitterem Sarkasmus. »Kap Horn ist da anderer Ansicht.«

Sie rannten an Deck und brauchten nicht lange zu rätseln. Das Boot trieb in einem weit auseinandergezogenen Treibeisfeld. Es sah geradezu lustig aus: die vielen, verschiedengestaltigen Eisplatten, tanzende Muster auf einer nachtschwarzen See, ein auseinandergerissenes Puzzle, nicht breiter als dreihundert, nicht länger als vierhundert Meter, ein winziger Fleck nur im riesigen Ozean, über tausend Meilen herangetrieben aus dem Südpolargebiet, gewissermaßen eine verirrte Eiskolonie. Aber genau auf sie war die *Helu* zugetrieben worden und hatte eine der Schollen getroffen.

Wie ein Beil hatte die scharfe Schollenkante den Bug aufgehackt. Das Boot lief dort voll und senkte sich dadurch leicht nach vorn. Es sah aus, als wolle es in das Meer stoßen.

Trosky rannte nach vorn und beugte sich über die Reling. Das Leck war schon unter Wasser, der Bugraum war voll. Langsam kam Trosky zu Losskow zurück, der das Ruder losgebunden hatte und zu Helena und Lucrezia seine Kommandos rief. Er ließ neben der Sturmfock auch noch das Genua II setzen und hatte dadurch Wind genug, um sich durch das Treibeis zu navigieren. Ausweichen ging nicht mehr – sie waren mittendrin, aber zwischen den Schollen lag See genug, um sie in einer Art Slalom zu umfahren.

»Welchen Choral können wir?« fragte Trosky bitter. »Auf der *Titanic* spielten sie damals ›Näher, mein Gott, zu Dir‹. Aber da kenne ich den Text nicht.«

»Das Schott hält!« sagte Losskow hart. »Wir saufen nicht ab!«

»Sag das dem Meer!«

»Es ist ja nur der Bugraum!«

»Wir liegen mit der Schnauze im Wasser!«

»In ein paar Minuten haben wir so viel gelenzt, daß ich eine Zusatzpumpe in den Bug bringen kann. Dann müßt ihr von Hand pumpen. Ich brauche die Batterien für andere Dinge.«

»Verstehe!« Trosky grinste schief. »Jetzt endlich erinnerst du dich daran, daß du ein Funkgerät hast.«

»Wir saufen nicht ab!« schrie Losskow nervös. »Auch mit dem Bug im Wasser fahren wir weiter.«

»Um Kap Horn herum. Gibt es eigentlich einen Nobelpreis für Größenwahnsinnige?«

Trosky ging wieder zum Bug. Die Pumpe lenzte gut, das Boot richtete sich langsam auf, aber es war vorauszusehen, daß der Ozean gewinnen würde. Das Boot war als unsinkbar konstruiert. Man hatte es zwar mehrmals abgeschottet, aber nie ernsthaft damit gerechnet, daß etwas passieren konnte. So waren auch die drei im Boot verteilten Lenzpumpen so dimensioniert, daß sie mehr der Optik als dem Nutzen dienten. Trosky kam zurück zum Cockpit. Losskow hatte das Treibeis fast durchfahren, die freie See lag wieder vor ihm. Mit dem Scheinwerfer tastete er die Umgebung ab und schien voller Zuversicht.

»Ich gehe nach außen und versuche, das Leck zu stopfen«, sagte Trosky. »Gegen den Wasserdruck können wir nicht anstinken.« Er zog sich aus und zögerte. Die Luft war kalt, das Wasser hatte nur wenige Grad. »Wenn du nachher eine merkwürdige Eisscholle siehst, dann bin ich das.«

Er sprang über die Reling, hangelte sich an den Fenderleinen nach vorn und zog sich schnell wieder hoch. Lucrezia warf einen dicken Bademantel über ihn und rieb ihn ab. Troskys Zähne klapperten vor Frost.

»Ich habe es nur gefühlt. Zwei Hände nebeneinander haben leicht in dem Loch Platz. Wenn die See sich beruhigt, bleiben wir morgen auf der Stelle und wir flicken das Leck.«

»Womit?« fragte Losskow. Eine einfache, aber schicksalhafte Frage. Trosky schluckte. Helena brachte ein großes Glas Whisky. Er trank es in einem Zug.

»Was haben wir denn zum Flicken?« fragte er.

»Nichts.«

»Das ist doch unmöglich!« stammelte Trosky.

»Das Boot ist unsinkbar.«

»Eine Zeltplane! Teer! Ich spanne eine geteerte Zeltplane vor das Leck. Dann können wir nach dem Leerpumpen von innen abdichten.«

»Ich habe keinen Teer. Ich habe drei Glasfiberplatten und einen Eimer Spezialkleber für Polyester-Laminat. Damit kann man aber nur im Trockenen arbeiten.«

»Gerettet! Wir kleben von innen eine Platte vor das Loch! Und dann schnell zur Küste, ganz gleich, wo! Und wenn's bei den Pinguinen ist!«

»Und wie sollen wir von außen abdichten, damit wir innen leerpumpen können?«

»Ich nagele Bretter davor!« schrie Trosky.

»Nägel in einen Kunststoffrumpf?«

»Die Löcher flicken wir dann auch wieder mit dem Kleber!«

»Versuchen wir's«, sagte Losskow. »Alle Segel reffen! Wenn Gott uns helfen will, schickt er uns morgen Sonne.«

Aber Gott half nicht. Er schickte einen neuen Sturm.

Während aus dem Radio die Meldung klang, daß sich das Wetter beruhige, rollten neue Wellenberge gegen die *Helu* und hieben die Brecher über Deck. Die Gewalt der Wogen riß das Leck noch weiter auf. Der Wasserdruck war so stark, daß Helena ein paarmal nach oben kletterte, sich mit der Laufleine zum Cockpit vortastete und Losskow zuschrie:

»Ich habe Angst, daß das Schott bricht! Es sickert schon Wasser durch. Luzi pumpt aus dem Salon.«

»Das Schott hält!« schrie Losskow durch den heulenden Sturm zurück. »Keine Angst, Helena!«

Nachdem sie zum dritten Mal gekommen war, fragte Trosky: »Glaubst du wirklich, daß es hält?«

»Nein! Die See kann die ganze Wand eindrücken.«

»Dann sind wir also am Ende?«

»Noch nicht. Noch hält sie.«

»Wie lange?«

Losskow zeigte nach oben in den grauen Himmel. »Frag den da oben!«

Trosky nickte trotzig. »Geh runter!« brüllte er gegen den Sturm. »Ich halte das Ruder allein! Gib SOS!«

»Wenn uns jemand hört!«

»Wir müssen doch näher an Feuerland heran sein.«

»Nach meinen Berechnungen rasen wir auf die Staten-Insel zu.«

»Das wäre ja wundervoll!«

»Bis auf die Klippen rundherum.« Losskow hakte sich in die Laufleine ein. »Und selbst wenn man uns hört – wer kommt uns in diesem Wetter entgegen? Wer kann uns hier finden? Ich habe ja keine Position, die ich durchgeben kann. Irgendwo im Atlantik, nördlich der Staten-Insel, oder schon weiter, Richtung Kap Horn. Wo soll man uns suchen?«

»Versuch es!« schrie Trosky. Ein neuer Brecher drückte ihn tief in die Plicht. Als das Wasser weiß schäumend ablief, tauchte sein Kopf wieder auf, mit aufgerissenem Mund, nach Luft ringend. »Wenn man uns nur hört! Das ist die einzige Hoffnung, Peer!«

Eine Stunde lang saß Losskow vor dem Funkgerät und rief sein SOS hinaus. Hinter ihm pumpten Lucrezia und Helena das Wasser vom Boden, das durch Ritzen aus dem Bugraum hereinquoll.

›SOS ...‹, funkte er. ›Hier ist Segelboot *Helu.* D-J 548. Vier Personen an Bord. Zwei Frauen, zwei Männer. Hier ist Peter Losskow, Hamburg. SOS ... SOS ... Wir sind leckgeschlagen ... haben schwere Vorderlast ... Das Schott hält nicht dicht ... SOS ... SOS ... Ich weiß nicht, wie lange ich das Schiff noch halten kann ... bald ist alles Pumpen sinnlos ... SOS ... SOS ... Position ungefähr bei Staten-Insel. Laufen vor dem Wind nach Südost.‹

Peter wartete. Im Kopfhörer knackte und rauschte es. Dann ein helles Pfeifen. Und dazwischen, ganz weit weg, undeutlich, zerhackt, eine Stimme!

»Sie hören uns!« schrie Losskow. »Sie hören uns!«

Er wiederholte seinen Notruf auf englisch, immer wieder das SOS einflechtend, das internationale Zeichen für Seenot. Die ganz leise Stimme aus der Ferne antwortete auf spanisch.

Dann sprach sie englisch, sehr gebrochen, zerhackt von den atmosphärischen Störungen.

›Hier Pablo Cerroso. Pablo Cerroso. Ich sitze in Rio Gallegos. Amateurfunker. Rio Gallegos. Wo sind Sie? SOS verstanden! Bitte Position!‹

»Ein Amateurfunker!« sagte Losskow schwer atmend. »Nur er. Alle anderen schweigen. In Rio Gallegos. Mein Gott, ich brauche ein Schiff! Ein großes, starkes Schiff, das bis zu mir durchkommt und mich aufnimmt! Ein Amateurfunker!« Er lachte heiser und ging auf Sendung.

›Position unklar. Irgendwo bei Staten-Insel oder südlicher. SOS ... SOS ... Pablo, rufen Sie um Hilfe! Wir saufen sonst ab! Pablo, alarmieren Sie alles, was Sie erreichen können. Hören Sie mich noch, Pablo ...?‹

Die andere Seite schwieg. Nur Pfeifen und Heulen war im Hörer. Losskow drehte sich zu den Mädchen um. Das Wasser im Salon stieg, es war schon handbreit hoch, und sie pumpten und pumpten.

Noch dreimal hatte Losskow einen Partner im Äther. Einmal war es das Motorschiff *La Paloma,* das selbst in großer Not war, einmal der Frachtdampfer *Cordoba III,* der seine Position durchgab. Er lag 520 Meilen von der *Helu* entfernt – sofern sie sich dort befand, wo Losskow vermutete. Der dritte, der sich meldete, war das Motorschiff *Prince Polignac;* es kämpfte gegen den Orkan nördlich der Islas Wollaston, es war am nächsten, aber wo sollte es suchen?

›Wir versuchen, Sie zu finden‹, tröstete der Funker der *Prince Polignac.* ›Wir drehen ab auf Staten-Insel. Wir alarmieren auch die Küstenwache. Gott stehe Ihnen bei.‹

Das Schott hielt auch den nächsten Tag. Trosky bewunderte es, denn nun war das Leck so groß geschlagen, daß an ein Flicken, auch bei bestem Wetter, nicht mehr zu denken war. Die *Helu* war verloren, darüber waren sich alle im klaren. Aber noch schwamm sie, den Bug tief in der See, das nun schräg liegende Deck war wie ein Sprungbrett für die Wellen.

Es hatte keinen Sinn mehr, mit der Sturmfock zu fahren. Losskow ließ das Segel reffen, er blieb aber am Mast, jederzeit bereit, kritische Situationen auszubalancieren.

Einmal, in seiner freien Stunde, kam Trosky wieder an Deck und seilte sich an.

»Was ist los?« rief Losskow. »Laufen wir voll?«

»Nein. Ich wollte dir nur sagen, welch ein phantastischer Bursche du bist.«

»Deshalb turnst du hier herum?«

»Das ist es doch wert.«

»In Ordnung!« Losskow grinste verzerrt. An vier Haken hing er im Cockpit, von den Brechern durchgeschüttelt. »Nachher komm' ich hoch und sage dir, daß du ein toller Kerl bist. Wir wollen alles vergessen ...«

»Ich bin nicht hier, um Schulden zu zahlen!« sagte Trosky grob. »Das bilde dir nicht ein! Ich will nur überleben!«

Die *Prince Polignac* tauchte nicht auf. Sie gab auch keine Antwort mehr. Nur der Amateurfunker in Rio Gallegos meldete sich wieder, als Losskow am dritten Tag wieder sein SOS hinausschrie.

›Hier Pablo! Hier Pablo! Habe alles alarmiert, was möglich war. Rufe für Sie noch immer um Hilfe. Aber wie ist Ihre Position?‹

»Ich weiß sie nicht!« Losskows Stimme zitterte. ›Ich habe keine Möglichkeit mehr, mich zu orientieren. Seit heute fällt auch der Kompaß aus! Das Meer spielt mit uns. Wir werden das Schiff verlassen müssen. Trotz Pumpen laufen wir immer mehr voll. Pablo, Sie sind unsere einzige Hoffnung! Rufen Sie ununterbrochen! Machen Sie alles mobil!‹

›Ich tue, was ich kann. Wenn man nur wüßte, wo Sie sind!‹

Am Abend brach das Ruder. Eine gewaltige Woge hob das Boot hoch in den Himmel und ließ es in eine Wasserschlucht fallen. Selbst Trosky, der immer wieder das Meer beschimpfte und verbissen in den Haken hing, stieß einen wilden Schrei aus. Dann schlug das Grauen über ihm zusammen, und als er wieder auftauchte aus der schäumenden Gruft, war ihm bewußt, daß die *Helu,* auch wenn sie noch schwamm, vernichtet war.

Trosky seilte sich nach unten ab und fiel in die Kajüte. Losskow und die Mädchen hingen mit Haken an den Haltestangen.

»Ich weiß«, sagte Losskow und legte den Arm um Troskys Nacken. »Das Ruder ist weg. Du hast oben den Schlag nicht gehört. Aber der Achterraum läuft nun auch voll.«

»Wie lange noch?« Trosky sah die Mädchen an. Ihre Gesichter waren in diesen Tagen hart und kantig geworden.

»Noch drei Stunden.« Losskow wischte sich über die Augen. »Wir müssen in die Insel. Wie gut, daß wir das geübt haben. Jeder nimmt noch einen Sack mit Proviant und Wasser mit.«

Sie stiegen an Deck, hakten sich ein und machten die Rettungsinsel klar. Die Brecher drückten sie immer wieder an den Kajütenaufbau, aber als sie alles in Plastiksäcken verstaut hatten, hielten sie die Insel von allen Seiten fest. Losskow überdachte noch einmal, was sie mitgenommen hatten: Proviant aus hartgepreßtem Brot, Wasser in Dosen, Vitaminfruchtstangen, Cola-Schokolade ohne Zucker, Zwieback, Fleisch in Dosen, Kekse, eingedickten Fruchtsaft. Dazu Tabletten gegen Schmerzen und Fieber, Creme gegen wunde Haut, Verbände und Pflaster, Decken, Taue, Signalpistolen, Schwimmwesten, Handscheinwerfer mit Batterien, zwei rote Intervall-Notleuchten, Pullover, Schals, Fellstiefel, Steppjacken, ein Transistorradio ... Es würde eng werden in der Insel.

Vier Menschen und ein kleiner Hund in Gottes Hand.

Helena und Lucrezia stiegen ein. Mr. Plump stand heulend vor dem Eingang und zögerte.

»Nun los, du Miststück!« sagte Trosky und gab Mr. Plump einen Tritt. Der kleine Hund kugelte vorwärts, schlug gegen den Luftwulst und wäre über Bord gefallen, wenn Losskow ihn nicht aufgefangen hätte. Er warf ihn in die Insel, bevor der nächste Brecher kam.

»Jetzt ist die richtige Stimmung im Puff!« sagte Trosky gemütlich. »Blondie hegt wieder Mordgedanken! Steig ein, Peer!«

»Und du?«

»Ich hechte hinein, wenn die nächste Welle uns von Deck spült.« Er sah über das tobende Meer und erkannte den nächsten Wellenberg in gerader Richtung auf die *Helu.* »Achtung! Leinen los!«

Er ließ die Gummiinsel frei, hechtete wirklich hinein, fiel auf Helena und Lucrezia und sagte noch: »Pardon, Mesdames.« Dann erfaßte eine riesige Welle die Insel, schleuderte sie von Deck, sie klatschten in die See, Losskow riß den Reißverschluß des Eingangs zu, und nun erfaßte sie der Ozean, ließ sie auf den Wellenkämmen tanzen und spielte mit ihnen das grausame Spiel: Wer ist stärker? Mensch oder Naturgewalt?

Es war die Natur.

Mr. Plump biß vor Angst Trosky ins Bein. Aber Trosky spürte es gar nicht. Auch er hatte Angst, und sie machte ihn gefühllos gegen Schmerzen.

»Wir kommen durch!« sagte er plötzlich. »Hier kann uns kein Sturm etwas anhaben. Für das Meer sind wir so leicht wie ein Ball. Wir können ruhig sein.«

Schwer atmend lagen sie zusammengekrümmt auf dem dicken Gummiboden und warteten. Worauf? Auf das Aufreißen der Insel? Auf einen Zusammenprall mit der *Helu*? Auf eine Welle, die sie so tief in ein Wassertal drücken würde, daß die nächste Woge sie zerschmetterte und der Ozean sie verschlang?

Nach einer Weile kroch Losskow zum Eingang und zog den Reißverschluß einen Spalt weit auf. Er hatte nicht erwartet, die *Helu* noch zu sehen, aber sie trieb backbord, in fast greifbarer Nähe, mit schwerer Schlagseite im Sturm, wurde hochgeschleudert und in Wellentäler geworfen und kam doch immer wieder hoch, weil die aufgeschäumten Kammern noch genug Auftriebsschub hatten. Ein langsames, schreckliches Sterben, das Stunden dauern konnte. Das Boot gab noch nicht auf.

Losskow kroch zu seinem Platz zurück und legte die Dekke über sich. Er fror, wie sie alle, völlig durchnäßt. Zwar würde sich die enge Insel durch die Menschenkörper aufheizen, aber es war ja nicht die Kälte allein, die sie zittern machte, die Nerven vibrierten wie unter elektrischen Schlägen.

»Ist sie noch da?« fragte Helena.

Losskow nickte. »Backbord. Sie kämpft.« Er schloß die Augen und drehte den Kopf zur Seite. »Jetzt könnte ich heulen.«

»Sind wir zu früh ausgestiegen?« fragte Trosky.

»Nein. Ob auf dem Boot oder hier in der Insel – wir sind angewiesen auf das Meer. Wir haben keinen Willen mehr. Wir haben nur noch oben auf der Spitze ein Blinklicht, solange die Batterien reichen, und wir haben die Hoffnung, daß uns jemand sieht. Daß dieser Pablo in Rio Gallegos vielleicht etwas mit seinem Alarm erreicht hat. Und daß der Sturm bald nachläßt.«

»Ist das nicht ein bißchen wenig?« Trosky gab Mr. Plump eine Ohrfeige, weil sich der kleine struppige Hund voller Angst auf seinen Oberschenkel legen wollte. Winselnd kroch er zu Lucrezia, die ihn in den Arm nahm. Helena trat nach Trosky, aber der hielt lachend ihren Fuß fest. »Und wenn uns keiner sucht und findet?«

»Irgendwo kommen wir an.«

»Natürlich. Als verdorrte Mumien. Die Zeitungen werden dann einmal schreiben: ›In Neuseeland wurde eine Gummiinsel mit den Überresten von vier Menschen angetrieben. Ihre Identität ist nicht mehr festzustellen. Es muß ein altes Gummifloß aus dem verflossenen Jahrzehnt sein.‹«

Trosky grunzte, ließ Helenas Bein los und schälte sich aus seiner Öljacke. Er zog auch Stiefel und Hose aus und lag nackt neben Lucrezia. »Wir sollten uns alle ausziehen und ausdampfen. Ich habe etwas gegen Schnupfen, es ist die blödsinnigste Krankheit, vor der der Mensch kapituliert.«

Noch einmal blickte Losskow durch den Spalt am Eingang hinaus. »Jetzt ist sie nicht mehr zu sehen«, sagte er beim dritten Mal. »Das heißt noch nicht, daß sie gesunken ist. Auch das wär' ja eine Hoffnung mehr! Die *Helu* treibt weiter und wird aufgefischt. Dann wird man uns in diesem Gebiet suchen!«

»Er bleibt der unverwüstliche Optimist!« sagte Trosky. »Er gehört zu den Typen, die zum Scharfrichter sagen: Ätsch, das Beil ist ja stumpf.«

»Das wichtigste ist: wir leben!« Helena knöpfte einen Plastikbeutel auf und holte eine Flasche heraus. Sie hob sie hoch und schwenkte sie durch die Luft. »Kognak, Kinder! Den haben wir jetzt verdient.«

»Sie ist doch ein goldiges Mädchen!« grölte Trosky und streckte beide Hände nach der Flasche aus. »Für einen tiefen Schluck darfst du mir noch einen Tritt geben.«

Der 15. Tag.

Das Meer war ruhig. Es war ungewöhnlich warm, obgleich sie nach Süden trieben, was sie am Stand der Sonne erkannten. Der mitgenommene Handkompaß versagte kläglich. Er hatte durch einen winzigen Riß Wasser eingesogen und spielte verrückt. Es blieb nur die Orientierung durch die Sonne oder die Sterne, die grobe Richtung also.

In der Enge der Insel, Körper an Körper, war es nicht mehr auszuhalten. Trosky hockte draußen auf dem Inselrand, einen Leinenhut auf dem Kopf, und versuchte, Fische zu fangen. Er hatte aus Sicherheitsnadeln kunstvolle Haken gebogen und lockte die ersten Fische mit Wurstbröckchen aus einer Dose an. Die großen Fische tötete er mit einem Handkantenschlag ins Genick, den kleinen zerdrückte er mit Daumen und Zeigefinger den Kopf und hängte sie als Köder an seine Haken.

»Er ist ein Vieh!« sagte Helena schaudernd zu Losskow. »Man kann doch Fische anders töten.«

»Er wird dir erklären, das sei die schnellste und beste Methode.«

Sie aßen die Fische roh; es schmeckte scheußlich, aber es streckte den Proviantvorrat, den sie sowenig wie möglich angriffen. Am neunten Tag warf Trosky die aufgeschlitzten Fische in die Insel mit der Bemerkung: »Ich habe ein Patent anzumelden: Fische, mild gesalzen!«

Er saß nackt draußen, sein Körper war durch die starke Verdunstung mit weißen Salzkristallen überdeckt. Er nahm einen frisch gefangenen Fisch, zerriß ihn, holte mit den Fingern die Innereien heraus, schabte das Fleisch an seinem salzverkrusteten Leib entlang und warf es Lucrezia zu. Als sie den Fisch mit Schwung wieder hinaus ins Meer schleuderte, lachte er dröhnend. »Wie satt sie ist! Verzichtet auf Delikatessen! Leben wir nicht wie im Schlaraffenland?!«

Es konnte geschehen, daß er in die Insel hineinkam, Lucrezia packte, auf den Rücken warf und vor den Augen der anderen schamlos nahm. Beim ersten Mal hatte sich Lucrezia verzweifelt gewehrt, aber dann gewöhnten sich alle daran. Alle Scham fiel ab, die anerzogenen Moralbegriffe lösten sich auf. Wenn Trosky sich zu Lucrezia rollte, saßen Helena und Peter daneben und lasen oder hörten Musik aus dem Transistorradio oder schwammen im Meer, mit einer Leine zur Insel gesichert.

Einmal, als Trosky allein in der See schwamm, sagte Lucrezia zu Losskow: »Er kann schwimmen, aber er ist kein guter Schwimmer. Auf gar keinen Fall ein Langschwimmer. Das hat er mir selbst gesagt.«

»Keine Angst«, entgegnete Losskow ahnungslos. »Er hängt ja an der Leine.«

»Wenn man sie durchtrennt ...«

»Luzi!« Losskow starrte Lucrezia betroffen an. »Vergiß es! Schnell!«

»Ich hasse ihn! Ich hasse ihn! Wenn er auf mir liegt, möchte ich eine Bombe sein, die mit ihm zerplatzt! Manchmal denke ich, ich könnte es so machen, wie ich es in einem japanischen Film gesehen habe: Da liebten sich zwei, und als er zum Höhepunkt kommt, stößt sie ihm ein langes Messer in den Rücken.«

Sie blickten hinaus aufs Meer, wo Trosky von den Wellen getragen wurde, tauchte, prustend hochkam und übermütig lachte.

»Jetzt ...«, sagte Lucrezia gepreßt. »Jetzt könnten wir das Seil kappen. Wir treiben schneller, als er schwimmt. Peer, nur ein Hieb mit dem Messer, und wir sind ihn los! Bitte, bitte! Du bist ein Mann!«

»Aber kein Mörder!« Er legte beruhigend den Arm um Lucrezia. Sie begann zu zittern und weinte leise. »Hast du mit Blondie darüber gesprochen?«

»Ja. Sie wartet darauf, daß Trosky sie anfällt. Was würdest du dann tun?«

Losskow schwieg. Ja, was würde ich tun, fragte er sich. Trosky doch umbringen?

Einen Augenblick dachte er daran, was geschehen würde, wenn man sie nicht auffischte, wenn der Proviant zu Ende war, auch das Frischwasser, und die Kraft nicht mehr ausreichte, zu angeln und Regenwasser aufzufangen – die einzige Rettung vor dem Verdursten.

Der Gedanke war so grauenhaft, daß er ihn sofort verdrängte und sich wieder den ›Hoffnungsspruch‹ vorsagte wie ein langes Gedicht, das er auswendig lernen mußte:

»Sie suchen uns. Sie finden uns. Sie müssen uns finden.«

Trosky schwamm zur Insel, zog sich hinauf und dehnte die Muskeln. Dann griff er nach Lucrezia, zog sie an den langen schwarzen Haaren an sich, wälzte sich über sie und sagte fröhlich: »So ein Bad ist wie ein Jungbrunnen! Oh verdammt, ich fühle mich munter wie sechs Bullen der Langhornrasse.«

Während er auf ihr lag, starrte Lucrezia mit weiten Augen Peter von Losskow an. Gib mir ein Messer, schrie dieser Blick. Bitte, bitte, gib mir ein Messer, ein ganz langes Messer, das bis in sein Herz reicht!

Der 27. Tag.

Bei Helena und Lucrezia zeigten sich die ersten Geschwüre am Körper.

Obwohl sie immer duschten und sich abfrottierten, setzte sich das Meersalz fest. Es war stärker und allgegenwärtig. Nicht nur in den Wellen, auch in der Luft, in den feinen Tropfennebeln sich überschlagender Wogen. Es war überall, erst unsichtbar, dann, nach dem Verdunsten des Wassers, als feine weißliche Schicht.

Die Haut brannte, platzte auf, rötete sich, blutete träge. Und überall kam das Salz hin, fraß sich hinein, in die Poren, in die Wunden, in die Schleimhäute – es gab kein Entrinnen. Helena, die Medizinerin, bedeckte die ersten Schwären mit Salbe, aber was half das schon! Das Salzwasser war aggressiver, es zerstörte systematisch die Haut. »Die Variante ist gar nicht so übel«, sagte Trosky, als er nach zwei Tagen mit einem Messerrücken die Salzkruste von sich schabte. »Wir werden nicht verdorren oder als Skelette antreiben, sondern fein gepökelt der Nachwelt erhalten bleiben.«

»Es müßte regnen.« Losskow blickte in den wolkenlosen Himmel. Die Sonne strahlte unentwegt vom Morgen bis zum Abend. Trotzdem war es kühl, kaum 15 Grad, das Meer fühlte sich eisig an. Seit Tagen badeten sie nicht mehr, trugen Hosen und Pullover und zogen sich nur nachts aus, wenn sie eng beisammen, Körper an Körper, unter und auf den Dekken lagen und schwitzten. »Himmel, wäre das schön, sich jetzt unter eine Regendusche zu stellen.«

»Und zwei Tage später sind wir wieder gesalzen.« Trosky, dem mittlerweile ein Vollbart wuchs, spreizte die Finger, strich durch die Haare und zeigte Losskow die Hand. An den Fingernägeln klebten weiße Kristalle, als habe er sie in Zukker getaucht. »Ich bin eine lebende Saline! Ich gehe jede Wette ein: Wenn ich Lucrezia jetzt ein Kind mache, kommt ein Salzstreuer heraus!«

»Es muß regnen«, sagte Losskow so laut, als müsse es der Himmel hören. »Der Regen ist fällig! Seit neun Tagen kein Tropfen, das ist für dieses Gebiet völlig verrückt!«

»Dieses Gebiet! Wo schwimmen wir denn? Ist das richtig: Heute ist der 27. Tag des glorreichen Unternehmens? Nach Feuerland mit einer Gummiinsel?«

»Ja.«

»Da werden uns aber die Wikinger beneiden. Auf die Idee wären sie nie gekommen.« Trosky glotzte Losskow plötzlich aus unheimlich flackernden Augen an. »Wie lange halten wir noch durch?«

»Noch lange.«

»Das ist keine Antwort.« Trosky beugte sich zu Losskow hinüber. »Sollen wir von der Zukunft reden?«

»Von mir aus.«

»Wir treiben noch hundert Tage.«

»Blödsinn!«

»Hundert Tage!« sagte Trosky, keinen Widerspruch duldend. »Das Fressen ist aus, das Wasser ist weg, nur noch das aufgefangene Regenwasser ist da, aber das reicht nicht mehr. Wir treiben nicht zur Feuerlandküste, wir treiben quer über den Südatlantik nach Afrika. – Ist das unmöglich?«

»Es ist unwahrscheinlich.«

»Du bist ein Diplomat. Du kennst die Wahrheit, aber du weißt, wie man sie verschleiert. Also Afrika. Dann also auch hundert Tage. Kein Fressen, kein Wasser, aber vier Menschen und ein Hund. Halt. Kein Hund mehr! Den haben wir schon nach zwanzig Tagen geschlachtet und als Tatar gegessen.«

»Falsch! Dann hättest du erst Helena umbringen müssen.«

»Auch die süße Blondie hat Hunger und kann nicht von

deinen mageren Umarmungen leben. Nehmen wir also an: Hundert Tage sind herum. Und je mehr Tage kommen, um so deutlicher wird es: Vier Menschen – das ist zuviel an Bord! – Weißt du, was ich denke?«

»Ich glaube«, sagte Losskow vorsichtig. Er hütete sich, Trosky zu reizen. Sein Blick warnte ihn. Ein falsches Wort, und es kam wieder zu Brüllen und Toben, zu Beschimpfungen und Drohungen. Die Hölle war gegenwärtig.

»Was meinst du?« fragte Trosky. »Daß du überlebst? Das ist es ja, weshalb ich mit dir über die Zukunft sprechen will. Ich wollte dir nur versichern, daß ich der letzte auf diesem Gummi-Paradies sein werde!«

Losskow atmete tief durch. Er fühlte sein Herz eingeschnürt wie von einem Stahlband. Das Atmen fiel ihm schwer. »Du willst einen nach dem anderen töten?«

»Ja. Dich zuerst.« Trosky grinste. Sein Gesicht mit dem zotteligen, mit Salzkristallen durchsetzten Bart wurde zu einer furchterregenden Maske, den Fetischen ähnlich, wie sie die Kopfjäger auf Neuguinea an Stangen neben ihren Hütten hängen haben. »Es ist gut, wenn man weiß, Peer: Du kannst nicht weglaufen.« Er machte eine ausladende Handbewegung über den unendlichen Ozean. »Oder doch. Du kannst! Freiwillig. Als Gentleman den Damen gegenüber. Ein Wassertrinker weniger. Man wird dich als großen Kavalier in Erinnerung behalten.«

»Und dann tötest du die Mädchen.«

»Sagen wir, es sind einhundertzwanzig Tage vorbei. Es hat geregnet, wir haben Wasser, aber wir haben nichts für die Zähne. Kein Fisch beißt an, der Hunger zerfrißt uns. Man kann keine Decken fressen, keine Plastiktüten, keine Blechdosen, keine Nylontaue. Und Schuhe essen konnte nur Charlie Chaplin im Film. Man könnte überleben, man hat ja Wasser ...«

»Sprich nicht weiter, Jan!« sagte Losskow tonlos. »Ich schlage zu!«

»Warum rennt der Mensch immer vor der Wahrheit davon? Warum will er nie wissen, wie das nackte Überleben aussieht? – Peer, die nächste wird Helena sein! Nach einhundertzwanzig Tagen ist sie knochiger geworden, aber es bleibt genug dran an ihr.«

»Du vergißt, daß ich vor dir handeln könnte!« sagte Losskow hart. »Deine Zukunftsvisionen sind für mich ein Signal.«

Er ließ Trosky am Eingang sitzen und wandte sich ab.

»Worüber diskutiert ihr?« rief Helena aus der Insel.

»Wir haben uns aufgegeilt an Kochrezepten!« rief Trosky fröhlich. »Das ist ein schönes Spielchen, wenn der Magen knurrt.«

In der Nacht zum 28. Tag schlief Losskow mit seiner Pistole. Sie war in einer Decke verborgen, die er als Kopfkissen gefaltet hatte. Trosky, dem das nicht entgangen war, grinste zu ihm hinüber. »Ab hundert Tage!« sagte er, und nur Peter verstand ihn. »Wir haben erst den 27.«

Der 41. Tag.

Das Wasser war nun knapp geworden, der Proviant schrumpfte zusammen auf Schokolade, Fruchtstangen, muffig schmeckenden Keks, pappige Zwiebacke und drei Dosen Schwarzbrot. In einem Sack verwahrte Helena als größte Kostbarkeit noch drei Dosen Nudeln mit Rindfleisch, zwei Büchsen mit Wiener Würstchen und zwei Vakuumpackungen mit geschälten Kartoffeln. Wie eine Raubtiermutter verteidigte sie ihre Schätze und schlief vor dem Vorratssack.

Wer nachts heimlich an die Verpflegung wollte, mußte über sie kriechen. Das hätte sie gemerkt und wild um sich geschlagen.

Sie war gewarnt worden. Am 56. Tag, nach einem Krach mit Losskow über Mr. Plump, dem Trosky vorgerechnet hatte, daß man das Leben um ein Drittel verlängern könnte, wenn man das Fressen des Hundes und seinen Wasserbedarf auf die Menschen aufteilte, schrie Trosky in einem seiner grenzenlosen Wutanfälle:

»Es ist zum Kotzen! Mir kommt die Galle hoch! Ich muß nachspülen, ich verbrenne an der Galle!« Er kroch auf die Verpflegungsecke zu, aber Helena warf sich ihm in den Weg und wollte ihn wegstoßen. »Aus dem Weg, du Samthure!« brüllte Trosky, schleuderte Helena beiseite, griff nach der Kognakflasche und setzte sie an den Mund. Er konnte drei lange Schlucke machen, bis Losskow sie ihm von den Lippen schlug. Sie fiel auf den Boden, und Trosky warf sich mit einem irren Aufschrei auf die Lache und schlürfte den Rest von der Gummimatte.

»Du hast mich geschlagen!« sagte Trosky hinterher und musterte Losskow, als wolle er eine gute Stelle suchen, wo er ihn greifen konnte. »Du lächerliches Knäblein hast mich geschlagen! Mich! Jan Trosky! Das wirst du bezahlen!«

Jetzt, am 41. Tag, dümpelten sie auf einer ziemlich ruhigen See dahin, salzverkrustet, die Körper mit Geschwüren übersät, von Magenkrämpfen und plötzlichen Halluzinationen geschüttelt. Lucrezia lag apathisch auf ihrer Decke und kroch nur zum Eingang, wenn sie ihre Notdurft verrichtete, Helena hütete, wie Alberich das Rheingold, ihren letzten Proviantsack und die Plastikflaschen, die man durch aufgefangenes Regenwasser immer wieder auffüllte. Es schien genau einzutreffen, was Trosky prophezeit hatte: Man würde nicht verdursten, der Himmel sorgte für Wasser. Aber man würde verhungern.

Wohin die Gummiinsel trieb, hatten sie längst zu berechnen aufgegeben. So wie der Wind sich drehte, so drehten sie sich mit. Mal trug das Meer sie nach Norden, dann wieder nach Osten, dann tagelang nach Süden. »Wir sind die gelbe Hochseequalle, juchhu, juchhu, heissa!« grölte Trosky. »Wir treiben nach Amerika, nach Afrika, nach Hongkong und Hawaii. Nur Feuerland, das sehn wir nicht, da sind wir längst vorbei!« Er starrte irr um sich, bog die Enden seines verfilzten Bartes nach oben und wartete auf Beifall. »Das ist ein Lied, was?! Das sollte man für die Nachfahren an die Wand schreiben. Die Nationalhymne der Verrückten vor Kap Horn. Was glotzt ihr mich alle so an?! Ihr schimmligen Kuhaugen! Ihr schwammigen Frösche! Wir sind die gelbe Hochseequalle, juchhu, juchhu, heissa!«

Die blinkende Signallampe auf der Spitze des Zeltdaches leuchtete längst nicht mehr. Die Kontakte waren oxydiert, die Batterien leer, der Mechanismus vom Salz zerfressen. Einmal, am 33. Tag, glaubte Trosky in der Ferne ein Schiff zu sehen. Über den Wellenkämmen tauchten Aufbauten auf. Losskow sah sie nicht, aber Trosky schrie wie ein Tier und verlangte die Signalpistole.

Er steckte die rote Rakete auf, stieß den Arm in den Himmel und drückte ab. Es machte klick, mehr geschah nicht. Die Rakete blieb auf dem Lauf stecken.

»Du Hurenaas!« brüllte Trosky. »Zisch in den Himmel! Da ist ein Schiff! Ein Schiff!«

Er drückte noch einmal ab, der Bolzen traf den Treibsatz, aber er hinterließ dort nur eine Delle. Die Rakete zündete nicht. Vorsichtig nahm Losskow die Pistole aus Troskys erschlaffender Hand.

»Das Pulver ist feucht geworden«, sagte er. Seine Stimme klang krächzend; das Salz zerstörte auch Gaumen und Rachen. Trosky starrte ihn an.

»Heißt das, wir können uns nicht mehr bemerkbar machen.«

»Ja.«

»Sie fahren an uns vorbei, und wir können nichts tun?«

»Ja.«

»Gar nichts mehr?«

»Winken! Schreien! Und hoffen, daß man unseren gelben Fleck im Meer sieht. Selbst Rauch können wir nicht mehr entwickeln, auch die Rauchpatronen sind naß. Alles ist naß, selbst unsere Knochen.«

»Worauf warten wir dann noch?« bellte Trosky und klammerte sich draußen an den Leinen fest.

»Auf ein Wunder«, sagte Losskow ernst. »Ich glaube wieder an Wunder.«

Der 41. Tag, irgendwo auf dem Atlantik.

Helena hatte sich völlig verwandelt. Sie sprach mit Losskow kaum noch, und wenn er neben ihr lag, zischte sie ihn an: »Faß mich nicht an! Berühr mich nicht!« Und leiser, eindringlicher: »Du Feigling! Alles läßt du dir von dieser Bestie gefallen! Er muß weg! Begreifst du das nicht. Er muß weg! Geh mir aus dem Weg, du Feigling!«

Aus dem Weg gehen. In einer winzigen, runden, schaukelnden Gummiinsel.

In Ushuaia auf Feuerland wartete seit über zwei Monaten Dieter Randler auf ein Lebenszeichen der *Helu*.

Nachdem er ihre Spur verloren hatte, hatte er alles mobilisiert, was nur möglich war, aber bis auf ein paar höfliche Worte der Behörden erreichte er nichts. Sowohl in Dakar wie in Buenos Aires hörte man ihm geduldig zu und fragte dann mit einem milden Lächeln:

»Hat Mr. Losskow Funk an Bord?«

»Ja!« antwortete Randler. Er ahnte, was folgen würde.

»Warum gibt er keine Nachricht?«

»Wie kann er, wenn er abgesoffen ist!«

»Und wie sollen wir etwas unternehmen, falls er verunglückt ist? Wo sollen wir suchen? Vor allem: *Was* sollen wir suchen? Schiffstrümmer? Treibende Leichen in Schwimmwesten? Haben Sie sich mal die Landkarte betrachtet?«

»Das Boot ist unsinkbar!«

»Dann wird man es finden.«

»Es kann hilflos herumtreiben.«

»Dann würde Mr. Losskow sicherlich SOS funken. Und

dann wird er auch gefunden und gerettet. Aber hat er Nachricht gegeben?«

Randler sah ein, daß es keine Argumente gab, um eine große Suchaktion, die Hunderttausende von Mark gekostet hätte, zu starten. Vor allem die Grundfrage war nicht zu beantworten: Wo auf dem riesigen Atlantik befand sich die *Helu*? Und warum gab Peter keinen Funkspruch durch?

Die Redaktion in Hamburg war so unhöflich, ihren so cleveren Reporter Randler ein Super-Rindvieh zu nennen. »Ich hatte gleich ein ungutes Gefühl«, schimpfte der Chefredakteur am Telefon. Randler saß in der Hafenverwaltung von Ushuaia auf Feuerland und hatte es nach vier Stunden Warten erreicht, mit Hamburg verbunden zu werden.

»Zwei Männer allein, gut, das haut immer hin. Aber als ich die beiden Weiber sah, juckte mir die Kopfhaut. Hätte ich doch nicht auf Ihr Gerede gehört! Das Geld ist durch die Röhre geblasen. Gut, da kommen wir noch drüber weg. Aber was Sie da angeleiert haben, das bringen Sie jetzt auch zu Ende. Dieter! Sie schreiben einen dramatischen Nachruf auf die vier Verrückten! So mit allem Pipapo. – ›Die letzten Stunden der Atlantikhelden‹, oder so. Vor allem auf die Mädchen konzentriert, die Tränendrüsen müssen zucken.«

»Und wenn sie noch leben?«

»Das ist mir doch Wurscht!« Der Chefredakteur hieb auf den Tisch. Randler hörte es bis Ushuaia und sah die Situation vor sich: Der dicke Pfeiffer, die Brille über die Stirn geschoben, ein mit Fotos übersäter Schreibtisch, links auf der Platte das Bild von Frau Pfeiffer, die einmal Revuesängerin gewesen war und – so wurde behauptet – Pfeiffer aus Rache geheiratet hatte, weil dieser damals eine böse Kritik über ihren Auftritt geschrieben hatte, daneben das Foto des Verlegers, was man unter Kollegen überhaupt nicht verstand, weil keiner wußte, daß der Verleger ein Verhältnis mit Frau Pfeiffer unterhielt, was Pfeiffer wiederum eine Lebensstellung garantierte. Und nun hieb er auf den Tisch, die Fotos flatterten, und das Bild von Yvonne Pfeiffer schwankte. Randler sah es vor sich wie im Kino.

»Sind Sie noch da, Dieter?« bellte der Chefredakteur.

»Ja.«

»Also was ist nun?«

»Sie sind nur vermißt!«

»Das ist doch eine tolle Story! Da kann man was draus machen. Spekulationen: Wo treiben sie, warum treiben sie, was treiben sie an Bord? Hahaha! Die Dramatik der Seefahrt ... Randler, das ist doch ein Bombenstoff! Das ist besser als ein Nachruf! Da können Sie voll in die Kiste greifen. Schreiben Sie!«

Randler schrieb nicht. Er mietete sich in Ushuaia ein und hoffte, daß das Schreckliche nicht eingetreten war.

»Ich bleibe vorerst auf Feuerland«, telegrafierte er nach Hamburg. Und die Redaktion antwortete: »Okay. Verbrenn dir nicht den Hintern!«

Ein fader Witz für ein Land, dessen Berge ewiger Schnee bedeckt und von denen sich riesige Gletscher vorwärts schieben. Ein Land am Ende der Welt, bizarr, wie es kein Maler in seiner Phantasie darstellen könnte.

Und dann kam auch zum Hafenamt von Ushuaia der Notruf des Pablo Cerroso aus Rio Gallegos: ›Segelschiff *Helu* in Seenot! Wassereinbruch! SOS! Position völlig unklar. Irgendwo bei der Staten-Insel.‹

Dieter Randler lief zu großer Form an. Er beschwor sämtliche erreichbaren amtlichen Stellen, die Suche aufzunehmen, er telegrafierte nach Hamburg und bekam die Antwort: »Fabelhaft! Bringen Titelseite mit rotem Balken: ›Hilflos treibend im Orkan ...‹ Jeden Mittag Telefonbericht!«

Dann flog Randler selbst mit einem Küstenwacht-Helikopter hinunter zum Kap Horn und mit einem Flugboot nach der Staten-Insel.

Von Losskow nichts zu sehen. Und er schwieg auch wieder. Nur eines wußte man jetzt: Bis zur Stunde des Notrufes lebten sie alle noch. Das Schiff trieb irgendwo herum. Wassereinbruch – das konnte alles bedeuten. Wenn die *Helu* nicht gänzlich vollief, hielt sie sich in der See. Auch bei Sturm. Sie war wie ein Korken.

Während der Orkan tobte, war es unmöglich, weite Meeresgebiete abzusuchen, aber sobald sich der Sturm etwas legte, waren drei Flugzeuge in der Luft und kontrollierten tagelang Planquadrat nach Planquadrat. Von Ushuaia aus wurden alle Schiffe angerufen, die im Gebiet von Kap Horn, Staten-Insel und Süd-Georgien unterwegs waren. Nach den Wind- und Strömungsberechnungen mußte die *Helu* sich in diesem Teil des Südatlantiks aufhalten: ein weißer Punkt nur und kaum aufzufinden inmitten der weißschäumenden Wellen.

»Sie wissen, wie die Chancen stehen?« sagte der Chef des Hafenamtes von Ushuaia.

Randler nickte. Seit vier Tagen war er aus den Kleidern nicht herausgekommen, schlief nur im Sitzen ein paar Stunden, wenn die Flugzeuge neu aufgetankt und durchgesehen wurden. Die Funkmeldungen der Schiffe waren trostlos. Geringe Sicht. Noch hoher Wellengang. Wind noch immer 45 Knoten. Gebietsweise noch Orkanstärke und Sicht gleich Null.

Auch Pablo in Rio Gallegos hatte keine neuen Nachrichten. Das letzte war Losskows verzweifelter Ruf: ›Wir müssen aussteigen! Ruder gebrochen. Wassereinbruch auch achtern. Das Boot ist nicht zu halten.‹

»Bedenken Sie doch: Sie haben die beste Notausrüstung, die es zur Zeit auf dem Markt gibt«, flehte Randler die argentinischen Behörden an. »Die Rettungsinsel ist grellgelb und hat Blinklicht. Wenn sie ausgestiegen sind, haben sie die beste Chance zu überleben! Sie müssen weitersuchen!«

»Wir können nicht mehr tun, als wir schon getan haben. Wenn wir nur eine Ahnung von ihrer Position hätten ...«

Das alte Rätsel, die Grundfrage: Wo befand sich die *Helu*?

Losskow schwieg. Irgendwo trieb er mit seiner kleinen Gummiinsel im Ozean. Randler schauderte, wenn er daran dachte.

Wieviel Wasser konnten sie mitnehmen? Wie lange reicht der Proviant? Halten die Mädchen nervlich durch? In welcher Verfassung sind sie alle? Wann ist die Erschöpfung so groß, daß sie einfach schweigend dahinsterben?

Nach 44 Tagen wurde jede Suche eingestellt. Dieter Randler beschwor alle maßgeblichen Stellen, auch wenn er die Antwort im voraus wußte.

»Nach 44 Tagen ist keine Hoffnung mehr«, sagte man ihm überall. »Die Schiffe in diesem Seegebiet melden nichts. Das Wetter ist normal, die Wellenhöhe sogar niedrig. Der britische Flugzeugträger *Essex,* der gerade in dem Gebiet kreuzt, hat seit einer Woche das gesamte Gebiet abfliegen lassen. Ohne Ergebnis. Man spricht es ungern aus, aber man muß die Crew der *Helu* als verloren betrachten.«

Dennoch blieb Randler auf Feuerland.

»Ich weigere mich, daran zu glauben, daß sie nicht wiederauftauchen!« schrie er den dicken Pfeiffer in Hamburg per Telefon an. »Ich kenne Peter von Losskow zu gut!«

»Begreifen Sie endlich!« brüllte Pfeiffer zurück. »Der Atlantik ist kein Baggersee! 44 Tage! Die sind schon hart wie Brezeln!«

Zum ersten Mal haßte Randler den Ton in seiner Redaktion. Bisher war er nicht anders gewesen, es gehörte zu seinem Beruf, kaltschnäuzig zu sein, wenn er auch nie so gefühllos gewesen war wie jener amerikanische Reporter, der dem in seinem Führerhaus eingequetschten Fernfahrer das Mikrofon vor die blutleeren Lippen hielt und fragte: ›Sie wissen, daß Sie gleich sterben werden. Sagen Sie uns: Welch ein Gefühl ist das? An was denken Sie jetzt? Haben Sie noch Angst vor dem Tod?‹

Am 45. Tag flog Randler auf eigene Kosten mit einem Flugboot zum Kap Horn und kreuz und quer über das Seegebiet.

Es war ein herrlicher, klarer, ruhiger Tag, eine wahre Seltenheit. Der Atlantik lag unter ihnen wie eine blaue Decke mit Kräuselmuster.

Sie flogen, bis der Treibstofftank signalisierte: Zurück!

»Es ist völlig sinnlos«, sagte der Pilot, ein Engländer, der für die argentinische Feuerland-Verwaltung flog. »Nicht wegen der 45 Tage, da könnte man noch hoffen. Aber wer weiß, wo sie treiben?«

Immer und immer wieder diese Frage. Und dann der Satz, der Randler still machte, weil er zwingend logisch war:

»Sie wußten von den Gefahren. Sie haben sich freiwillig hineingewagt. Was jetzt passiert ist, mußten sie in ihre Rechnung aufnehmen. Es gibt nur einen Verantwortlichen: die vier Vermißten.«

Der 69. Tag.

Sie lebten noch immer.

Aber wie lebten sie?

Trosky hockte am Eingang der Insel und grölte. Helena und Lucrezia, mit Geschwüren übersät, lagen auf den Dekken, apathisch und stumm nach oben starrend. Losskow wusch sie ab und zu, opferte eine Schüssel Regenwasser, um das Salz aus den Wunden zu waschen, teilte die Verpflegung ein: pro Tag zwei Kekse, ein Stückchen Schokolade, einen halben matschigen Zwieback, jede Stunde einen Schluck Wasser. Das Salz im Gaumen brannte und steigerte das Durstgefühl bis zum Wahnsinn. Das Schlucken wurde immer mühsamer.

Losskow fütterte die Mädchen wie Säuglinge, legte ihre Köpfe in seinen Schoß und wartete, bis sie die Kekse heruntergewürgt hatten. Dann gab er ihnen vorsichtig das Wasser, jedem verschütteten Tropfen nachblickend, als rollten Diamanten von den Lippen. Lucrezia war zu schwach, noch selbst den Becher zu halten. Ihre Lippen, ihr Gesicht, die Gelenke waren aufgedunsen, die Augenhöhlen entzündet, die Haut vom Salz gegerbt und rissig.

Drei Tage lang sah Trosky mit gesenktem Kopf und mahlendem Unterkiefer zu, wie auch Mr. Plump seinen Anteil bekam: einen Keks, ein Stück Zwieback, einen Schluck Wasser, ein Stückchen Schokolade. Dann trommelten Troskys Finger auf seinen Schenkeln, er wandte sich ab, starrte durch den Eingang hinaus aufs Meer oder ließ sich ins Wasser gleiten, hängte sich an die Halteseile und trieb so lange im Ozean neben der Gummiinsel her, bis er vor Frost klappernd wieder an Bord kam und sich in seine Decke wickelte.

An diesem 69. Tag grölte Trosky in den Tag hinaus. Seit zwei Tagen beobachtete Losskow mit Sorge, wie der Irrsinn sich in Trosky festsetzte, wie der Mann keine Kraft mehr hatte, dagegen anzukämpfen, wie dieses zerstörte Wesen nun der Katastrophe zusteuerte.

»Ich habe Hunger!« krächzte Trosky und klatschte im Takt in die Hände. »Hunger! Hunger! Hunger!« Mit den Füßen, die er über den Wulstrand hängen ließ, trat er gegen die Wellen und jauchzte in immer kürzeren Abständen. »Es gibt Fleisch, Fleisch, Fleisch, und zwar gleich, gleich, gleich!« Und wieder und wieder. »Immer Fleisch, Fleisch, Fleisch, wir sind reich, reich, reich!«

Mit einem Sprung kehrte er in die Insel zurück, trat Losskow gegen den Bauch, der verlor das Gleichgewicht, stürzte auf Helena und klammerte sich an ihr fest. Die Gummiinsel schwankte stark, aber Trosky übertönte alles mit einem irren Schrei, selbst das Aufkreischen von Lucrezia, als er mit krallenartigen Fingern Mr. Plump vom Boden riß und an sich drückte.

»Wir haben Fleisch!« schrie er. »Fleisch! Fleisch! Fleisch!«

»Jan!« brüllte Losskow. Er wollte aufspringen, aber der Tritt in den Leib lähmte ihn von den Hüften abwärts. Er blieb auf Helena liegen, die sich nicht rührte, warf sich zur Seite, suchte eine Pistole, fand sie neben der Keksbüchse, entsicherte sie und drückte auf Trosky ab. Wie damals bei der Signalpistole gab es ein Knacken, sonst nichts. Die Munition war naß, die Pistole durch Salzwasser zerstört.

Trosky lachte dröhnend, hob Mr. Plump hoch und legte seine rechte Hand auf seinen Kopf. Der kleine Hund ahnte sein Los, er wimmerte und versuchte zu beißen, seine Beinchen strampelten verzweifelt, aus großen, traurigen Augen, diesen einzigen Fenstern zum Leid einer Kreatur, glotzte er Trosky an. Er versuchte sogar noch zu bellen, heiser, auch er längst vom Salz zerfressen, und schnappte nach Troskys linker Hand, die seinen Bauch tätschelte.

»Wir haben Fleisch!« sagte Trosky plötzlich ganz ruhig. »Wir leben weiter.«

Losskow schloß die Augen. Es gab einen knirschenden Laut, als Trosky dem kleinen Mr. Plump das Genick herumdrehte. Es war nur eine Hebelbewegung seiner rechten Hand, die auf dem Hundekopf lag.

Trosky kroch zum Eingang, hielt den toten Mr. Plump hinaus und schlitzte ihn mit einem Messer auf. Er zog das Fell ab, zerteilte den armseligen Körper und biß in sein Stück hinein, in den mageren Hinterschenkel des Hundes. Das Blut lief ihm aus den Mundwinkeln, den Hals hinunter, über die behaarte Brust, der Bart durchsetzte sich mit roten Streifen. Er schien das alles nicht zu spüren, wandte sich Losskow zu, der vom Ekel gewürgt wurde, und warf ihm den Rest des Hundes auf den Bauch.

»Fleisch!« grölte Trosky. »Fleisch! Eine Woche Leben ...«

Er fraß wie ein ausgehungertes Raubtier, und etwas anderes war er auch nicht mehr. Mit seinen starken Zähnen zerriß er das Hundefleisch und schlang es mit leuchtenden Augen hinunter.

Regungslos lag Helena unter ihrer Decke. Losskow war sich nicht klar, ob sie die Abschlachtung begriffen, ob sie überhaupt noch die Fähigkeit hatte, das Geschehen um sie herum wahrzunehmen. Sie aß und trank fast mechanisch, wenn Peter sie fütterte. Er schleifte sie zum Ausgang, wenn sie sich entleeren mußte, meist lag sie mit geschlossenen Augen und gab auf Fragen keine Antwort.

»Will keiner mehr?« rief Trosky. »Sonst gehört er mir allein!«

»Verrecke an ihm!« sagte Losskow.

»Ihr empfindsamen Heuchler!« Trosky stopfte den Rest von Mr. Plump in eine Plastikhülle.

»Tatar vom Rind und Mett vom Schwein, das freßt ihr! Aber bei einem dämlichen Hund fallen euch vor Mitleid die Zähne aus! Tier ist Tier, und Fleisch ist Fleisch. Es hat köstlich geschmeckt!«

»Eine Prager Spezialität, ich weiß.« Losskow hielt sich den Leib. Der Tritt brannte in seinen Eingeweiden. Aber das Gefühl kehrte in die Beine zurück, er konnte die Füße wieder bewegen.

Trosky starrte ihn aus weiten Augen an, wischte sich das Blut aus seinem Bart und schlenkerte mit der Hand. »Das hast du nicht umsonst gesagt, du germanischer Rotz!« sagte er mit rasselndem Atem. »Der nächste bist du: Fleisch ist Fleisch.«

Der 72. Tag.

Der Wahnsinn war überall. Im eigenen Hirn, in jedem Griff der Hände, in jeder Bewegung, im Pfeifen des Windes, im Klatschen der Wellen, im Schaukeln der Gummiinsel, im Knistern der Decken, selbst im Atmen. Überall war der Wahnsinn.

Lucrezia und Helena dämmerten ihrer Auflösung entgegen. Die Geschwüre auf ihren Körpern butterten, und Losskow fragte sich, woher denn bloß noch die Feuchtigkeit aus diesen ausgedörrten Leibern komme. So gut es ging, wusch er sie immer noch jeden Tag mit Regenwasser ab, bis Trosky ihn anschrie:

»Das Wasser ist zum Saufen da! Noch einen Tropfen verschenkt, und ich schlage dir den Schädel ein!«

Seit Stunden beobachtete er Losskow, saß am Eingang und ließ sich keine Bewegung entgehen. Sein Blick war kalt und hungrig. Die Augäpfel bewegten sich hin und her, es war die einzige Bewegung in dem erstarrten Gesicht.

Sie trieben jetzt in eine wärmere Gegend, das spürten sie an der Kraft der Sonne, an der ruhigeren See, an dem wärmeren Wasser. Die grobe Orientierung nach Sonne und Sternen nutzte nichts mehr. Was heißt auch schon Süden oder Norden, wenn einen nach allen Seiten tausend Meilen Ozean umgeben!

»Vielleicht landen wir in Fidschi?« sagte Trosky einmal, als es sehr heiß war. »Wir schaukeln vielleicht schon im Pazifik und wissen es nicht.«

Ab und zu zerbrach auch Troskys ungeheure Kraft. Dann hockte er am Eingang, blickte über das schaumgekrönte Meer und weinte laut. Oder er stand hoch aufgerichtet und brüllte den Ozean an, schrie seinen Haß hinaus, seine Angst, seinen Lebenswillen und seine furchtbare Ohnmacht.

Ebenso plötzlich verwandelte er sich wieder, wurde das dumpfe Tier, das herumhockte, Losskow aus kalten Augen beobachtete, die Keksstücke abmaß, die Wassertropfen zählte und Lucrezia die Tropfen vom Hals leckte, wenn sie zu schwach war, um zu schlucken, und das kostbare Wasser aus den Mundwinkeln rinnen ließ.

An diesem 72. Tag war Trosky ruhig. Er saß an der Gummiwand und summte vor sich hin. Losskow kannte den Rhythmus nun schon, es war »Fleisch, Fleisch, Fleisch, wir sind reich, reich, reich ...« Das machte ihn vorsichtig. Er achtete auf jede Bewegung Troskys, auf jedes Zucken, auf das Spiel seiner Hände, auf die sich zusammenziehenden Zehen.

Der Vulkan brodelt, dachte Losskow. Der Ausbruch bereitet sich vor. Die Energie des Wahnsinns sammelt sich.

Schützend setzte er sich vor Helena. Sie lag jetzt, wie auch

Lucrezia, in einem kaum unterbrochenen Dämmerschlaf. Die totale Erschöpfung saugte sie aus, nur die Herzen schlugen noch. Aber einmal würden auch sie kapitulieren müssen – sie würden einfach stehenbleiben, ein Motor ohne Treibstoff.

Die Mädchen würden es nicht mehr merken, wie sie auch die Schmerzen ihrer geschwürigen Körper nicht mehr spürten. Die Nerven hatten bereits abgeschaltet.

Losskow war nicht darauf vorbereitet gewesen, obwohl er instinktmäßig soviel wie möglich Abstand zu Trosky gehalten hatte. Abstand: ein lächerliches Wort für die paar Zentimeter Freiraum. Lautlos, wie ein Tiger springt, stürzte sich Trosky plötzlich auf Losskow. Seine Augen funkelten, der Mund war verzerrt, sie fielen beide zum Eingang hin, ineinander verkrampft und zu keiner anderen Bewegung fähig, als sich gegeneinanderzupressen.

»Fleisch!« stammelte Trosky heiser. »Fleisch! Immer Fleisch ...«

Losskow durchlief es eiskalt. Die letzte Minute war gekommen. Er ließ sich nach hinten aus der Insel fallen, zog Trosky mit und drückte ihn unter Wasser. Trosky hieb um sich, die rechte Faust umklammerte ein Messer, mit dem er Losskow abstechen wollte, aber unter Wasser hatte er nicht mehr die Kraft, Peters Körper zu treffen. Er tauchte auf, brüllte tierisch, suchte Losskow, der neben ihm aus dem Wasser schoß, und warf sich wieder auf ihn. Es war ein Kampf voll wilder Verzweiflung. Losskow tauchte weg, hängte sich an Troskys zappelnde Beine und zog ihn wieder unter die Wellen. Mit letzter Kraft umklammerte er Troskys Hüften, hielt sich daran fest, seine Lungen blähten sich, drohten zu platzen, aus Angst und Luftnot wurde ein einziger Schrei, der von der Brust bis in seinen Kopf drang und ihn zu zersprengen drohte, aber er hielt Troskys Beine fest und ließ sich erst nach oben treiben, als das Wasser ihn ersticken wollte.

Trosky tauchte noch einmal auf, mit weit aufgerissenen Augen. Sein Kopf hob sich über die Wellen, tanzte wie losgerissen auf dem Schaum – und dann war die Hand da, reckte sich hoch, die Hand mit dem Messer, und Losskow warf sich wieder auf ihn, drückte ihn hinunter und trommelte mit beiden Fäusten auf seinen Kopf. Mit einem Tritt schleuderte er ihn weg, schwamm zu der träge treibenden Insel zurück, hing sich an das Außenseil und wartete.

Trosky kam nicht wieder hoch. Die Wellen rollten gleichmäßig und langgezogen und deckten ihn zu. Irgendwo mochte er wieder an die Oberfläche kommen, um wegzutreiben – aber das sah keiner mehr, und keiner würde ihn jemals finden.

Losskow drückte die Stirn gegen den Gummiwulst und schluchzte. Er hing draußen an der Rettungsinsel, bis er spürte, wie seine Muskeln in der Kälte des Wassers erstarrten.

Bin ich ein Mörder, dachte er. Bin ich jetzt ein Mörder? Gott sei mein Zeuge: Er wollte mich schlachten! Er wollte mich auffressen wie Mr. Plump! Es gab keinen Ausweg mehr.

Mühsam zog er sich in die Insel und warf sich auf den Boden. Im Hintergrund hob Helena den Kopf.

»Ist er weg?« fragte sie mühsam. Seit Tagen die ersten Worte. Losskow zitterte am ganzen Körper vor Kälte und Grauen.

»Ja«, stöhnte er. »Ja. Er ist weg.«

»Jetzt können wir ruhiger sterben.«

»Ja.«

»Wir werden doch sterben?«

»Ja.«

»Gib mir deine Hand!« Sie tastete nach ihm, hielt seine Hand fest und legte sie auf ihren rissig aufgesprungenen, von Blut verkrusteten Mund. »Ich – ich bin ganz ruhig. Merkst du das?«

Er nickte und weinte. Die Tränen rollten über sein zuckendes Gesicht, er kroch zu ihr, legte sich neben sie und umschlang ihren von Geschwüren übersäten Leib. Ihr blondes Haar, in den vergangenen Wochen lang geworden, fiel über ihn und verdeckte seine Augen.

»Ich liebe dich«, sagte sie ganz schwach. »Ich bin so glücklich, daß du da bist. Sterben kann schön sein, Peer.«

Es wurde Nacht, und sie lebten immer noch.

Es wurde Tag, und sie erkannten noch das Licht.

Aber sie begriffen nicht mehr, daß es die Sonne war. Es war einfach hell. Hell und grenzenlos weit.

Am 74. Tag fischte sie der französische Frachter *Liberté* aus dem Meer.

Eine Barkasse schleppte die Gummiinsel zum Schiff, mit einer Winde wurde sie hochgeholt. In Decken gewickelt, trug man Peter von Losskow, Helena Sydgriff und Lucrezia Panarotti in die Kapitänskajüte. Ihre Entdeckung war ein Zufall gewesen. Der Küchenjunge, der Abfall über Bord schüttete, sah weit draußen etwas Gelbes treiben und fragte den Koch ahnungslos: »Gibt es eigentlich gelbe Wale?«

»Frag nicht so dämlich!« schimpfte der Koch.

»Es gibt weiße Wale, warum keine gelben? Draußen ist einer. Ich habe seinen Kopf gesehen.«

Nach dieser Feststellung gab der Kapitän Alarm und drehte bei. Mit Volldampf lief die *Liberté* auf den gelben Fleck zu, bis der 1. Offizier nüchtern sagte:

»Steuerbord voraus eine Rettungsinsel.« Er setzte das Fernglas ab und wischte sich über die Augen. »Mein Gott, hier eine Insel! Ich ahne, was wir da vorfinden werden.«

Und eine Stunde später, nach zwei großen Kognaks, die er nötig hatte, als man die drei Körper abwusch und mit Bandagen und Salben umwickelte, fügte er mit belegter Stimme hinzu: »Es ist unfaßlich, was Menschen aushalten können.« Und mit einem langen Blick auf die drei Geretteten, die in tiefem Schlaf lagen: »Sie werden nie wieder die sein, die sie vorher waren. Wenn sie überhaupt noch durchkommen.«

Sie kamen durch.

Sechs Wochen lagen sie in Buenos Aires im Hospital, nachdem ein Flugboot sie von der *Liberté* abgeholt hatte. Sie lagen in einem Zimmer, links Helena, rechts Lucrezia, in der Mitte Losskow. Gemeinsam machten sie die ersten Schritte, gemeinsam gingen sie hinaus in den Klinikpark.

Dieter Randler hatte seine größte Zeit als Reporter. Seine Berichte bewegten die Leser, der dicke Pfeiffer schnaufte vor Begeisterung. Es kam sogar zu einem Ärztestreit über die Möglichkeiten von Spätschäden und zu einer Anfrage in der Zeitung, die Pfeiffer groß herausstellte:

›Soll man mit Menschen, die so mit ihrem Leben spielen, Mitleid haben und sie bewundern, oder soll man sie ihrem Schicksal überlassen? Wieso sind das Helden? Hat in unserer Zeit nur noch das Extreme Wert? Die Helden von Feuerland? Nein: die Gottversucher von Feuerland!‹

»Das ist eine Jahrhundert-Story«, jubelte Pfeiffer. »Daraus bauen wir uns hier in Hamburg was zurecht! Randler, dieser lahme Arsch! Schickt uns Krankenberichte! Die Problematik muß an die Luft: Wie wird Idiotie zum Heldentum? Da kann man eine schöne Schleife ziehn zum Krieg ...«

Der Staatsanwalt von Buenos Aires schloß die Akten über den Fall Jan Trosky. Die Aussagen waren nicht zu widerlegen: Trosky war in einem Anfall von Wahnsinn ins Meer gesprungen und abgetrieben. Wer die drei Überlebenden kurz nach der Landung gesehen hatte, verstand sofort, daß ein Mensch unter solchen Umständen die Grenze zum Nichts überspringen konnte.

Es war ein sonniger Herbsttag, als Losskow, Helena, Lucrezia und Randler in Hamburg landeten. Im Flughafen

Fuhlsbüttel stauten sich die Journalisten, wartete das Fernsehen auf den großen Auftritt der drei.

Lucrezia blickte mit großen, schwarzen, aber hohlen Augen um sich, setzte sich in einen tiefen Sessel, ließ sich fotografieren, erwiderte alle Fragen nur mit einem Kopfschütteln und schlug dann die Hände vor ihr Gesicht.

Helena winkte müde ab. »Ich habe nichts zu sagen!« rief sie in die Mikrofone. »Ich lebe, das allein ist mir wichtig!«

Losskow sah sich nach allen Seiten um. Die Fernsehkameras waren auf ihn gerichtet, Fotoapparate klickten wie Schnellfeuer, die Mikrofone umringten ihn wie Schlangenköpfe.

»Zunächst die wichtigste Frage: Wie fühlen Sie sich?« Der Fernsehreporter strahlte Losskow an, als sei er eine barbusige Diva.

»Beschissen!« antwortete Losskow laut.

Die Journalisten lachten. »Eine eindeutige Antwort!« Die Fernsehkameras schwenkten groß auf Losskows mageres Gesicht. »Was war Ihr größtes Erlebnis auf dieser Reise?«

Losskow lächelte sarkastisch. Das größte Erlebnis? Das wagen die zu fragen? Er musterte die Leute: glatte, satte Gesichter, wohlgeformte Masken, gierig nach Sensationen, weil das eigene Leben so stinklangweilig war.

»Mein größtes Erlebnis? Der Mensch ohne Maske«, sagte Losskow ruhig. »Der völlig nackte Mensch, von dem alles abfällt, was wir voller Stolz Menschlichkeit zu nennen pflegen. Der Mensch im Zustand Null! Begreifen Sie das?«

»Nein!« sagte der Fernsehreporter.

»Das habe ich mir gedacht!« Losskow hob beide Arme und fegte mit einem Rundumschlag alle Mikrofone von sich. »Wir alle sind Bestien!« Er boxte sich durch die Menge, ging zu Lucrezia, zog sie aus dem Sessel und drückte sie an sich. Helena faßte sie an der anderen Seite.

»Platz!« sagte Losskow hart und laut. »Wir wollen raus! Es gibt keine Antworten mehr.«

Im Hintergrund lief die Livesendung des Fernsehens weiter. Der Reporter blinzelte in die Kamera und bat seine Zuschauer um Verständnis. »Sie haben es gehört. Die schrecklichen Erlebnisse, über die wir noch im einzelnen berichten werden, haben Peter von Losskow schwerer angeschlagen, als man zuerst angenommen hatte. Der Schock sitzt noch drin. Man wird ihn sicherlich in den nächsten Wochen in einer psychiatrischen Klinik intensiv beobachten und behandeln müssen. Wir hoffen für Losskow und die Frauen das Beste. Eins ist heute schon sicher: Zum ersten Mal ist es Menschen gelungen, aus eigener Kraft 75 Tage und Nächte lang das Meer, den rasenden Atlantik, zu überwinden, in einem kleinen Gummifloß! Das ist ein einsamer Rekord. Sie haben es geschafft, die drei Feuerlandfahrer – und, wie wir sehen, trotz allem in hervorragender Verfassung ...«

Zwei Tage später wurde Lucrezia Panarotti in eine geschlossene Nervenheilanstalt gebracht. Sie weigerte sich zu gehen, sie wollte nur liegen oder auf dem Boden herumkriechen. Ihre ergreifende Schönheit kehrte zurück, ihre Haut wurde glatt, ihr Haar glänzte wieder wie schwarze Seide, aber ihre großen schwarzen Augen blieben stumpf und starrten ins Leere.

Als Losskow und Helena Sydgriff heirateten, fuhr man Lucrezia in einem Rollstuhl zur Kirche. Sie saß in der ersten Reihe, lachte Peter und Helena an, erkannte sie aber nicht mehr. Doch die Lieder sang sie mit, nur mit einem anderen Text.

»Fleisch«, sang sie. »Fleisch, Fleisch, Fleisch ...«

Sie bewohnte ein schönes Zimmer im Heim, zusammen mit einer Frau, die sich für Anna Boleyn hielt und sich einbildete, von ihrem Mann, Heinrich VIII., geköpft worden zu sein. »Ich habe Nackenschmerzen!« sagte sie manchmal. »Das Beil war rostig. Bestimmt bekomme ich ein paar Pickel im Nacken. Schau mal nach ...«

Ab und zu saßen sie am Fenster, voreinander, und zogen Streichhölzchen.

»Du bist dran!« sagte Lucrezia dann und freute sich händereibend. »Du mußt zuerst sterben! Du bist dran. Trosky wird dich auffressen ...«

Heute steht sie oft am Fenster ihres Zimmers, starrt in den Garten, sieht auf die im Wind sich wiegenden Zweige und sagt verzückt:

»Die Sonne! Die rote Sonne! Hört ihr das Meer?«

Dann kann es vorkommen, daß sie sich die Kleider vom Leib reißt, sich nackt in die Sonne legt und mit den Beinen hoch in die Luft strampelt.

»Ich liebe die Sonne, das Meer und den Wind.«

Und dann heult sie plötzlich. Wie der Sturm um Feuerland.

Ein ergreifender Weihnachtsroman vom Bestsellerautor David Baldacci

David Baldacci
DAS GESCHENK
Roman
368 Seiten
ISBN 3-404-15398-7

Eine Eisenbahnfahrt von Washington bis nach Los Angeles, wie einst Mark Twain sie unternahm, damit will Tom Langdon seine Freundin zu Weihnachten überraschen. An Bord lernt er eine Vielzahl von ganz unterschiedlichen Menschen kennen. Mit im Gepäck hat ein jeder von ihnen Sorgen und Träumen, Ängste und Hoffnungen. Während sich an Bord dramatische und amüsante Verwicklungen entspinnen, fährt der Zug durch das Land, hinauf zu den Rocky Mountains. Ein Unwetter zieht herauf. Wird der Zug sein Ziel erreichen? Und welches Geschenk wird die Weihnachtszeit für die Passagiere bereithalten?

Bastei Lübbe Taschenbuch

»Patricia Lewin spielt mit den Ängsten der Leser wie kaum eine zweite Autorin.«

NEW YORK TIMES

DIE DUNKLE ERINNERUNG
Thriller
352 Seiten
ISBN 3-404-15369-3

Erin Baker, Mitarbeiterin der CIA, wird von ihrer Vergangenheit geplagt. Als Kind musste sie erleben, wie ihre Schwester Claire entführt wurde. Und obwohl Claire die Entführung überlebte, hat dieses Ereignis die beiden Mädchen für immer geprägt.
Jahre später sieht Erin einen Eisverkäufer, der seine junge Kundschaft mit Zaubertricks unterhält. Sie hat diesen Mann schon einmal gesehen: am Tag, als ihre Schwester verschwand. Da der Kidnapper nie gefasst wurde und eine ganze Reihe von aktuellen Kindesentführungen die Polizei auf Trab hält, schaltet sich Erin in die Ermittlungen ein. Gemeinsam mit einem Kollegen vom FBI versucht sie, die Hintergründe der Verbrechen zu beleuchten – und gerät selbst in tödliche Gefahr.

»Millar verknüpft meisterhaft historische Tatsachen mit Fiktion.«

THE GUARDIAN

Peter Millar
EISERNE MAUER
Thriller
400 Seiten
ISBN 3-404-15358-8

Wir schreiben das Jahr 1989. England ist geteilt: in einen sowjetischen Satellitenstaat und eine kapitalistische Gesellschaft. Drei Tage vor der großen Parade zum Jahrestag der sozialistischen Staatsgründung findet man unter der Blackfriars Bridge eine Leiche. Detective Inspector Harry Stark von der Städtischen Volkspolizei nimmt sich des Falles an. Wer ist der Tote, dem sämtliche Papiere entwendet wurden? Und warum ist das Amt für Staatssicherheit so sehr an dem Fall interessiert? Ein Reporter liefert Stark schockierende Informationen über die Identität des Toten und stellt ihn vor eine Herausforderung, die nicht nur sein Leben, sondern sogar die ganze Gesellschaft verändern könnte ...

Bastei Lübbe Taschenbuch